Prolog

Paris 1777

Der junge Mann war erleichtert, dem überfüllten Ballsaal, dem Tanz und der anstrengenden Konversation mit einer Cousine dritten Grades zu entrinnen. Er verspürte Dankbarkeit gegenüber der Dame, die ihm seine Flucht ermöglicht hatte, indem sie ihn durch einen Botengang lotste, und die ihm allem Anschein nach noch einiges mehr ermöglichen würde. Sie war gewiss keine Jungfrau mehr. Eine Jungfrau hätte nicht mit ihren Reizen kokettiert. Ihren Namen hatte sie ihm nicht nennen wollen, doch sie hatte sich als Jade vorgestellt, und Jade würde er sie nennen. Sie trug ein schwarzes Kleid, das perfekt zu ihrem rabenschwarzen Haar und dem stechenden Blick passte, jedoch inmitten der farbenfrohen Gesellschaft mit all ihren Pastelltönen deplaziert wirkte. Nicht wenige Damen und Herren hatten gefragt, ob sie in Trauer sei, woraufhin sie lediglich glockenhell gelacht und erklärt hatte, Schwarz sei ihr die liebste Farbe.

Jade war älter als er. Nicht viel, vielleicht ein paar Jahre. Er fand es aufregend und hoffte insgeheim, dass sie in gewissen Dingen Erfahrung hatte, die ihm mit seinen achtzehn Lenzen noch fehlte. Seit er den Kinderschuhen entwachsen war, hatte sich sein Leben grundlegend verändert. Er war zu einem Mann geworden. Sein Körper rebellierte, wann immer er ein schönes Dekolleté oder einen sinnlichen Mund sah. Aber das war nicht alles. Ein alter Fluch lastete auf ihm und seiner Familie. Ein Fluch, der ihm nun immer häufiger zu schaffen machte, da sich die Auswirkungen erst im jungen Erwachsenenalter zeigten. Und diese Auswirkungen waren von schrecklicher Natur. Sein Vater hatte deswegen den Verstand verloren, behauptete seine Mutter, und er fürchtete das gleiche Schicksal zu erleiden.

„Mein lieber Freund, ich hoffe, Ihr könnt Euch wie ein Gentleman benehmen“, sagte Jade und schloss die Tür zu einer schmalen Kammer auf, welche man ihr als Gästezimmer zugeteilt hatte.

Er wusste nicht, woher sie kam oder welcher Familie sie angehörte. In diesem Moment interessierte es ihn auch nicht sonderlich.

„Ich hatte gehofft, Euch heute Nacht mehr als nur ein Gentleman zu sein."

Jade lachte erneut glockenhell und legte sich auf das schlichte Bett. Ihre Familie bekleidete sicherlich keinen allzu hohen Rang. Das Gästezimmer wirkte schäbig.

„Was habt Ihr denn mit mir vor, mein Freund?"

Er trat langsam heran, bemüht, sich seine Unsicherheit nicht anmerken zu lassen, denn ein Mann durfte nicht unsicher sein, er musste führen.

„Warum kommt Ihr nicht näher?", forderte sie ihn auf und klopfte auf den Platz neben sich. Sein Blick ruhte auf ihren apfelförmigen Brüsten, die sich bei jedem Atemzug hoben und senkten. Bei jeder Aufwärtsbewegung drohten sie aus ihren Körbchen zu springen. Er wünschte, sie täten es. „Nun?" Sie sah ihn forschend an. „Wie wollt Ihr mich verführen?"

„Ich … muss gestehen, ich habe …"

„Noch nie bei einer Frau gelegen", beendete Jade seinen Satz. Er fürchtete, sie würde ihn aus ihrem Zimmer werfen oder ihn auslachen. Stattdessen streichelte sie seine Wange. „Das macht doch nichts. Ich habe Erfahrung für zwei. Und du bist nicht der erste Bursche, den ich in die Kunst der Liebe einführe."

Er blickte auf seine Hände und sah, dass sie leicht zitterten. Rasch schloss er sie zu Fäusten, um das Zittern vor ihr zu verbergen. Die Kunst der Liebe. Das klang so herrlich poetisch und erregend zugleich. Aber auch beängstigend. Ein erneuter Blick auf ihren Busen lenkte ihn von seinen Zweifeln ab. Seine noch unerfahrene Männlichkeit stieß energisch gegen den hellblauen Samtstoff seiner Culotte.

„Wie hast du es denn gern?", fragte sie und grinste von einem Ohr bis zum anderen. Es war erstaunlich, wie hübsch sie trotz dieses übergroßen Mundes aussah. Am liebsten hätte er ihre vollen Lippen geküsst. Er wollte wissen, wie sie schmeckten.

„Ich weiß es nicht", stotterte er leise.

„Wie meinst du das, du weißt es nicht?" Sie lachte. „Jeder Mann hat Phantasien. Ganz besonders in deinem Alter. Mach mir nichts vor, du Früchtchen." Sie gab ihm einen Klaps auf den Handrücken mit ihrem schwarzen Spitzenfächer.

„Autsch." Er rieb sich über die gerötete Stelle.

„Ich sehe schon, du bist ein Küken. Auch wenn du dem Kükenalter längst entwachsen sein solltest. Andere Jungen in deinem Alter haben zumindest schon an sich selbst gespielt oder gewisse Vorstellungen entwickelt. Aber sei es drum, weil ich dich mag, will ich dich nicht im Stich lassen. Leg dich auf mein Bett und schließe die Augen."

Hastig tat er, was sie von ihm verlangte. Die Beule in seiner Hose wurde größer.

„Hast du deine Augen geschlossen?"

„Aber ja!"

„Wirklich? Du schwindelst mich nicht an?"

Er schüttelte den Kopf.

„Gut. Nun lass dich fallen. Gib dich ganz deinen Sehnsüchten hin." Etwas Weiches schlang sich um sein linkes Handgelenk und fesselte ihn an den Bettpfosten. Er verkrampfte sich.

„Lass dich fallen. Keine Angst."

„Was ist das?"

„Nur ein Seidenschal. Du fürchtest dich doch nicht vor einem Seidenschal, nicht wahr?"

Er biss die Zähne zusammen und schüttelte den Kopf. Sei ein Mann, mahnte er sich. Einen Seidenschal konnte er im Notfall zerreißen. Dennoch war es ein seltsames Gefühl, sich von einer reiferen Frau an deren Bett fesseln zu lassen und ihr gänzlich ausgeliefert zu sein.

„Du bist wirklich tapfer", sagte Jade und band auch sein zweites Handgelenk fest. Diesem folgten beide Beine.

„Du besitzt viele Seidenschals", stellte er fest, ohne die Augen zu öffnen.

Sie lachte leise. Er zuckte, als er ihre Hand an seiner Hose spürte. Langsam befreite sie ihn von seiner lästig gewordenen Culotte und zog sie bis zu den Knien herunter. Er fühlte, wie nun die Luft über seine Härte strich, die sich ihr sehnsüchtig entgegenstreckte, auf eine Berührung ihrer Hände oder ihrer sinnlichen Lippen wartend.

„Nicht schlecht“, sagte sie. „Du bist wahrlich wohlgewachsen, mein Freund.“

Blut schoss ihm in die Wangen. Er hatte nie die Gelegenheit gehabt, Vergleiche anzustellen, aber ihre Worte hinterließen ein stolzes Gefühl.

Er hörte das Knarren des Bettes, und sie setzte sich auf seine Oberschenkel. Ihre Unterröcke breiteten sich über ihm aus und ihre heiße Scham berührte seine Haut. Ein aufregendes Prickeln schoss durch seinen Unterleib, der schmerzte vor Erregung. Sie nahm ihn in beide Hände. Es fühlte sich himmlisch an. Für einen Moment vergaß er seine Fesseln und gab sich ganz diesen wundervollen Berührungen hin.

Er blickte an sich herunter und sah, wie sie kurz davor war, ihn in den Mund zu nehmen. Erneut jagte ein Schauer durch sein Rückgrat. Ein Schauer, der so herrlich sinnlich und aufregend war, dass er Raum und Zeit vergaß. Er glaubte zu schweben, irgendwo über den Wolken. Dem Hochgefühl folgte ein Schmerz, der in jeden Teil seines Körpers ausstrahlte und ihn abrupt in die Realität zurückriss.

Oh nein. Nicht schon wieder.

„Jade …“, keuchte er. „Zieh … den Vorhang zu … bitte.“

„Den Vorhang?“

„Das Mondlicht … es darf meine Haut nicht …“

Es gelang ihm nicht, den Satz zu Ende zu sprechen. Er riss die Augen auf, sah die Veränderung seines Körpers, das Anschwellen seiner Muskeln, die sein Rüschenhemd zerrissen, und Jades Blick. Ein süffisantes Lächeln umspielte ihre Lippen, offenbar war ihr nicht fremd, was sie sah.

„Bitte, ich … halte diese Schmerzen nicht … länger aus.“

Seit er herausgefunden hatte, dass das Licht des Vollmondes die Verwandlung herbeiführte, hatte er es gemieden wie der Teufel das Weihwasser. Doch die Verlockung hatte ihn unvorsichtig werden lassen. Er hatte die Gefahr verdrängt, die hinter den vorbeiziehenden Nachtwolken lauerte.

Ein Schrei entdrang seiner Kehle, als die Verformung seines Gesichts einsetzte. Es fühlte sich an, als breche ihm jemand mit roher Gewalt jeden einzelnen Knochen. Jade kletterte von ihm herunter und stellte sich neben das Bett, offensichtlich wollte sie das Ungeheuer sehen, in das er sich verwandelte und sie wurde nicht einmal nervös. Ihre Augen glühten, ihr Mund war leicht geöffnet, sie sah erregt aus.

Er konnte sehen, wie sich aus seiner Nase eine Schnauze formte, spürte seine Ohren wachsen, überall sprossen Haare.

Mühelos zerriss er die Seidenschals, die ihn an das Bett gefesselt hatten.

„Ich wusste es", sagte Jade und rieb sich die Hände wie ein eifriger Händler, der ein gutes Geschäft witterte. „Ich wusste, was du bist. Ich habe es gespürt." Sie leckte sich über die Lippen.

Er blickte an sich herab und sah den Körper eines haarigen Kolosses, dessen Pranken so groß waren wie ein menschlicher Kopf. Er rollte sich aus dem Bett und landete auf den Hinterläufen. Wegen der niedrigen Deckenhöhe musste er den Rücken und die Beine krümmen.

Auch wenn er äußerlich ein Ungeheuer war, so schlug in seiner Brust noch immer das Herz eines verunsicherten Jünglings, der nicht begriff, was mit seinem Körper jede Vollmondnacht geschah, warum es geschah und woher dieser Fluch stammte, dem er anheim gefallen war.

Er hatte die alten Schriften gelesen, in denen sich Männer in Wölfe verwandelten, weil sie von einem Werwolf gebissen worden waren. Doch ihm war nichts dergleichen geschehen, er hatte noch nicht einmal einen echten Wolf je gesehen. Unfähig in seiner monströsen Gestalt auch nur ein Wort zu sprechen, stieß er ein Grollen aus, das gefährlicher und aggressiver klang als das Brüllen eines ausgehungerten Löwen.

„Wir sind uns sehr ähnlich, ob du es glaubst oder nicht", sagte Jade und stellte sich vor ihn. „Ich bin eine Gestaltwandlerin, ein höheres Wesen. Eines, das im Gegensatz zu dir jegliche Form annehmen kann, wann immer es will." Ihre Worte klangen herablassend. „Ich nehme an, du fühlst dich in diesem Körper nicht wohl", fuhr sie fort. „Nun, sonderlich ansehnlich bist du in der Tat nicht. Und eine Unterhaltung scheint ebenso unmöglich. Dennoch schlage ich dir ein Geschäft vor, über das du nachdenken solltest. Ich werde dich lehren, deine Kräfte zu gebrauchen, denn ich weiß alles über deine Art. Im Gegenzug wirst du mir zur Verfügung stehen, wann immer ich es will, denn du gefällst mir."

Sie sah ihm in die Augen und er hatte das Gefühl, sie könne in sein tiefstes Inneres blicken. Jade war ihm unheimlich. Aber sie behauptete die Antworten auf die Fragen zu kennen, die ihn quälten. Für diese Antworten war er bereit einiges zu geben.

Jade ging zum Fenster und zog die dicken Samtvorhänge zu, sodass das Licht des Mondes nicht länger auf seinen Körper fiel. Erneut brandeten die schrecklichsten Schmerzen durch seinen Leib. Sie ließen ihn schreien, als durchbohrten Hunderte Pfeilspitzen seinen gepeinigten Körper. Er sank auf die Knie, einer Ohnmacht nahe. Das Knirschen seiner Knochen klang in seinen Ohren, er spürte, wie sich die Haare in seine Haut zurückzogen und seine Gestalt schrumpfte. Mehrere Male drohte es dunkel um ihn zu werden, bis er schließlich benommen am Boden liegen blieb. Die glatten Dielen kühlten seinen nackten Körper. Geschwächt hob er den Kopf und blickte zu Jade.

Sie sah auf ihn herab und schmunzelte. „Du musst noch viel lernen, junger Werwolf."

Sie beugte sich vor und reichte ihm die Hand, um ihm aufzuhelfen. Zögernd nahm er sie an.

Berlin 2008

„Ist alles in Ordnung, Joli?"

Joselin Balbuk, genannt Joli, Tierarzthelferin, 24 Jahre jung, Liebhaberin von Chilischokolade und trotz ihrer Leidenschaft für Kalorienbomben, grazil wie eine Gazelle, schreckte aus ihren Gedanken und starrte ihren Chef verwirrt an. Für einen Moment hatte sie alles um sich herum vergessen. Sie war peinlich berührt, denn so etwas war ihr noch nie passiert. Tagträumereien hob sie sich normalerweise für den Feierabend auf. Heute war jedoch alles anders. Sie musste immerzu an den Brief ihres Vaters denken. Ihres richtigen Vaters. Des Mannes, der sich 24 Jahre lang nicht um sie geschert, von dem sie weder einen Brief noch irgendeine andere Art von Lebenszeichen erhalten hatte. Ihr ‚Erzeuger' hatte quasi keine Rolle in ihrem Leben gespielt. Bis zu dem Tag, an dem sie plötzlich in ihrem Briefkasten gelegen hatte, die Nachricht, auf die Joli Jahre lang gewartet hatte. Sie war knapp gehalten gewesen, geschrieben auf einem Bogen mit Marienkäferdruck, den man wohl eher auf dem Schreibtisch eines Kindes vermutete. Die Botschaft war unmissverständlich. Er wollte sie kennen lernen. Joli wusste nicht recht, was sie von dem unerwarteten Wunsch ihres Vaters halten sollte. Natürlich war sie neugierig auf ihn. Und sie hatte viele Fragen. Warum er sie weggegeben hatte, warum er sich erst jetzt meldete und sie wollte ihm Fragen über ihre leibliche Mutter stellen.

„Halten Sie bitte die Katze fest", schimpfte Doktor Mark.

Joli schob ihre übergroße Brille mit bernsteinfarbenem Rand hoch und blickte auf den Untersuchungstisch, in ein kugelrundes Pelzgesicht, dessen gelbe Augen zornig funkelten. Wenn Blicke töten könnten, wäre Joli in diesem Moment leblos zu Boden gesunken oder zumindest bewusstlos geworden. Das Tier knurrte dramatisch. Es war allzu offensichtlich, dass es mit dieser Behandlung nicht einverstanden war und seine Krallen nur zu gern in Jolis nackte Arme gebohrt hätte. Immer wieder protestierte es heftig, sobald Jolis Griff sich etwas lockerte und es eine Möglichkeit sah, sich unter ihren Händen hervorzuwinden. Eines musste man dem Tier jedoch lassen. Es bewies Ausdauer.

Mit starrem Gesichtsausdruck beobachtete die Besitzerin der Katze die Szenerie. Die ältere Dame wurde blass, als ihr Liebling ein bedrohliches Grollen ausstieß, das in einem lauten Aufschrei mündete.

„Ganz ruhig, meine Kleine", versuchte Joli die getigerte Patientin zu beruhigen. Aber diese konnte oder wollte nicht verstehen. Und Jolis Stimme klang trotz ihrer Worte alles andere als ruhig.

Doktor Mark setzte die Spritze an. Keine Sekunde später erklang ein ohrenzerschmetternder Schrei, der sogar eine professionelle Tierarzthelferin mit vierjähriger Berufserfahrung in verschiedenen Praxen zusammenzucken ließ. Wer schon einmal paarungsbereite Katzen in der Nacht schreien gehört hatte, der wusste, über welches Stimmvolumen diese Tiere verfügten.

„Sehr tapfer", lobte Dr. Mark mit einem ironischen Lächeln, und betrachtete stolz die kleine Blutampulle, die er Frau Blumenburg wie eine Trophäe präsentierte. Diese wurde nun noch bleicher und wedelte sich rasch mit der Hand frische Luft zu.

„Ich ... ich muss mich setzen", sagte sie und ließ sich auf einen Stuhl in der Nähe fallen, der unter ihrem Gewicht bedrohlich knarrte.

Joli setzte die Katze in ihr Körbchen zurück, was dieser auch nicht recht gefiel und mit einem Fauchen quittierte.

Als Joli an sich herunter sah, entdeckte sie einen Fleck auf ihrem blauen Tierarztoverall, den die Katze in ihrer Panik hinterlassen hatte. Sie gab Dr. Mark ein Zeichen und verschwand auf die Toilette, um den Urin mit einem feuchten Tuch auszuwaschen. Ihr Blick fiel in den Spiegel, aus dem ihr eine zierliche Frau mit köterblonden Haaren, die zu allen Seiten abstanden, und einer übergroßen Brille entgegen blickte. Die Gläser waren milchig und ließen ihre Haut bleich erscheinen.

Vorsichtig nahm Joli das Bernsteingestell ab und polierte die Augengläser mit dem Ärmel ihres Overalls. Ohne Brille konnte sie nur sehr schlecht sehen. Kontaktlinsen kamen jedoch nicht infrage, da sie Angst vor dem Einsetzen hatte. Sie hatte es probiert, doch nachdem sich eine Linse an ihrem Auge festgesaugt hatte und nur mit Mühe und Not wieder abgegangen war, hatte sie entschieden, lieber zu ihrer Kurzsichtigkeit zu stehen und ihre Brille zu tragen.

Joli setzte sie wieder auf und betrachtete sich von allen Seiten. Heute war einer dieser Tage, an denen sie ganz und gar nicht mit ihrem Aussehen zufrieden war. Aber welche Frau war das schon, von ihrer Kollegin und besten Freundin Karla abgesehen, die in Jolis Gegenwart nie über Problemzonen oder Diäten sprach.

Joli beugte sich vor und strich eine Strähne aus ihrem Gesicht. Es gab Momente, in denen sie Karla beneidete. Nicht nur, weil diese eine funktionierende Beziehung führte, sondern auch weil sie mit ihrem Leben zufrieden war. Sie hatte viele Freunde, einen Verlobten, den sie nach eigener Aussage wie am ersten Tag liebte, und das nötige Kleingeld um drei Mal im Jahr zu verreisen. Joli verbrachte die meisten Abende zuhause. Von Karla abgesehen hatte sie nicht viele Freunde und es boten sich selten Gelegenheiten auszugehen. Hin und wieder begleitete sie ihre Adoptiveltern zum Kegeln, wenn der Verein zu einem Freundschaftsspiel eingeladen war. Joli mochte Kegeln, war allerdings keine Sportskanone und wollte auch kein festes Mitglied werden. Ihre Adoptivmutter schien instinktiv zu spüren, dass Joli einsam war, und versuchte sie zu ermutigen, öfter etwas zu unternehmen, um nette Leute kennen zu lernen, anstatt immer nur mit älteren Herrschaften Kegeln zu gehen.

Nachdem Joli von ihrem Ex betrogen worden war und von ihm, nachdem sie ihn zur Rede gestellt hatte, auch noch den Laufpass bekam, hatte sie keine große Lust mehr auf neue Bekanntschaften. Ganz besonders dann nicht, wenn es sich um männliche Bekanntschaften handelte. Sie lebte zurückgezogen mit ihren geliebten Katzen Pawy und Abby in ihrer Anderthalb-Zimmer-Wohnung.

Joli kehrte ins Sprechzimmer zurück, als Frau Blumenburg die Praxis verließ.

„Na, Sie sind wohl gestern lange aufgeblieben?“, stellte Dr. Mark fest.

„Wie kommen Sie darauf?“

„Eine junge, unternehmungslustige Frau wie Sie hat doch Freitagabends sicherlich einiges vor."

Wenn der wüsste. Ein Single-Haushalt und Langeweile gepaart mit der nervtötenden Partymusik des Nachbarn unter ihr, das war ihr Leben. Zumindest war es das bis gestern. Die Nachricht ihres Vaters hatte das geändert. Sie hatte den gestrigen Abend entgegen ihrer Gewohnheit nicht vor dem Computer oder mit einem Buch verbracht, sondern darüber nachgedacht, ob sie seiner Bitte nach einem baldigen Treffen nachkommen sollte oder nicht. Sie war noch immer unschlüssig. In Gedanken ging sie noch einmal den Inhalt des Briefs durch.

‚Liebe Joselin, du wirst sicher überrascht sein, diese Zeilen zu lesen und nicht wissen, wer der Mann ist, der sie dir sendet. Daher will ich mich kurz vorstellen. Ich weiß, das alles kommt überraschend für dich, doch es bleibt nicht die Zeit für lange Erklärungen. Mein Name ist Phillip Tremonde. Ich bin dein leiblicher Vater. Mir ist bewusst, dass ich viele Fehler gemacht habe, doch nun bin ich am Ende meines Lebens angekommen und verspüre den Wunsch, die Fehler wieder gut zu machen. Ich möchte dich treffen. Bitte rufe mich an, meine Nummer lautet …',

So, oder so ähnlich, hatte er sich ausgedrückt. Wie selbstverständlich alles für ihn schien. ‚Triff mich, ich will meinen Fehler wieder gut machen'. Sollte sie es ihm tatsächlich so einfach machen? Aber wenn er nun sterbenskrank war, wie er es andeutete, so war das vielleicht die letzte Möglichkeit ihn zu treffen und mehr über ihre Wurzeln zu erfahren.

„Machen Sie für heute Feierabend, Joli. Karla wird sicher gleich kommen", sagte Doktor Mark und legte fürsorglich die Hand auf ihre Schulter.

Joli nickte dankbar. Sie ging in die Umkleide, zog sich den blauen Tierarztoverall aus, schlüpfte in ihre Alltagskleidung und verließ die Praxis, um sich in ihr Lieblingscafé zu setzen. Es war bereits Nachmittag und das *Expresso* war rappelvoll. Nirgends sonst gab es so viele interessante Kakaovariationen. Sie setzte sich unter einen Sonnenschirm auf den letzten, freien Stuhl und bestellte eine heiße Schokolade mit Chili. Dann griff sie in ihre Handtasche und zog das Handy sowie den zerknitterten Brief ihres Vaters hervor. Sie strich das Papier glatt, welches sie nicht in den Umschlag zurückgetan, sondern unachtsam in die Tasche gestopft hatte, und las noch einmal sein Schreiben. Was sollte sie nur tun? Sie war so unendlich neugierig auf diesen Mann.

Sie überlegte ob es ihren Adoptiveltern recht sein würde, wenn sie Herrn Tremonde ohne vorherige Absprache mit ihnen traf. Sie waren sehr verständnisvoll und hatten sie dazu erzogen, eigene Entscheidungen zu treffen. Sein Name klang französisch. Ein weiterer Punkt, der sie neugierig machte. Es musste sich um eine offene Adoption gehandelt haben. Anders war nicht zu erklären, dass Herr Tremonde ihre Adresse kannte. Wahrscheinlich waren es sogar ihre Adoptiveltern gewesen, die sie ihm gegeben hatten. Folglich würden sie sicher nichts gegen den Kontaktversuch einzuwenden haben.

„Ihre Schokolade", sagte der Kellner und stellte die Tasse samt Untersetzer auf den roten, runden Plastiktisch.

Sie legte das Handy auf ihren Schoss und rührte mit dem Löffel das schaumige Getränk um. Manchmal musste man etwas riskieren. Wenn sie die Chance auf ein Treffen nicht nutzte, würde sie es später vielleicht bereuen. Was hatte sie zu verlieren? Sollte er sich als Stinkstiefel entpuppen, konnte sie immer noch gehen. Sie griff erneut nach ihrem Handy und gab die Telefonnummer ein, die er in ordentlicher Handschrift aufgeschrieben hatte. Zumindest war der Brief nicht mit der Maschine getippt, stellte sie beiläufig fest. Ein kleines Detail, das seinem Schreiben eine persönliche Note gab. Sie hielt das Handy ans Ohr und lauschte dem Freizeichen, das nur vom starken Pochen ihres Herzens übertönt wurde. Ihre Kehle fühlte sich schmerzhaft trocken an und das Schlucken fiel ihr schwer. Nur die Ruhe, er wollte etwas von ihr, nicht umgekehrt.

„Sie sind mit dem Anschluss von Remierre de Sagrais verbunden", erklang eine alte, doch erhaben klingende Stimme.

Joli drückte vor Schreck auf den roten Knopf, der die Verbindung trennte. Sie hatte den seltsamen, französischen Namen kaum verstanden, doch sie war sicher, der Mann hatte sich nicht als Phillip Tremonde vorgestellt. In ihrer Aufregung hatte sie mit Sicherheit die falsche Nummer gewählt. Sie schob die

Brille ihren Nasenrücken hinauf und räusperte sich. Irritiert sah sie auf ihr Display und verglich die Zahlen mit jenen, die auf dem Marienkäferdruck standen. Alles war korrekt. Verunsichert klickte sie auf die Wahlwiederholung.

„Sie sind mit dem Anschluss von Remierre de Sagrais verbunden." Die Stimme klang genauso wie das Mal zuvor. Als käme sie von einem Tonband. Oder als hätte jemand diesen Satz peinlich genau einstudiert.

„Hallo, hier ist Joli Balbuk. Ich habe mich wahrscheinlich verwählt. Oder vielmehr hat mir jemand eine falsche Nummer aufgeschrieben. Ich wollte eigentlich mit Phillip Tremonde sprechen. Entschuldigen Sie also bitte die Störung. Wiederhören."

„Warten Sie, Joli. Ich bin der, den Sie suchen. Ich bin Phillip Tremonde", drang es an ihr Ohr.

Joli hielt den Atem an.

„Es freut mich sehr, dass Sie, dass du dich meldest. Ich hatte es nicht zu hoffen gewagt, nun wird doch noch alles gut."

Offenbar lag Herrn Tremonde einiges daran, sie vor seinem Tod kennen zu lernen. Und das fühlte sich für Joli gut an. Sehr gut sogar.

„Möchtest du mich treffen, Joli?", fragte Phillip Tremonde, nachdem für eine Weile Schweigen eingekehrt war.

„In Ordnung", sagte sie schließlich aus einem Bauchgefühl heraus, und bereute es im selben Moment. Normalerweise traf sie derart wichtige Entscheidungen nicht in einem emotionalen Ausnahmezustand wie diesem. Manche Entscheidungen mussten wohlüberlegt sein. Und diese fiel zweifelsohne in die Kategorie ‚überleg es dir genau'. Für einen Rückzieher war es jetzt zu spät, denn Phillip Tremonde hatte es unwahrscheinlich eilig seinen Vorschlag in die Tat umzusetzen.

„Wo bist du im Augenblick? Ich schicke dir ein Taxi."

„Moment. Das geht mir ein wenig zu schnell, Herr Tremonde."

„Das tut mir aufrichtig leid, Joli. Doch die Zeit drängt. Wenn du es also einrichten kannst, würde ich dich gern heute noch sehen. Bitte."

Die Stimme des alten Mannes klang verzweifelt. Joli hatte Mitleid und verfluchte sich gleichzeitig für dieses Gefühl. Sie sollte nicht so leichtgläubig sein. Jeder konnte behaupten, er wäre ihr Vater. Vielleicht war es ratsamer, ihre Eltern anzurufen und sich den Namen bestätigen zu lassen. Sein ‚Bitte' erweichte jedoch ihr Herz. Es klang ehrlich. Vielleicht weil sie nicht glauben wollte, dass er sie anlog.

„In Ordnung, ich sitze im Café *Expresso* Ecke Schwedenstraße. Und wo geht die Reise hin?"

„Nach Dahlem. Ich freue mich sehr."

Mit diesen Worten legte er auf und ließ Joli völlig verblüfft am anderen Ende der Leitung zurück. Ihr Vater musste offenbar gut bei Kasse sein, wenn er in dieser Gegend wohnte. Oder er lebte zur Untermiete. Das würde auch erklären, warum er sich nicht mit seinem Namen meldete. Sie winkte den Kellner heran, bezahlte ihren Kakao und wartete auf das Taxi.

Fünf Minuten später saß sie auf dem Rücksitz der weißen Droschke. Der Fahrer war von der schweigsamen Sorte, das Radio hatte er auf volle Pulle gedreht. Joli war das nur recht. Ihr stand der Sinn nicht nach einer belanglosen Unterhaltung. Sie lauschte der atemberaubenden Stimme von Whitney Houston. ‚One Moment in Time.' Für jeden Menschen, so glaubte Joli, gab es einen solchen ‚one moment', der das Leben gänzlich veränderte. Manche warteten vielleicht länger als andere, doch ganz sicher gab es ihn, diesen entscheidenden Moment. Vielleicht war jetzt der ihre gekommen.

Schon bald veränderte sich das Straßenbild. Aus dem Augenwinkel sah sie Einfamilienhäuser und Villen an sich vorbei rauschen. Schließlich hielt das Taxi vor einem prachtvollen Anwesen, das ein wenig abgelegen am Ende der Straße lag, aber den anderen Villen in der Gegend um nichts nachstand. Das zweistöckige Gebäude strahlte im reinsten Weiß, im oberen Stockwerk gab es einen Balkon. Das Dach lief spitz zu und schimmerte im Licht der Sonne, als wäre es nass. In Wahrheit waren zwischen den Ziegeln Metallplatten angebracht, die das Sonnenlicht reflektierten. In den Vorgarten trat ein alter, gebrechlicher Mann in einem schwarzen Anzug, der ihm viel zu groß war. Unausgefüllt baumelten die Ärmel an ihm herunter.

Joli stieg aus. Der Mann musste am Fenster gestanden und auf das Taxi gewartet haben. Nun lief er wackeligen Schrittes auf den Wagen zu und reichte dem Fahrer durch das offene Fenster einige Scheine.

„Behalten Sie den Rest", sagte er.

Joli erkannte seine Stimme. Die ausgemergelte Gestalt war tatsächlich Phillip Tremonde. Ihr Vater wandte sich ihr zu. Seine Hände zitterten. Er wirkte erschreckend zerbrechlich, ganz anders, als sie ihn sich vorgestellt hatte, nachdem sie seine Stimme gehört hatte. Joli schätzte ihn auf Ende 60. Aber das war unwahrscheinlich. Wenn auch nicht gänzlich unmöglich. Vielleicht hatte er ihre Mutter sehr spät kennen und lieben gelernt.

Ein erfreutes Lächeln zeichnete sich auf den alten Zügen ab. Er wankte auf sie zu und legte die Hand auf ihre Schulter. Joli hatte das Gefühl, dass er sie umarmen wollte. Aber irgendetwas hielt ihn davon ab. Vielleicht Scham oder die Angst vor Zurückweisung.

„Wie schön", sagte er, löste sich von ihr und ging durch den blumenverzierten Vorgarten zum Haus. Joli folgte ihm. Der Kies unter ihren Füßen knirschte angenehm. Die Steine schimmerten feucht. Offenbar war es nicht lange her, seit der Garten zuletzt gesprengt wurde.

„Ein schönes Anwesen", sagte sie anerkennend und fragte sich, wie ihr Leben wohl verlaufen wäre, wenn sie ihre Kindheit in Dahlem verbracht hätte.

„Es gehört nicht mir, sondern Monsieur de Sagrais."

Aha. „Sagrais?"

„De Sagrais", verbesserte Tremonde. „Du wirst ihn kennen lernen."

Joli fragte sich, in welcher Beziehung de Sagrais zu ihrem Vater stand. Handelte es sich um eine Art Männer-WG oder lebten die beiden als Paar zusammen? Das war vielleicht der Grund, warum ihre leiblichen Eltern sie weggegeben hatten. Die beiden Männer waren sicher zu sehr mit sich selbst beschäftigt gewesen, um ein kleines Kind großzuziehen. Sie fragte sich aber, warum sich nicht zumindest ihre Mutter um sie gekümmert hatte.

Tremonde öffnete die knarrende Tür und bat Joli hinein. Kaum hatte sie die Villa betreten, glaubte sie, mit nur einem einzigen Schritt eine Reise in die Vergangenheit gemacht zu haben. Die Einrichtung des Hauses wirkte altmodisch. Mehr noch. Historisch. Joli betrachtete einen Spiegel mit goldenen Beschlägen und Arabesken. Ein wahrlich prachtvoller Anblick, wäre da nicht ein großer Sprung gewesen, der die Spiegelfläche teilte. Es sah aus, als hätte jemand seine Wut an dem guten Stück ausgelassen und ihn mit der Faust malträtiert.

Der Spiegel hing über einer Kommode, die gut und gern aus dem frühen 18. Jahrhundert stammen mochte. Natürlich konnten diese Möbelstücke Nachbildungen sein. Hier lebten eindeutig Exzentriker, oder Menschen, die das Flair der Vergangenheit liebten. Oder einfach ältere Herren, die von Neuerungen nichts hielten. Was auch immer die Beweggründe waren dieses Zuhause wie ein Herrenhaus aus dem Barock auszustatten, der Stil wurde konsequent durchgehalten, von Telefon und Radio abgesehen gab es hier nichts was darauf hindeutete, dass die Welt im 21. Jahrhundert angekommen war. Was ebenso auffiel wie die alten Möbelstücke, waren Knoblauchzehen und Kreuze, die an den Wänden und von den Decken hingen. Man war offenbar sehr religiös, wenn man die Anzahl der Kreuze betrachtete. Oder Sammler alter Reliquien. Warum man sein Heim allerdings mit Knoblauchgewächsen schmückte, konnte sie sich nicht erklären.

Phillip Tremonde führte Joli in den Salon, wie er das Wohnzimmer nannte, und bot ihr einen Platz auf einer edlen Couch mit Samtbezug an. Das Holzgestell knarrte verdächtig, als sie sich auf dem Sitzmöbel niederließ. Morsch war es wenigstens noch nicht. Oder zumindest nicht morsch genug, um unter Jolis Fliegengewicht zu zerbersten.

„Möchtest du einen Tee oder Kaffee?“

„Nein, danke. Ich hatte gerade eine heiße Schokolade.“

Phillip Tremonde nickte und entfernte sich von dem kleinen Rollwagen nahe der imposanten Eichentür, auf dem zwei Kannen und edles Porzellan standen. Dann setzte er sich ihr gegenüber auf den altmodischen Sessel und lächelte sanft. Joli lächelte zurück. Sein Lächeln wurde breiter und wandelte sich in ein verlegenes Grinsen, das zugleich unerwartet gepflegte Zähne enthüllte. Joli wusste nicht recht, was sie sagen sollte, bis ihr klar wurde, dass es ihm augenscheinlich genauso ging. Sie waren einander völlig fremd.

Sie wusste nichts über Tremonde, außer dem, was er ihr in seinem Brief offenbart hatte. Und er musste sogar noch weniger über sie wissen, weil er sie nie zuvor kontaktiert hatte. Die Situation war schwierig, vor allem ungewohnt. Einzig das Ticken der Kuckucksuhr durchbrach die unangenehme Stille. Ob wohl bei jeder vollen Stunde ein kleiner Holzkuckuck aus dem Miniaturtürchen schnellte? Joli sah auf das Ziffernblatt und stellte fest, dass sie noch eine Dreiviertelstunde warten musste, um das herauszufinden. Sie wandte den Blick von der Uhr ab und betrachtete Tremondes Ohren. Genau wie sie hatte auch er ein abstehendes Ohr. Der Anblick ließ ihre letzten Zweifel schwinden, dass es sich vielleicht nur um eine Verwechslung handelte. Es gab noch mehr Gemeinsamkeiten. Wenn er lächelte, kam er ihr auf unheimliche Weise vertraut vor. Sie entdeckte vieles von sich selbst, wenn sie ihn ansah.

„Der Arzt hat mir nur noch wenige Wochen zu leben gegeben“, unterbrach er das Schweigen plötzlich. „Außer dir habe ich keine lebenden Verwandten mehr“, sagte Tremonde ohne großes Feingefühl an den Tag zu legen oder sie auf das Thema vorzubereiten. Joli erschrak über die unerwartete Offenheit.

Irgendwann einmal musste der schwarze Anzug ihrem Vater wie angegossen gepasst haben. Er war vermutlich ein attraktiver, lebensfroher Mann gewesen. Es musste schrecklich sein, nur noch der Schatten eines früheren Ichs zu sein.

Betrübt senkte sie den Blick und fragte sich was er von ihr erwartete. Sollte sie ihn in die Arme nehmen? Sie kannte ihn doch kaum. Er war immer noch ein Fremder. Auch wenn sie großes Mitleid verspürte.

„Das tut mir leid.“ Joli warf einen kurzen Blick zu ihm und sah, wie betreten er drein schaute. So wie er aussah, fühlte sie sich im Moment. Sie wusste nicht recht, was sie dazu sagen sollte und räusperte sich verlegen. Aber es gab eine Frage, die ihr auf der Zunge brannte. „Was ist mit meiner Mutter?“ Es war vielleicht nicht der richtige Zeitpunkt diese Frage zu stellen, denn es ging erst einmal um Tremonde, der in Frieden mit seinem Leben abschließen wollte. Doch Joli brannte darauf mehr über ihre Mutter zu erfahren und Tremonde schien es nichts auszumachen. Er sah sie gütig, wenn auch betrübt an.

„Deine Mutter, ihr Name war Claire, starb bei deiner Geburt."

Sie hatte mit einer anderen Antwort gerechnet. Schlimmstenfalls damit, dass ihre Mutter sie aus Überforderung zur Adoption freigegeben hatte. Was wiederum viele neue Fragen aufgeworfen hätte. Andererseits verspürte sie nun Erleichterung darüber, dass ihre Mutter sie gar nicht weggegeben hatte. Vielleicht war sie kein ungewolltes Kind gewesen. Vielleicht wäre sie bei ihrer Mutter aufgewachsen, wenn diese nicht gestorben wäre. Wie oft hatte sie nachts in ihrem Bett gelegen und sich gefragt, warum ihre Eltern sie überhaupt in die Welt gesetzt hatten, wenn sie sie doch gar nicht wollten. Viele Fragen hatten sie ein Leben lang gequält. Nun wusste sie zumindest, dass ihre Mutter sie nicht weggegeben hatte. Warum ihr Vater sich für ein Leben ohne sie entschieden hatte, blieb hingegen offen. Sie hoffte, er würde es ihr im Laufe des Gespräches erklären.

„Die Familie Tremonde ist eine sehr alte, ehrwürdige und traditionsbewusste", sagte er plötzlich mit Stolz geschwellter Brust. Joli ließ sich ihre Verwirrung über den plötzlichen Themenwechsel nicht anmerken. Sie würde ihn später noch einmal auf ihre Mutter ansprechen. Jetzt wollte sie ihn aus Höflichkeit ausreden lassen. „Seit über zwei Jahrhunderten stehen die Tremondes im Dienste des Marquis de Sagrais."

„Marquis?"

„Des Markgrafen de Sagrais", erklärte Tremonde bedeutsam.

Das musste aber ein sehr alter Herr sein. Joli lächelte, denn so wie er sich ausdrückte klang es als hätte die Familie Tremonde 200 Jahre lang ein und demselben Adligen gedient. Ihr Vater war wie es schien schon etwas verwirrt.

„Im Laufe der französischen Revolution flohen die Familien nach Preußen und ließen sich in Berlin nieder. Es waren schreckliche Zeiten, geprägt von Armut und Hunger. Sie mussten sich eine neue Existenz aufbauen, aufgrund der Unruhen in der Heimat hatten sie einen Großteil ihres Besitzes zurückgelassen. Seit jenem Tag wuchs die Verbindung zwischen dem Marquis und den Tremondes zu einem schier unzerstörbaren Band. Der Herr stieg in den Kunsthandel ein, beschaffte wertvolle Schätze aus Afrika und dem Orient, die er teuer an den Meistbietenden verkaufte. So sammelte sich über die Jahrzehnte ein beträchtliches Vermögen an. Für jeden Tremonde war es eine große Ehre, dem Herrn zu dienen und ihn nach Kräften zu unterstützen."

Er zog ein zusammengerolltes Papier aus der Schublade einer Kommode, löste die Schleife, die es zusammenhielt, und breitete es vor Joli auf dem runden, polierten Tisch aus. „Sieh, das ist unser Stammbaum."

Sie warf einen Blick auf die Aufzeichnung. Sie hatte Schwierigkeiten die schnörkelige Schrift zu entziffern, doch Tremonde trug die aufgeführten Namen mit solcher Inbrunst vor, als handelte es sich um Heilige.

„Sebastién Tremonde, Isabelle Tremonde, Phillip Tremonde I., Phillip Tremonde II. …"

Es war merkwürdig, wie stolz er auf seine Ahnen war, während er sie, die ja auch zu seiner Familie gehörte, als Baby weggeben hatte. Offensichtlich bedeutete sie ihm weniger als seine Vorfahren, was Joli ziemlich wütend machte. Sie versuchte ihren Ärger zu unterdrücken.

„Ich sehe, dass Sie stolz auf Ihre Familie sind. Sie haben sogar einen Stammbaum, obwohl Sie nicht adlig sind. Aber was wollen Sie mir mit dieser kleinen Vorführung eigentlich sagen? Ich habe doch noch gar keinen Bezug zu all diesen Leuten, sie sind interessant, mit Sicherheit, aber ich …"

Tremonde rollte das Papier wieder zusammen und legte es vorsichtig in die Schublade zurück. „Ich möchte, dass du in meine Fußstapfen trittst und die alte Tradition fortführst", unterbrach er sie.

Joli rückte ihre Brille zurecht und wusste, dass sie ihn anstarrte als hätte er den Verstand verloren.

„Einen Moment, ich habe mich sicherlich nur verhört. Ich fasse das noch mal in eigenen Worten zusammen. Sie kontaktieren mich nach zig Jahren, nicht um mich kennen zu lernen sondern Sie möchten lediglich, dass ich Ihrem Herrn diene?"

„Du wirst ihn mögen."

„Das ist ein Scherz." Sein unbewegter Gesichtsausdruck verriet, dass es ihm ernst war. Sie schob die Brille ein zweites Mal, diesmal mit vor unterdrücktem Zorn zitterndem Zeigefinger bis zur Nasenwurzel hoch. „Mit Verlaub, wie kommen Sie auf so eine absurde Idee? Ich habe einen Job, ein gutes Leben, das ich mir aufgebaut habe." Und das ohne das Zutun ihres leiblichen Vaters. Herzlichen Dank auch.

„Du kannst mein Zimmer beziehen", fuhr er fort, als hätte er sie nicht gehört. „Sorge dich nicht, es gibt hier gar nicht so viel zu tun, wie du jetzt vielleicht denkst, und der Herr ist sehr umgänglich. Morgens um fünf erwartet der Herr seinen Tee, nicht zu sehr gezuckert, aber auch nicht zu stark. Er bevorzugt das rote Teeservice, welches einen Ehrenplatz in der Küche auf dem Regal bekommen hat, du kannst es nicht übersehen. Um acht gibt es dann Frühstück auf dem Balkon, allerdings nur im Frühjahr und Sommer. Sobald es kälter wird, zieht er den Speisesaal vor. Der Herr liebt übrigens englisches Frühstück, kein französisches. Eine lange Geschichte …" Er zwinkerte und plapperte munter weiter.

Joli blendete ihn aus. Umgänglich? ‚Der Herr' war anspruchsvoller als eine Hollywood-Diva. Sie hob abwehrend die Hände.

„Tut mir sehr leid, aber dieser 24-Stunden-Job ist nichts für mich. Ich arbeite bereits für einen Tierarzt."

„Kind, urteile nicht so vorschnell."

„Ich möchte viel lieber über Sie reden, Ihr Leben, was Sie in all den Jahren gemacht haben. Gut, die Frage hat sich vermutlich von selbst beantwortet, Sie haben Ihrem Herrn gedient." Sie versuchte mit einem Lächeln die groteske Situation wieder in den Griff zu bekommen. „Verstehen Sie denn nicht, dass ich alles über meine leiblichen Eltern wissen möchte? Über meine Mutter. Wo haben Sie sie kennen gelernt? Was war sie für eine Frau? Wieso haben Sie mich nicht großgezogen, nachdem sie gestorben war? Das alles ist mir wichtiger als einen Stammbaum anzuschauen. Was nützen mir die Namen, ich möchte etwas über die Menschen wissen."

Tremonde winkte ab, als versuchte er eine lästige Fliege fort zu scheuchen.

„Ich finde, ich habe ein Recht darauf, all diese Dinge zu erfahren. Sie müssen sich meinen Fragen stellen, das sind Sie mir schuldig."

„Lass uns erst das Wichtige bereden: Die Tradition unserer Familie!"

Joli seufzte. Allmählich begriff sie, worum es ihrem Vater wirklich ging. Die Tradition. Das war der wahre Grund, warum er sie nach Dahlem hatte bringen lassen. Um ihr einen Job als Leibeigene eines exzentrischen Adligen aufzuschwatzen. Es ging ihm gar nicht um sie, seine Tochter. Er hatte nicht einmal etwas Persönliches gefragt, es interessierte ihn nicht, wie sie ihre Brötchen verdiente oder was sie in ihrer Freizeit machte, wie und wo sie aufgewachsen war. All das spielte keine Rolle für ihn. Enttäuscht sank sie in sich zusammen. Dieses Treffen hatte sie sich anders vorgestellt. In Gedanken zählte sie bis zehn, um sich etwas zu beruhigen und nicht unnötig einen Aufstand zu machen, obwohl dieser Mann, der sich ihr Vater nannte, eine ordentliche Standpauke verdient hätte. Unter anderen Umständen hätte sie ihm die Meinung gesagt. Da sie ihn aber kaum kannte und Tremonde zudem noch schwer krank war, hielt sie es für angebracht, ihn zu schonen.

„Ich habe bereits einen Job", wiederholte sie und legte die Hände auf ihre Oberschenkel. Ihre Finger krallten sich in den verwaschenen Jeansstoff ihrer Hose. „Heutzutage sucht doch jeder eine Arbeit. Setzen Sie doch einfach eine Annonce in die Zeitung, ich bin mir sicher viele Leute würden gerne für einen Marquis arbeiten."

„Das ist leider nicht möglich. Der Marquis vertraut nur den Mitgliedern der Familie Tremonde."

„Dann hat der Marquis Pech gehabt." Joli fühlte sich auf einmal sehr müde.

„Joselin …"

„Tut mir schrecklich leid, aber ich möchte nun gehen." Joli erhob sich. Tremonde schien ihre Enttäuschung nicht zu bemerken.

„Bitte, Joli, überlege es dir noch einmal. Ich werde dir das Haus zeigen. Es ist wahrlich ein schönes Haus! Du wirst dich hier wohl fühlen."

„Lassen Sie es gut sein, Herr Tremonde."

Sie zwängte sich an dem runden Tisch vorbei und lief zügig aus dem Salon. Tremonde beeilte sich, ihr zu folgen. Wenn es um die Tradition ging, schien ihr Vater schnell zur Stelle zu sein, doch wo war er all die Jahre gewesen, in denen sie ihn gebraucht hätte? Doch tatsächlich hatte sie ihn gar nicht gebraucht. Sie war ohne ihn zurecht gekommen, denn sie hatte wunderbare, liebevolle Eltern, die vielleicht nicht so reich wie ein Tremonde waren, die sie aber liebten, sich um sie kümmerten und sorgten. Darauf kam es an.

In ihrer Rage achtete sie nicht auf den jungen Mann der wie aus dem Nichts vor ihr stand und stolperte geradewegs in seinen Rücken. Erschrocken torkelte sie zurück und rieb sich die schmerzende Stirn. Es dauerte einen Moment, ehe sie realisierte, dass sie nicht gegen eine Wand, sondern gegen einen Menschen gelaufen war.

„Entschuldigen Sie", murmelte sie, verwirrt darüber, woher der Kerl plötzlich aufgetaucht war. Sie musterte ihn verlegen von oben bis unten. Er trug nichts weiter außer einem hellblauen Frotteehandtuch um die Hüften. Ein nackter Typ in Tremondes Haus. Um Taktgefühl bemüht schlug sie sich die Hände vor die Augen, riss dabei versehentlich ihre Brille von der Nase und stieß mit schriller Stimme ein zweites, diesmal deutlich panischeres „Entschuldigung" aus. In was für eine peinliche Situation hatte sie sich nun schon wieder gebracht?

Der Kerl sprach nicht, doch sie spürte, dass er sich zu ihr umdrehte und sie anstarrte. Langsam schob sie die Finger auseinander und lugte durch die entstandenen Lücken hindurch zu ihm. Er stand direkt vor ihr und war von oben bis unten klitschnass. Der Duft eines süßen Badeöls stieg ihr durch den Türspalt in die Nase.

Joli hob den Blick bis zu seinem Gesicht und erstarrte. Dieser Typ war nicht nur an die zwei Meter groß, er sah auch noch wie ein fleischgewordener Traum aus. Die langen, dunklen Haare hingen in feuchten Strähnen über seine breiten Schultern, die wiederum in muskulösen, auffällig behaarten Unterarmen endeten. Seine Haut war eigenartig blass und sein Blick hatte etwas Durchdringendes. Und etwas Empörtes. Sie schluckte. Das Blut schoss heiß in ihre Wangen und brachte sie zum Glühen. Dabei war es nicht ihre Schuld, dass sie zusammengeprallt waren. Tremonde hatte sie völlig aus der Fassung gebracht.

Der Fremde räusperte sich. Erst jetzt merkte Joli, dass sie den Hünen unverschämt lange anstarrte. Sie nahm die Hände aus dem Gesicht und hob ihre Brille auf, um sie auf den angestammten Platz zu setzen.

„Marquis!“, rief Tremonde hektisch, drängte sich an Joli vorbei und verneigte sich ehrfürchtig vor dem Muskelprotz mit dem Stofffetzen um die Lenden, der nicht mehr allzu viel ihrer Phantasie überließ. „Es tut mir leid, Herr. Verzeihung. Das Mädchen war zu schnell.“

Das war also der Marquis de Sagrais. Seine Bauch- und Brustmuskeln spannten sich. Dieser Mann war unglaublich durchtrainiert. Und unglaublich behaart. Auch wenn sie nie auf allzu behaarte Männer gestanden hatte, musste sie doch zugeben, dem Marquis stand der kleine Pelz. Und dieser Mann war nicht alt.

„Das ist also unser Gast. Und sie möchte uns schon wieder verlassen? Zu schade, dabei wollte ich gerade nach oben gehen und mich ein wenig herrichten, um Sie anschließend zu begrüßen.“

Der letzte Teil des Satzes war an Joli gerichtet. Vermutlich sah sie mittlerweile wie eine überreife Tomate aus. Bildete sie es sich nur ein, oder hatte der Kerl einen leichten Akzent? Nun, sein Name ließ vermuten, dass er Franzose war. Tremonde hingegen, der ebenfalls französischer Abstammung war, sprach ein astreines Deutsch, was gewiss daran lag, dass die Tremondes seit der französischen Revolution in Preußen lebten, wie sie heute erfahren durfte. Aber galt das nicht auch für die Familie de Sagrais? Vielleicht war das nur eine Masche, Frauen lieben fremde Akzente. Oder er hatte seine Kindheit in Frankreich verbracht, bevor er zum Sitz der Familie zurückgekehrt war.

Tremonde warf einen verzweifelten Blick zu Joli. Er hoffte augenscheinlich, sie würde ihre Meinung ändern und bleiben. Aber Joli hatte sich entschieden, sie war nicht bereit ihr Leben umzukrempeln, nur wegen eines kurzen Gesprächs mit einem Mann den sie nicht einmal richtig kannte und der ihr etwas verwirrt vorkam. Auch nicht, um für einen überdurchschnittlich attraktiven Marquis mit viel Geld zu arbeiten, bei dessen Anblick ihr das Wasser im Munde zusammenlief. Sie zögerte. So betrachtet war das Angebot nun tatsächlich deutlich verlockender als zuvor.

Sie schüttelte heftig den Kopf, um wieder zu klarem Verstand zu kommen. Vieles mochte sie sein, aber eines war sie gewiss nicht. Käuflich. Es ging nicht um de Sagrais, sondern um ihren Vater, der mit ihr ein mieses Spiel gespielt hatte.

„Tut mir leid, verehrter Herr. Sie müssen sich eine andere Dienstbotin suchen. Ich habe alles mit meinem Vater besprochen. Er wird es Ihnen erklären. Auf wiedersehen."

Es kostete Joli einiges an Überwindung, den Blick von de Sagrais abzuwenden, ihren Vater nicht weiter zu beachten und schnurstracks zur Tür zu marschieren. Tremonde tat ihr immer noch leid. Und de Sagrais weckte ihre Neugierde. Es umgab ihn etwas Gefährliches, zugleich Sinnliches, das sie schwer in Worte fassen konnte. Etwas, das sie von der ersten Sekunde an in seinen Bann zog.

Endlich erreichte sie die Tür. Mit aller Kraft drückte sie die altmodische Klinke herunter, da spürte sie Tremondes Hand auf ihrer Schulter.

„Bitte überlege es dir noch einmal."

„Oh bitte, lassen Sie mich doch endlich mit dieser albernen Tradition in Ruhe. Ich möchte meinen Job nicht wegen Ihres Problems aufgeben, kapiert?"

„Ich habe dich verstanden. Und es tut mir leid, wenn ich dich heute enttäuscht habe. Vielleicht hätte ich gleich mit offnen Karten spielen sollen."

Sie schnaubte. Gut, er hatte sich entschuldigt. Gleichzeitig gab er sich nicht einmal Mühe zu verbergen, dass sie ihm eigentlich egal war und dass er sie nur aus einem Grund eingeladen hatte. Nicht, um sie kennen zu lernen, nicht um ihr im Angesicht des Todes näher zu kommen. Es ging ausschließlich um die Tradition.

„Solltest du deine Meinung dennoch ändern, weißt du, wie du mich erreichen kannst."

Großer Gott, wer hatte Tremonde nur diesen Traditionswahn eingeimpft? Was spielte es für eine Rolle, wie die Person mit Nachnamen hieß, die diesem ominösen, wenngleich hinreißenden Marquis die Fußnägel schnitt, den Rücken massierte ... Diese Gedanken lösten mehr positive Gefühle in ihr aus als es ihr lieb war. Himmel, vielleicht war es doch ein Fehler, das Angebot abzulehnen. Sie verstand noch immer nicht, warum der Butler oder die Hausdame des Marquis aus der Familie Tremonde stammen musste. Ihr Nachname war noch nicht einmal Tremonde, sondern Balbuk.

„Ja, gut", sagte sie ungehalten, damit Tremonde endlich Ruhe gab und warf einen letzten Blick in den Flur, in der Hoffnung, den sexy Marquis noch einmal zu sehen. Doch zu ihrem Bedauern war er bereits verschwunden. Sie seufzte.

„Soll ich dir ein Taxi rufen?"

„Nein, danke. Ich fahre mit dem Bus."

Joli hatte alle Mühe sich ihre Enttäuschung nicht zu sehr anmerken zu lassen. Es gelang ihr, die Tür hinter sich geräuscharm zu schließen. Sie fragte sich, warum sie sich nur auf dieses Treffen eingelassen hatte.

Zwei Tage waren vergangen, seit Joli das Haus des Marquis de Sagrais in Dahlem verlassen hatte. Seitdem hatte sie weder einen Gedanken an das Angebot ihres Vaters, noch an Tremonde selbst verschwendet. Dafür war de Sagrais im Minutentakt in ihren Gedanken aufgetaucht. Sie war überrascht, wie viele Details ihr in der kurzen Zeit aufgefallen und wie viele davon ihr in Erinnerung geblieben waren. Was für ein Mann. Animalisch, mit einem wilden Funkeln in den Augen, großen, starken Händen und sinnlichen Lippen. De Sagrais gehörte zur Creme de la Creme der heißesten Männer. Zumindest in Jolis Welt, denn er entsprach nicht dem gängigen Typ des Schönlings. Zwar wirkte er gepflegt, gleichzeitig aber auch rau. Er erinnerte sie an einen Rockstar mit einer rebellischen Ader, der sich von nichts und niemandem etwas sagen ließ. Obwohl ihr Rockmusik unter normalen Umständen Kopfschmerzen bereitete, ließ sie an diesem Morgen ihren MP3-Player an, als im Radio ‚Word up' von Korn gespielt wurde. Ein nackter Rockstar mit einem flauschigen Handtuch um die schmalen Hüften, dem Oberkörper eines Athleten und einem Gesicht, das George Clooneys Visage alt aussehen ließ, fügte sie in Gedanken hinzu und grinste von einem Ohr bis zum anderen. Die kurze Begegnung hatte Eindruck auf sie gemacht, in der Tat, und ihre Phantasie in alle möglichen Richtungen beflügelt. Wie es Jolis Art war, fand sie sich in einem Tagtraum wieder, während sie mechanisch in die Pedale ihres rostbraunen Klapprads trat, um rechtzeitig zur Arbeit zu gelangen. In Gedanken sah sie sich auf einer Holzbank in einer gemischten Sauna sitzen und hatte ein flauschiges Handtuch um ihren Körper geschlungen, während der sexy Marquis vor ihr die Hüften zu ‚Word up' schwang und sich ihr in seiner ganzen Pracht präsentierte. Und was für eine Pracht das war. Holla die Waldfee. Joli biss sich auf die Unterlippe.

Ach, wem machte sie etwas vor. Mit ihrem Aussehen würde sie weder Rockstars noch einen Marquis de Sagrais für sich gewinnen. Im Gegenteil. Sie war genau der Typ Frau, vor dem die Kerle Reißaus nahmen. Sie konnte vielleicht deren Angestellte sein, aber sicher nicht mehr. Traurig aber wahr. Sie war eine Brillenschlange mit intellektuellem Touch. Zumindest hatte ihr Ex sie gern so bezeichnet. Ihr Gesicht war ihrer Ansicht nach eine einzige Katastrophe, das sie am liebsten unter einer Papiertüte versteckt hätte. Deswegen hatte sie es vermieden, heute Morgen in den Spiegel zu blicken. Karla hatte ihr schon einmal geraten, sich eine neue Brille anzuschaffen, um ihr Aussehen zu verbessern, was ihrer Ansicht nach auch Auswirkungen auf die ‚Personality' hätte. Dabei gehörte das Bernsteinmodel bereits zu den vorteilhafteren Modellen für Menschen mit herzförmigen Gesichtern. C'est la vie.

Als Joli, wie immer fünf Minuten zu spät, die Tür aufriss und in die Tierarztpraxis stolperte, erwartete sie eine böse Überraschung. Das Wartezimmer war leer, kein vertrauter Geruch nach Hund oder Katze stieg ihr in die Nase. Kein Zwitschern aufgeregter Wellensittiche und Kanarienvögel war zu hören. Karla und Dr. Mark standen mit trüben Mienen hinter der Anmeldung und ließen die Schultern hängen. Man musste kein Hellseher sein, um zu erkennen, dass irgendetwas Schlimmes passiert war.

„Ihr macht Gesichter wie drei Tage Regenwetter. Aber wen wundert das, der Wetterbericht hat ein Unwetter für heute Nachmittag vorausgesagt“, sagte Joli und schnappte sich ihren Overall aus dem Schrank neben der Umkleidekabine.

„Kommen Sie einen Moment zu uns, Joli?“, bat Dr. Mark, der sich erschöpft auf den Stuhl hinter dem Computertisch fallen ließ, um mit dem Zwei-Finger-Suchsystem die Tastatur zu bedienen.

„Ja, sicher.“ Joli ließ den Schrank offen stehen und klemmte sich den zusammengerollten Overall unter den Arm. Sie ging zum Tresen und blickte die beiden erwartungsvoll an.

„Ich will gleich zur Sache kommen, Joli. Ich habe schlechte Nachrichten für Sie.“

Joli runzelte die Stirn. „Sagen Sie mir nicht, dass ich gefeuert bin, Dr. Mark.“ Sie lachte, überzeugt, dass das niemals die schlechte Nachricht sein konnte, von der er sprach. Aber da sein Ausdruck bitterernst blieb, verspürte sie ein zunehmend beklemmendes Gefühl in der Magengegend.

„Ganz so schlimm ist es nicht“, sagte Dr. Mark schließlich und lächelte entschuldigend. „Ich habe mich gestern leider verspekuliert.“

„Aktien!“, warf Karla erklärend ein und kaute schmatzend ihren knallrosa Kaugummi, den sie sonst nur in der Mittagspause in den Mund steckte.

„Sie spekulieren in Aktien? Das wusste ich gar nicht.“

„Das mache ich schon seit einiger Zeit, um die neuen Praxisgeräte abzuzahlen, die wir uns kürzlich anschafften. Bisher lief alles gut. Gestern kam dann der Absturz. Ich habe sehr große Verluste erlitten. Das kommt davon, wenn man sich auf einen heißen Tipp verlässt. Wird schwer, meine Schulden zu begleichen und gleichzeitig alle anfallenden Gebühren zu zahlen. In letzter Zeit haben wir auch noch zurückgehende Patientenzahlen, weil die Tierklinik vor wenigen Wochen eröffnet hat.“ Alexander Mark strich sich durch sein Haar und atmete tief durch. „Ich kann mir keine zwei Tierarzthelferinnen mehr leisten. Das heißt, entweder ich kündige einer von euch beiden oder ihr teilt euch den Job. Karla wäre bereit dazu. Wie sieht es mit Ihnen aus?“

Jolis Herz pochte schneller. Ein Halbtagsjob. Wie sollte sie nun ihre Miete und Rechnungen bezahlen? Mit dem Gehalt kam sie nicht über die Runden. Karla war in einer Beziehung und ihr Dauerverlobter verdiente als junger Anwalt für zwei. Sie hingegen hatte niemanden.

„Schwierig."

„Vielleicht suchst du dir noch einen zweiten Job?", schlug Karla vor und setzte ihre Mitleidsmiene auf.

Joli zuckte frustriert die Schultern. Ein Nebenjob, schön und gut. Aber zwei Jobs waren schwer zu koordinieren.

„Es tut mir sehr leid", sagte Dr. Mark. „Doch für die nächste Zeit gibt es keine andere Lösung. Leider."

Joli nickte langsam. Er kann ja nichts dafür, dachte sie, doch verpasste sich im selben Moment eine imaginäre Ohrfeige. Natürlich konnte er etwas dafür. Wenn er sich nicht verspekuliert hätte, könnte sie ihren Job behalten. Wie dem auch sei, die Situation war wie sie war und ließ sich jetzt nicht mehr ändern. Zumindest konnte sie halbtags in der Praxis arbeiten. Es würde schon irgendwie gehen. Es musste.

„Dann machen wir es also wie jeden zweiten Samstag? Jede von uns arbeitet einen halben Tag. Übernimmst du heute die erste Schicht?", fragte Joli.

„Das kann ich machen."

„Gut. Ich möchte mir die Stellenanzeigen ansehen. Oder kennen Sie einen Tierarzt der zurzeit eine Helferin sucht?"

Ihr Chef schüttelte bedauernd den Kopf.

„Was ist denn mit der neuen Tierklinik? Die suchen jemanden", überlegte Karla.

„Dort haben sie bereits eine Tierarzthelferin eingestellt", war Doktor Marks prompte Antwort. „Auf meine Empfehlung. Tut mir leid. Wenn ich das gewusst hätte …"

Natürlich. Konnte ein einzelner Mensch mehr Pech haben? Seit zwei Wochen hatten die vergeblich eine Assistentin gesucht. Frustriert legte Joli den Overall in den Schrank zurück und griff nach der Tageszeitung, die wie jeden Morgen auf dem Glastisch im Wartebereich lag.

„Ich setze mich ins *Expresso*. Bin über mein Handy zu erreichen, falls ihr mich brauchen solltet."

Wenige Augenblicke später kämpfte sich Joli durch den Nieselregen, der nun zu allem Überfluss früher als erwartet einsetzte. Das Wetter passte sich ihrer Stimmung an. Verbissen drückte sie die Zähne zusammen, um nicht in Tränen auszubrechen. Innerhalb von wenigen Sekunden nahm der Regen zu und sie verfluchte sich dafür, dass sie ihren Regenschirm zu Hause gelassen hatte. Schwer prasselten die dicken Tropfen in einem geräuschvollen Rhythmus auf sie nieder. Sie legte einen Schritt zu, drückte die Tür des *Expresso* mit Schwung auf und setzte sich an einen Tisch am Fenster.

„Wie immer, eine heiße Chili-Schokolade?", fragte der freundliche Kellner.

Joli überlegte einen Moment, nickte dann aber. Wenn es etwas gab, das die Glückshormone in Schwung brachte, dann war es eine Überdosis Schokolade.

„Kommt sofort!"

Sie sah dem jungen Mann nach. Seine ausgesprochen gute Figur und sein überaus knackiges Hinterteil erinnerte sie unwillkürlich an den Marquis de Sagrais. Mit dem Unterschied, dass der exzentrische Adlige keinen dunklen Teint hatte, hätten die beiden Männer Brüder sein können. Mit einem leisen Knurren schlug sie sich gegen die Stirn, um den Marquis endlich aus ihrem Kopf zu bekommen. Sie hatte nicht die Zeit über ihn nachzusinnen, völlig gleich wie sexy sie ihn fand. Sie musste einen zweiten Job finden. Und das schnell, wenn sie nicht Ende des Monats auf der Straße sitzen wollte. Entschlossen schlug sie die Zeitung auf und ging die Stellenangebote durch. Der Regen hatte die Seiten stark durchgeweicht, das meiste war trotzdem noch zu lesen. Ein Anwalt suchte eine Schreibkraft. Vielleicht war das etwas für sie. Tippen konnte sie und wenn nicht mehr gefordert wurde, war das allemal zu bewältigen. Sie öffnete ihre Handtasche, um das Handy herauszuziehen und griff dabei versehentlich nach dem Brief ihres Vaters, den sie noch nicht entsorgt hatte. Vor Schreck über diese Erkenntnis fiel ihr das zusammengeknüllte Stück Papier aus der Hand und auf den Boden. Der Kellner kam zurück, stellte die zylinderförmige Tasse vor ihre Nase, um den Brief mit einem charmanten Lächeln für sie aufzuheben.

„Sie haben etwas verloren. Bitte schön."

Joli nahm die Nachricht und starrte auf sein hinreißendes Zahnpastalächeln. „Danke", hauchte sie. Sie musste ziemlich verzweifelt und sexuell frustriert sein, wenn sie beim Anblick jedes attraktiven Mannes, der ihr zufällig begegnete, den Verstand verlor. Vielleicht würde er noch etwas sagen, irgendetwas Nettes, das ihr diesen hundsmiserablen Tag rettete. Aber er nickte nur und ging zur Bar zurück. Sie starrte ihm lange nach, ehe sich ihr Blick auf das zerknitterte Papier in ihrer Hand richtete. Ihr Vater hatte ihr ein Jobangebot gemacht. Und der reiche Kerl, für den er bisher gearbeitet hatte, spukte nicht nur in ihren Tagträumen herum, sondern war auf den ersten Eindruck freundlich, wenn auch unangemessen leicht bekleidet gewesen, und zahlte sicherlich auch ein fantastisches Gehalt, wenn man berücksichtigte, aus welchen Verhältnissen er stammte. Falls er nicht schrecklich geizig war, man konnte ja nie wissen. Den Erzählungen ihres Vaters nach zu schließen, hatten die Familien eine gewisse Zeit in Armut gelebt. Dem Haus nach zu urteilen, schienen die mageren Zeiten jedoch vorüber. Etwas in ihr sagte ihr aber, dass de Sagrais ein großzügiges Gehalt zahlen würde. Ganz besonders deshalb, weil er so versessen darauf war, dass eine Tremonde in seine Dienste trat. Und diese waren anscheinend rar.

Während sie nachdachte, stützte sie den Kopf in ihre Hand und sah zur Decke. Das wär's doch. Sie als Angestellte eines reichen Sunnyboys. Nun gut, ein Boy war er sicher nicht mehr, denn der Typ fiel in die Kategorie 30 plus. Also kein Boy, sondern ein richtiger Mann. Ein richtiger Mann mit dem Körper eines richtigen Mannes.

Nein, entschied Joli vehement und, wie sie glaubte, vernünftig, und nahm einen kräftigen Schluck. Sie würde nicht dorthin zurückgehen und deren fragwürdiges Jobangebot annehmen, denn das würde heißen, sich dem Willen ihres Vaters zu beugen. Das konnte und wollte sie nicht. Zumindest nicht, ohne zuvor alles versucht zu haben, einen anderen Job zu finden.

Nach zwei Stunden erfolgloser Jobsuche und ebenso erfolgloser Telefonate, einer Handyrechnung, die garantiert sämtliche bisherigen Rekorde sprengen würde, und einer Laune, die unterirdischer kaum sein konnte, erschien ihr der Gedanke, die Familientradition fortzuführen, gar nicht mehr so abwegig. Es war ja nur vorübergehend. Bis ein besserer Job in Sicht war. Man könnte es ja mal probieren.

Sie faltete das Papier auseinander, glättete es und rief ihren Vater an.

Wäre Jolis Leben ein Film gewesen, hätte sie sich nicht über die Geschwindigkeit gewundert, in der es an ihr vorbeirauschte. Sie stand mitten im Regen im Vorgarten der alten Villa in Dahlem und drückte auf den Klingelknopf, der auf der anderen Seite der Tür ein schrilles Bimmeln erklingen ließ. Wenige Sekunden später stand sie neben ihrem Vater in dem altmodischen Flur, mit einem bummernden Herzen in ihrer Brust und starken Zweifeln, ob sie tatsächlich die richtige Entscheidung getroffen hatte. Noch einmal hier her zu kommen hatte sie einen großen Teil ihres Stolzes gekostet.

„Wie schön, dass du es dir anders überlegt hast. Es gibt einiges zu besprechen. Sehen wir uns das Haus an", sagte er hastig.

Für sein Alter und seinen Zustand legte er einen ordentlichen Schritt vor. Die Treppe in den ersten Stock nahm er in Nullkommanichts. Ohne ein Stolpern. Er wollte wohl keine Zeit verlieren. Alles ging so flott, als hätte jemand auf die Schnellspultaste gedrückt. Joli war das nur recht, so hatte sie keine Gelegenheit, ihre Meinung noch einmal zu ändern.

Die privaten Gemächer des Herrn waren tabu für sie, was sie wirklich sehr schade fand.

Das Bad war Gott sei Dank sauber und gepflegt. Tremondes Zimmer, welches er seiner Tochter vermachen wollte, war geräumig und großzügig ausgestattet und wies zudem eine Terrasse auf. Zu ihrem Erstaunen entdeckte sie sogar einen Fernseher auf einer Kommode nahe dem Fenster. Wie fortschrittlich. Und überall, egal in welchen Raum sie gingen, fand sie Kreuze an den Wänden und Knoblauchgewächse, die von den Decken hingen.

„Herr Tremonde, ich werde nicht in das Haus des Marquis ziehen. Ich habe bereits eine Wohnung, in der ich mich sehr wohl fühle."

„Nenn mich bitte Phillip."

„Also gut, Phillip, noch einmal zum Mitschreiben. Ich suche einen zweiten Job. Ich gebe meine Arbeit als Tierarzthelferin nicht auf. Dafür liebe ich Tiere viel zu sehr. Ich komme nach der Arbeit her, sehe nach dem Marquis, mache den Haushalt und …"

„Ich habe verstanden. Ich bin sicher, der Herr wird sich damit zufrieden geben." Er zwinkerte. „Gefällt dir das Haus?"

„Ja, sicher. Es ist sehr schön. Gut, der Weg von der Praxis hier her ist deutlich länger als zu meiner Wohnung, aber in Berlin kommt man mit U- und S-Bahn überall hin. Man muss sich nur ein ordentliches Sitzfleisch zulegen."

„Das wird den Marquis freuen."

„Dass ich Sitzfleisch ansetzen muss?"

„Dass dir sein Haus gefällt. Gehen wir in die Bibliothek." Keine Spur Humor hatte der Mann.

Er trat in den Flur, rollte einen kleinen Läufer zurück, der auf den Dielen ausgebreitet war, und öffnete die sich darunter befindliche Falltür. Wackelig stieg er knarrende Stufen ins Dunkel hinab. Joli hätte über den ungewöhnlichen Zugang zur Bibliothek überrascht sein müssen, war es aber nicht. Wahrscheinlich hätte es sie nicht einmal verwundert, wenn es hier einen Geheimgang hinter dem Kamin gegeben hätte. In diesem Haus schien nichts unmöglich. Joli fürchtete, er würde stürzen, aber Tremonde wusste genau was er tat und wohin er treten musste, um sicher nach unten zu gelangen. Dort angekommen schaltete er das Licht ein und winkte Joli hinunter. Sie nahm all ihren Mut zusammen und folgte Tremonde die gefährlich steile Treppe hinab. Mit beiden Händen hielt sie sich an dem morschen Geländer fest, riss dabei einige Spinnennetze entzwei, und kam unbeschadet im Kellergewölbe an, das größer aussah, als sie erwartet hatte. Die Regale reichten bis zur Kellerdecke und waren bis zum Rand mit Büchern gefüllt. Ein Paradies für jede Leseratte. Tremonde zog einen alten, dicken Wälzer aus einem der Regale und pustete den Staub ab, der sich glitzernd in der Luft verteilte und Joli zum Husten reizte.

„Komm“, sagte er, setzte sich an einen Schreibtisch unter eines der Regale und klappte das Buch auf. Erneut bildete sich eine Staubwolke. Der letzte Frühjahrsputz lag offenbar einige Jahre zurück. Hoffentlich erwartete der sexy Marquis nicht von ihr, dass sie hier unten Ordnung schaffte. Die Vorstellung überforderte sie. „Ich habe dir bisher nicht die ganze Wahrheit gesagt, Joselin.“

Diese Offenbarung riss Joli aus ihren Gedanken. Er deutete auf den Hocker neben sich. Neugierig, doch auch ein wenig ängstlich, nahm sie neben ihm Platz und sah ihn fragend an.

„Der Herr ist kein Mensch. Sondern ein Lykanthrop.“

„Ein Werwolf?“, schoss es aus ihr heraus.

Nun war es Tremonde, der überrascht dreinblickte. „Du weißt was ein Lykanthrop ist?“

„Ich interessiere mich für Psychologie. Die Lykanthropie ist eine Form der Therianthropie, also der Glaube, sich in ein Tier verwandeln zu können. Diese Art der Geisteskrankheit ist noch nicht vollständig erforscht, die Wissenschaftler sind sich über die Ursachen uneinig und …“, sie hielt inne. Der Marquis, der attraktive junge Mann mit dem hellblauen Frotteehandtuch, litt an geistiger Verwirrung. Das war ein harter Schlag, erklärte aber auch, warum er eine Haushaltshilfe brauchte. Allein kam der Ärmste offensichtlich nicht zurecht. Vielleicht ließ sich die Krankheit mit Medikamenten behandeln.

Tremonde sah sie auf unheimliche Weise an. „Er *ist* ein Werwolf.“

Joli wusste im ersten Moment nicht, wie sie reagieren sollte. Minuten verstrichen, ohne dass ein Wort über ihre Lippen kam. Das war in der Tat eine Offenbarung, mit der sie nicht gerechnet hatte. Als nächstes würde er ihr verkünden, er sei ein Vampir. Aber Gott sei Dank, machte er ihr dieses Geständnis nicht.

Dennoch, ihr Vater meinte es ernst. Langsam schüttelte sie den Kopf. Ein Werwolf also. Natürlich. Was auch sonst.

Um Tremondes Augen bildeten sich kleine Lachfalten. Dann nickte er heftig, wie ein Wackelkopftier, das Autofahrer mit besonders exquisitem Geschmack in ihrem Rückfenster ausstellten.

„Ich wusste, dass du so reagieren würdest." Tremonde lächelte milde. „Ja, ja, das wusste ich. Aber wer kann es dir verdenken, mein Kind? Meine Worte müssen unglaublich für dich klingen. Was wirst du erst sagen, wenn ich dir die ganze Geschichte erzählt habe?"

„Oh, es kommt noch mehr?"

„Viel mehr. Die Geschichte des Herrn wird dich an deinem Verstand zweifeln lassen. Oder an meinem. Das wird sich zeigen. Ich möchte dich nur bitten mir zuzuhören, bis ich sie beendet habe. Mehr verlange ich nicht. Für den Augenblick."

Joli war sich noch immer nicht ganz sicher, ob ihr Vater Scherze machte oder ob Medikamente seinen Geist verwirrten.

„In Ordnung, schieß los", sagte sie mit unterdrücktem Amüsement.

Tremonde drehte seinen Stuhl, bis er ihr gegenüber saß, legte das Buch auf seinen Schoss und begann seine Stimme dramatisch zu erheben. „Zu einer Zeit, als die Erde noch jung war und die ersten Zivilisationen entstanden, herrschte ein Mann namens Ancoras über ein reiches Land. Die Menschen waren zufrieden, weder Krieg noch Hunger peinigten sie. Von allem was das Herz begehrte gab es reichlich. Jeder Mann fand Arbeit und verdiente genug, um seine Familie zu ernähren. Auch die Abgaben waren klein, sodass jeder ein schönes Heim besaß und vornehme Gewänder trug. Ancoras war ein guter und gerechter König, der sein Volk ebenso liebte wie seine beiden Töchter Pyr und Lykandra, die für ihre Schönheit über die Grenzen des Reiches hinaus bekannt waren. Als der König im hohen Alter im Sterben lag, trauerte das Volk jeden Tag und jede Nacht. Es hoffte auf ein Wunder. Nicht so Lykandra und Pyr. Sie stritten um die Nachfolge ihres Vaters. Beide Schwestern waren am selben Tag zur selben Stunde geboren. Niemand wusste, wer die Ältere war und welcher Schwester das Recht auf den Thron zustand, denn die Hebamme war schon vor langer Zeit verstorben, genauso wie die Mutter. So blieb der Thron nach dem Tod Ancoras unbestiegen. Das Volk jedoch spaltete sich in die Anhänger Pyrs und Lykandras. Chaos und Uneinigkeit regierten von nun an das Land. Es musste bald eine Entscheidung fallen, wenn es nicht im Sog des Hasses untergehen wollte und somit alles vernichtet würde, wofür Ancoras gestanden hatte. In einer finsteren Nacht suchte der Dämon Baal Lykandra auf und versprach, ihr zu helfen, Pyr zu besiegen. ‚Du wirst dich in einen Wolf verwandeln, wann immer es dir beliebt. Spioniere deine Feinde aus. Bei Vollmond aber soll deine Macht wachsen, auf dass du größer und stärker wirst als jedes Raubtier, das du kennst. Schlitze deinen Gegnern die Kehlen mit deinen Reißzähnen und Klauen auf.' ‚Was verlangst du dafür von mir?', fragte Lykandra, denn sie wusste, dass ein Geschäft mit Dämonen gefährlich war und sie stets eine Gegenleistung einforderten. ‚Dein Herz soll ewig schlagen, keine Krankheit wird dich niederstrecken, doch Waffen aus Silber sollst du meiden. Sie bringen den Tod. Und wenn du einst durch sie sterben solltest, wird deine Seele mir gehören und ich werde dich zu mir in die Unterwelt rufen.' Lykandra ging auf den Handel ein, denn wer konnte eine Waffe aus reinem Silber bezahlen? Wer wäre so tollkühn sie damit zu bedrohen?

Noch in derselben Nacht schlich sie in Pyrs Gemach, um ihre Schwester zu töten. Doch Baal hatte aus Pyr ein Wesen der Finsternis gemacht, das sich vom Blut anderer ernährte und das Sonnenlicht fürchtete, nicht jedoch den Biss des Wolfes. Die Schwestern bekämpften sich bis aufs Blut, aber keine konnte die andere besiegen. Zu spät erkannten sie das falsche Spiel, dass der Dämon mit ihnen getrieben hatte. Ihre schwarzen Seelen waren nun an das Reich Baals gebunden, aber ihr Zwist war noch immer nicht beigelegt. Er dauerte an. Jahre, Jahrzehnte, Jahrhunderte.

In dieser langen Zeit schwoll ihr Hass aufeinander an. Sie vergrößerten ihre Armeen, bis sich schließlich überall auf der Welt Werwölfe und Vampire in ihren Namen bekriegten. Jene, die in der Schlacht fielen, verloren ihre Seelen an Baal, denn auf ihnen lastete derselbe Fluch wie auf ihren Schöpferinnen.

Als sich die Schwestern in einem letzten Gefecht auf dem Todesberg trafen, gelang es Lykandra Pyrs Herz herauszureißen und sie damit auf ewig in das Reich der Finsternis zu verbannen.

Sie selbst schleppte sich, durch Pyrs silbernen Dolch schwer verwundet, in eine dunkle Höhle, um zu sterben. Die Mondgöttin Artemis kam zu ihr hinab und fing ihre Seele in einem Kristall ein, um sie vor Baal zu schützen und ewiglich bei sich zu tragen, denn Artemis hatte sich in die Schönheit Lykandras verliebt. Seitdem verfolgt Lykandra das Geschehen auf der Welt bis in alle Ewigkeit und spricht durch die Wolfsänger zu ihren Kindern. Auch heute noch bekämpfen diese ihre Erzfeinde, die Vampire."

Tremonde klappte das Buch zu und sah Joli gespannt an.

Sie tippte sich mit der Kuppe ihres Zeigefingers an ihre Unterlippe. „Eine interessante Geschichte, von der ich bisher noch nie etwas gehört habe. Warum hast du sie mir erzählt?"

„Der Marquis ist ein Nachfahre Lykandras."

„Ah, ja."

„Es ist schwer zu glauben, das weiß ich wohl."

Sie fuhr mit der Hand über ihre Stirn. Zweifel kamen ihr auf. Tremonde stand entweder unter dem Einfluss harter Drogen oder er war verrückt, vielleicht auch beides. Der Geisteszustand des Marquis, wenn er denn überhaupt diesen Titel inne hatte und dieser nicht auf einem Hirngespinst basierte, war ebenso unklar. Konnte sie wirklich hier arbeiten? In einem Haus, in dem zwei Verrückte wohnten? Andererseits brauchte sie diesen Job.

„Ich werde dir beweisen, dass es wahr ist", fuhr Tremonde fort. „Alles, was ich brauche, ist ein wenig Geduld von deiner Seite."

Joli seufzte innerlich. Wieso lief es nie so, wie sie es sich erhoffte? An jedem noch so kleinen Glücksfetzen musste immer ein Haken hängen.

„Hör zu, Phillip, ich habe genug Sorgen. Ich werde hier meine Arbeit machen, mehr will ich nicht und das muss reichen. An welche Geschichten du glaubst, soll mir egal sein, so lange ich dadurch nicht mit dem Gesetz oder irgendwelchen obskuren Sekten in Konflikt komme." Sie erhob sich, denn sie wollte nicht länger in diesem modrigen Keller sitzen und sich Gruselgeschichten anhören, machte einen Schritt zurück und stieß gegen einen Widerstand.

„Immer wenn ich Sie sehe, haben Sie es eilig davonzulaufen", drang eine tiefe Stimme mit einem leichten, französischen Akzent an ihr Ohr. „Das ist äußerst verdächtig."

Joli blieb wie angewurzelt stehen. Erst nachdem sie sich von dem Schrecken erholt hatte, drehte sie sich um. Hinter ihr stand der Marquis de Sagrais. Wieder hatte er es geschafft, sich unbemerkt an sie heran zu schleichen. Er hatte sie zu Tode erschreckt.

„Machen Sie das nie wieder!", sagte sie und wedelte mit dem Finger vor seiner Nase herum.

Er hob die Hände. „Es lag nicht in meiner Absicht, Sie zu erschrecken. Verzeihen Sie mir."

Seine Worte klangen ehrlich. Ihre Vermutung, dass es ihm dennoch gefiel, sie aus der Fassung zu bringen, wurde durch sein leicht arrogantes Lächeln bestätigt. Eins musste man jedoch neidlos anerkennen. Er sah verdammt gut aus. Seine Haare waren schon wieder nass, vom Regen vermutete sie, und zu einem schwarzen, dicken Zopf gebunden, der bis zu den Schultern reichte. Seinen muskulösen Körper hatte er in eine schwarze Lederhose und in ein weißes Hemd schlüpfen lassen und das I-Tüpfelchen bildete ein dunkler Wildledermantel, dessen Saum den Boden streifte. Das Bild eines stürmischen Regentages drängte sich unwillkürlich auf. Hellblau und undurchsichtig strahlten seine Augen. Seine Haut war blass und das Gesicht aristokratisch geschnitten. Obwohl Koteletten nicht gerade Jolis Geschmack waren, musste sie feststellen, dass sie zum Typ des Marquis passten. Zumal sie nur bis zu den Kieferwinkeln reichten, anstatt in einen Bart überzugehen. Im Gegensatz zum letzten Mal war sein Kinn glattrasiert, die Ohren versteckten sich unter den locker zusammengebundenen Haaren, aber sie meinte kleine Spitzen zu erkennen, die zwischen den Strähnen hervorragten. Offenbar amüsiert über Jolis Reaktion vertiefte sich sein Lächeln.

„Ich wollte nicht gehen. Noch nicht. Zunächst möchte ich einen Ausflug in die Realität zurück machen und die geschäftlichen Dinge klären, wenn Sie nichts dagegen haben. Damit meine ich den Arbeitsvertrag, die Gehaltfrage und so weiter, Sie kennen das ja", sagte Joli, entschlossen endlich Nägel mit Köpfen zu machen, bevor sie es sich noch einmal anders überlegte.

„Mademoiselle Tremonde …"

„Frau Balbuk", verbesserte Joli den Marquis, der ihren Einwand jedoch überhörte.

„Ich bin auf Ihre Mitarbeit und Ihre Hilfe angewiesen. Das hat Ihnen Ihr werter Vater doch bereits erklärt."

„Dagegen habe ich auch nichts einzuwenden. Ich sagte ihm, dass ich immer vor oder nach der Arbeit in der Praxis vorbei komme, mich um Ihre Angelegenheiten kümmere und den Haushalt für Sie führe. Ich denke, das wären bis zu drei Stunden täglich."

„Darum geht es nicht. Ich brauche Ihre Zusage, dass Sie eine Verbindung eingehen." Er sah sie eindringlich an.

Eine Verbindung. Unter normalen Umständen wäre sie über ein solches Angebot hocherfreut gewesen. In diesem Fall hatte sie jedoch das Gefühl, dass er sie einfach nur in Verlegenheit bringen wollte. Sie konnte sich zumindest beim besten Willen nicht vorstellen, dass er es ernst meinte. „Mit wem?", fragte sie sicherheitshalber nach.

„Ich spreche vom Wolfsauge."

„Ich wünschte wirklich, Sie würden aufhören, in Rätseln zu sprechen."

„Verzeihen Sie, Mademoiselle, auch das war nicht meine Absicht."

„Joli braucht einen Beweis, Herr", schaltete sich Tremonde dazwischen. „Heutzutage sind die Menschen weder so leicht- noch so abergläubig wie in Ihren Zeiten." Tremonde erhob sich von seinem Drehstuhl, streifte die Jacke ab und knöpfte sein Hemd auf.

„Ich vertraue auf den gesunden Menschenverstand, und der sagt mir …" Joli hielt erschrocken die Luft an, als ihr Vater seine drahtige, abgemagerte Brust entblößte, aus deren Mitte ein funkelnder Kristall in der Farbe des Mondes aus dem fahlen Fleisch ragte. „Was ist das?"

Joli trat einen Schritt auf ihren Vater zu. Etwas Derartiges hatte sie nie zuvor gesehen. Vielleicht handelte es sich um eine Attrappe, also um einen Kunststein, der mit Theaterkleber an seiner Brust befestigt worden war. Dafür sah er jedoch zu echt aus. Vorsichtig streckte sie die Hand nach dem münzgroßen Stein aus, um herauszufinden, ob er tatsächlich mit Tremondes Körper verwachsen war. Dicke Adern hielten ihn in der menschlichen Haut gefangen. Als ihr Zeigefinger den Kristall berührte, leuchtete er in den grellsten Farben und blendete sie so stark, dass Joli gezwungen war, die Augen zusammen zu kneifen. Ein leiser Aufschrei entwich ihrer Kehle. Sie hatte das befremdliche Gefühl, der Stein sei lebendig. Aber das war völlig unmöglich. Steine besaßen keinen eigenen Willen. Sie konnten nicht glühen, wann es ihnen beliebte. Dieser Stein aber tat es. Er reagierte auf ihre Bewegung. Erschrocken wich sie zurück und stieß erneut gegen de Sagrais, der sich ihr wieder von hinten genähert hatte. Ihre Brille fiel herunter, sodass sie ihren Vater nicht mehr ganz scharf sehen konnte. Das Leuchten übertrug sich auf seine Brust, sein Gesicht verzerrte sich vor Schmerz.

„Er will sich lösen“, keuchte Tremonde.

„Doch es geht nur, wenn du einwilligst“, erklärte de Sagrais.

Jolis Augen weiteten sich in Panik. Sie verspürte den unwiderstehlichen Drang die Beine in die Hand zu nehmen und dieses Horrorhaus so schnell wie möglich zu verlassen.

„Sag, dass du die Verbindung eingehst“, flüsterte de Sagrais verführerisch in ihr Ohr.

Aber selbst die erotischste Männerstimme verlor in diesem Moment jegliche Überzeugungskraft. Joli bückte sich rasch nach ihrer Brille, stieß de Sagrais zur Seite und rannte zur Treppe, kletterte die Stufen hinauf und stolperte über den aufgerollten Teppich im Flur. Bei dieser halsbrecherischen Aktion knickte sie sich auch noch den Knöchel um. Ein heißer Schmerz breitete sich in ihrem Fuß aus. Sie hätte am liebsten geheult, aber selbst dafür blieb keine Zeit. Sie musste weiter. Sie biss die Zähne zusammen und hinkte zur Tür. In diesem Moment schoss ein Schatten an ihr vorbei und versperrte ihr den Weg in die Freiheit.

Erstarrt blieb Joli vor einem riesigen, schwarzen Hund stehen, der sie mit hellblauen Augen aufmerksam und erschreckend eindringlich anstarrte.

Dieses Wesen war ganz sicher kein Hund.

Sie hatte in ihrem Leben schon viele Hunde verschiedenster Rassen gesehen, aber keiner hatte ausgesehen wie dieses Tier. Sie schluckte, als ihr klar wurde, dass es sich um einen Wolf handelte. Um einen lebendigen, ausgewachsenen Wolf. Hier im Haus!

„Nein! Nein!“, stieß sie hervor und streckte abwehrend beide Arme aus, um das Tier auf Abstand zu halten.

Was nun geschah, stellte ihren Verstand auf die bisher härteste Probe. Der Wolf erhob sich auf die Hinterläufe und machte einige Schritte auf sie zu. Mit jedem Schritt nahm sein Körper menschlichere Formen an. Aus den Hinterpfoten wuchsen Zehen. Die vorderen Klauen verwandelten sich in Hände.

Joli stolperte zur Seite, da sie nicht in die Kellerluke stürzen wollte. Als sie plötzlich die Flurwand in ihrem Rücken spürte, fühlte sie sich in die Enge getrieben. Verdammt. Sie saß in der Falle.

Vor Angst bekam sie kein Wort heraus. Noch zwei Schritte und der Wolf, der Marquis, war bei ihr. Er baute sich bedrohlich vor ihr auf und sah sie mit seinen hellen Raubtieraugen gefährlich an. Er war nun völlig unbekleidet, doch dieses Mal löste sein Anblick keine hormonellen Glücksgefühle aus.

Während sie zitternd abwartete was nun passieren würde, machte sie sich Sorgen um ihren Verstand. Sie befürchtete, verrückt zu werden.

„Ich werde dir nichts antun“, beruhigte sie der Werwolf, aber Joli war zu panisch, um seine Worte zu verstehen.

Sie wollte nur so schnell wie möglich raus aus dieser verfluchten Villa.

„Es ist deine Pflicht!“, krächzte Tremonde, der hinter de Sagrais aufgetaucht war. „Du bist meine Tochter! In dir fließt das Blut der Tremondes. Du bist eine Wolfsängerin.“

Joli blickte von einem zum anderen. Sie sah die spitzen Zähne von de Sagrais, die sich langsam zurückbildeten, und die Wolfsohren, die sich nicht länger unter seinem nun zerzausten Haar versteckten.

„Bitte, fürchte dich nicht vor mir“, sagte de Sagrais und streckte ihr die noch immer stark behaarte Hand entgegen.

Er hoffte wohl, diese Geste würde sie beruhigen. Aber der Anblick seiner klauenartigen Fingernägel versetzte Joli in noch größere Panik. Sie stieß seine Hand weg und glitt mit dem Rücken die Wand hinab, schlang die Arme um die Beine und erlitt einen Weinkrampf.

„Tu, was er von dir verlangt! Du bist eine Tremonde! Es ist deine Pflicht“, hallten die Worte ihres Vaters an ihr Ohr.

„Aufhören! Bitte, hört auf“, keuchte sie mit tränenerstickter Stimme. Zu ihrer Überraschung verstummte Tremonde.

Sie hatte nicht erwartet, dass er so schnell aufgeben würde. Immerhin ging es um diese verfluchte Tradition, wobei das Wort ‚verflucht' in diesem Fall sogar wörtlich zu nehmen war. Und die Familientradition ging ihm über alles. Oder doch nicht? Sie wusste nicht mehr, was sie glauben sollte.

Ihr schwirrte der Kopf, Gedanken überschlugen sich. Vor ihrem geistigen Auge wiederholte sich alles, was sie eben erlebt hatte. Klauen wurden zu Händen. Eine lange Schnauze zu einem Gesicht. Der Marquis konnte sich wahrhaftig in einen Wolf verwandeln. Das bedeutete, er war tatsächlich ein echter Werwolf. Joli lauschte ihrem viel zu schnellen Herzschlag. Für eine Weile schien die Zeit still zu stehen. Ihr war das nur recht, sie brauchte alle Zeit der Welt, um sich von diesem Schrecken zu erholen. Nach einer Weile vernahm sie de Sagrais Stimme, die tief doch auch traurig klang.

„Lass sie gehen, alter Freund. Selbst wenn sie die Letzte deiner Blutlinie ist.“

Schritte entfernten sich. Vorsichtig hob sie den Kopf und beobachtete de Sagrais, der sich, nun wieder ganz Mensch, die Treppe in den oberen Stock hinaufschleppte. Er wirkte erschöpft, als hätte er einen fünfstündigen Marathon hinter sich. Seine Schultern hingen mutlos hinab. Er machte einen gebrochenen Eindruck und wirkte verletzt. Sie konnte niemanden leiden sehen, weder Mensch noch Tier. Oder Werwolf. Sie war versucht aufzuspringen, ihm nachzueilen. Doch das war viel zu riskant.

Er war ein echter, leibhaftiger Werwolf.

Sie konnte nicht einschätzen, wie groß die Gefahr war, die vielleicht von ihm ausging. Werwölfe waren böse, das wusste jeder, der schon einmal einen Werwolfroman gelesen hatte. Selbst wenn er nicht böse war, und genau genommen machte er nicht diesen Eindruck, so war es sicher ganz und gar nicht gesund, sich einen münzgroßen Kristall in die Brust zu pflanzen. Dieses Mal, dieses eine Mal, würde sie ihrem Helferdrang nicht nachgeben und zuerst an sich selbst denken. Joli drückte ihren Rücken gegen die Wand und stemmte sich an ihr hoch, bis sie auf den Füßen stand.

Remierre de Sagrais betrat mit einem brennenden Gefühl im Hals sein Zimmer und stellte sich ans Fenster, welches er öffnete, um frische Luft einzulassen. Es war lange her, seit er sich vor den Augen eines Menschen in einen Wolf verwandelt hatte. Normalerweise versuchte er so wenig Aufmerksamkeit wie nur irgend möglich auf sich zu ziehen. In diesem Fall hatte er eine Ausnahme gemacht, um Joli zu beweisen, dass Tremonde ihr die Wahrheit erzählt hatte. Die Angst in den Augen der jungen Frau würde er gewiss niemals vergessen. Was hatte er anderes erwartet, als dass sie vor ihm zurück schrecken würde?

Remierre wandte sich vom Fenster ab und ließ sich rücklings auf sein Bett fallen. Die Arme hinter dem Kopf verschränkt, starrte er die verzierte Decke an und versuchte seine Gedanken zu ordnen.

Wenn sie aus Furcht vor ihm den Pakt mit Lykandra nicht eingehen wollte, dann sollte es so sein. Er konnte und wollte sie zu nichts zwingen.

Vor lauter Sorge um Tremondes Ableben hatte er außer Acht gelassen, dass Joli vielleicht ablehnen könnte. Er war fest davon ausgegangen, dass sie die Tradition ihrer Vorfahren fortsetzen würde, denn bisher hatte ihm kein Mitglied der Familie Tremonde je seinen Dienst verweigert.

Im Unterschied zu ihren Ahnen war Joli jedoch nicht mit dem Wissen über die Existenz der Werwölfe aufgewachsen, weil sie bereits im Säuglingsalter zur Adoption freigegeben worden war.

Ohne dass sie es ahnte, hatte sie schon einmal in Remierres Arm gelegen. Er erinnerte sich an das Bündel, als sei es gestern gewesen. Sie hatte mit ihrer winzigen Hand seinen Zeigefinger festgehalten. Selbst heute noch musste er vor Rührung lächeln, wenn er an dieses unschuldige Wesen dachte.

Damals hatten sie entschieden, dass das Leben für ein kleines Mädchen in seiner Nähe zu gefährlich war. Seiner Ansicht nach hatte sie es verdient, ruhig und behütet aufzuwachsen, bis zu jenem Moment, in dem sie ihren Vater als Wolfsänger ablösen würde.

Tremonde war nach dem Tod seiner geliebten Frau mit diesem Plan einverstanden gewesen. Er hatte gewusst, dass er seiner Tochter nicht das Leben bieten konnte, das er sich für sie wünschte, weil er sich nicht ausreichend um sie würde kümmern können.

Die Vampire wurden gefährlicher. Einige von ihnen schreckten nicht mehr vor Kreuzen oder Knoblauch zurück, weil sie aufgrund ihres steigenden Alters immer mächtiger wurden.

Nachdem Remierre vor über 60 Jahren nur knapp verhinderte, dass ein Blutsauger den damals noch sehr jungen Tremonde aus seinem Haus entführte, hatte er beschlossen, dass künftige Wolfsängergenerationen nicht in seinem Heim groß gezogen wurden, um sie so vor Übergriffen zu schützen.

Im Nachhinein zweifelte Remierre, ob diese Entscheidung richtig gewesen war. Hätten sie zu Joli Kontakt gehalten, hätten sie das Mädchen viel früher trainieren und auf seine Aufgabe vorbereiten können, wie sie es auch mit früheren Generationen getan hatten.

Nun sah es danach aus, als müsste er einen neuen Wolfsänger finden und ausbilden. Aber das würde alles andere als einfach werden. Im Laufe ihres Krieges hatten die Vampire nicht nur viele Werwölfe, sondern auch viele Wolfsänger getötet. Dennoch konnte er Tremonde nicht länger den Stress zumuten, den diese Aufgabe mit sich brachte.

Remierre schloss die Augen und erinnerte sich an ihren süßen Duft, den er in seiner Wolfsgestalt wahrgenommen hatte.

Es irritierte ihn aus zwei Gründen. Zum einen weil er ausgerechnet jetzt daran denken musste. Und zum anderen, weil ihn ihr Duft auf merkwürdige Weise anregte, ihn erregte.

Als er vor ihr gestanden und dieses blumige Aroma in sich aufgenommen hatte, hatte er sich seltsam, doch auf eine belebende Weise berührt gefühlt. Er hatte viel zu lange mit dem Moder der Vampire zu tun gehabt als dass ihn dieser Duft kalt lassen konnte. In dem Moment, in dem er ihn wahrgenommen hatte, schien ein Teil ihrer jugendlichen Frische auf ihn übergegangen zu sein, denn er hatte sich schon lange nicht mehr so lebendig gefühlt.

Ihr zarter Duft hatte eine Sehnsucht in ihm geweckt, die seit einer Ewigkeit in ihm schlummerte, der er jedoch nicht nachgeben durfte, weil er ein Diener Lykandras war. Er hatte eine Aufgabe zu erfüllen, die ihm keine Zeit für anderes erlaubte.

Remierre drehte sich auf die Seite. Es blieb ihm nichts anderes übrig, als Joli gehen zu lassen.

„Ich muss hier weg", sagte Joli und taumelte zur Tür.

Sie sollte sich beeilen, bevor sie schwach wurde und ihre Meinung änderte.

„Willst du wirklich das Leben unschuldiger Menschen aufs Spiel setzen?"

Die Stimme ihres Vaters ließ sie herumwirbeln. Er musterte sie von oben bis unten ohne eine Miene zu verziehen.

„Nein. Nein, ich will nicht, dass irgendjemand stirbt, aber das ist alles zu viel für mich."

Welche Frau mit einem Intelligenzquotient über achtzig würde sich freiwillig auf einen echten Werwolf einlassen? Einem Wesen, das sonst nur mordend durch Film und Fernsehen zog?

„Dann hilf ihm, ich flehe dich an, Joli. Hilf ihm." Tremonde griff mit beiden Händen nach ihren Schultern und schüttelte sie, als hoffte er, sie dadurch zur Besinnung zu bringen.

„Nicht, hör auf. Du hast doch gehört, was er gesagt hat. Du sollst mich gehen lassen."

„Er ist ein Narr."

Joli hob verblüfft eine Braue. Diese Worte ausgerechnet aus dem Mund ihres Vaters zu hören, überraschte sie. Bisher hatte er de Sagrais nicht in Frage gestellt, sich ihm gegenüber sogar unterwürfig verhalten.

„Er sieht sich gern in der Rolle des Märtyrers. Dabei vergisst er, dass nicht er der Leidtragende dieser verhängnisvollen Entscheidung ist, sondern Menschen wie du und all jene, die du kennst. Seit Jahrzehnten schützt er sie vor diesen elenden Blutsaugern, die nachts aus ihren Gräbern kriechen und über Unschuldige herfallen. Der Herr musste in seinem Leben viel durchmachen. Ein Vampirzirkel löschte sein Rudel aus. Nur wenige überlebten, und der Herr war einer von ihnen. Weil er als Neuling in das Rudel aufgenommen worden war, glaubten die Überlebenden, er hätte die Vampire durch seine Unerfahrenheit und Unachtsamkeit auf ihre Spur gebracht. Sie suchten einen Schuldigen und er nahm sich diese Vorwürfe sehr zu Herzen. Von da an ging er seinen Artgenossen aus dem Weg, um stattdessen jenen zu helfen, bei denen er aufgewachsen war. Den Menschen. Sie bedeuten ihm viel. Bitte, Joli. Kannst du es mit deinem Gewissen vereinbaren, wenn er jetzt scheitert?"

Joli hielt einen Moment inne und versuchte sich gegen ihr aufkeimendes Interesse zu wehren. Es ging um ihr Leben. Um ihre Zukunft. Sie wollte nicht in diesen Konflikt hineingezogen werden. Aber sie wollte auch nicht Schuld am Unglück zahlreicher Menschen sein. Das war ein klassisches Dilemma. Sie erkannte die große Verantwortung, die auf de Sagrais Schultern lastete. Es musste schrecklich sein, sie ganz allein zu tragen. Einen Teil davon konnte sie ihm abnehmen, wenn sie sich entschied, eine Wolfsängerin zu werden. Zumindest anhören konnte sie sich, was es mit diesem Job auf sich hatte. Vielleicht war alles nur halb so wild.

Joli atmete tief durch. „Erklär es mir. Um was für eine Verbindung handelt es sich, was müsste ich tun, wenn ich ja sagen würde, was ich, nur für das Protokoll, noch nicht getan habe."

In Tremondes steinernem Gesicht bildete sich ein kleines Lächeln. „Als ich jung war, empfing ich Botschaften in meinem Kopf."

„Wie das?"

„Ich hörte Stimmen. Stimmen von Männern und Frauen, auch von Kindern."

„Telepathie?"

„Nicht ganz. Manchmal waren sie laut, manchmal so leise, dass ich richtig hinhören musste, um sie zu verstehen. Mir war zu diesem Zeitpunkt nicht klar, welche Gabe in mir schlummerte. Aus Angst, die Leute könnten mich für verrückt halten, sprach ich mit niemandem darüber. Kommt dir das vielleicht bekannt vor?"

„Du meinst, ob ich auch solche Erfahrungen gemacht habe?" Sie schüttelte den Kopf. Vielleicht löste sich das Problem von allein. Vielleicht war sie gar nicht befähigt, eine Wolfsängerin zu werden.

„Ein Wolfsänger ist eine Art Medium, durch das Lykandra zu ihren Kindern spricht. Sie auf eine Mission schickt oder vor einem Angriff der Vampire warnt."

„Dann ist sie so eine Art ‚M' wie aus den James Bond Filmen?"

„Wer oder was ist ‚M'?"

„Vergiss es. Empfangen alle Wolfsänger die gleichen Botschaften?"

„Nur die, für die Lykandras Worte bestimmt sind."

„Ich verstehe." Sie fühlte sich noch immer nicht wohl in ihrer Haut. „Ich besitze nicht dieselbe Fähigkeit wie du. Ich habe noch nie Stimmen in meinem Kopf gehört."

„Dennoch bist du eine Tremonde. Du wirst es lernen."

Sie seufzte. „Ich bin nicht überzeugt. Das alles würde mein Leben auf den Kopf stellen, und das möchte ich nicht. Ich bin zufrieden wie es ist." Vom Männer- und Abenteuerdefizit einmal abgesehen.

„Du musst dich wirklich nicht fürchten", sagte Tremonde, als wüsste er genau, wie sie sich fühlte. „Ich habe dem Herrn mein Leben lang gedient und wurde nie verletzt. Geriet ich in Gefahr, hat er mich beschützt. Er lässt niemanden im Stich. Ich kenne ihn besser als jeden anderen Menschen. Jederzeit würde ich meine Hand für ihn ins Feuer legen. Und glaube mir, meine Hand ist mir einiges wert. Und wie du siehst, ich würde ihm mein Kind anvertrauen."

Joli nickte. Sie glaubte ihm. „Wie kommt es, dass ich noch nie von ihm hörte? Ich meine, wieso steht nie ein Wort über seine Heldentaten in der Presse? Das wäre doch ein gefundenes Fressen für jeden Reporter."

„Er ist kein Superheld, sondern ein Werwolf. Was glaubst du würde geschehen, wenn die Menschen von seiner Existenz erführen?"

Darüber hatte sie sich noch keine Gedanken gemacht. Wie auch, in der kurzen Zeit. Sie wusste erst seit wenigen Minuten, dass es Werwölfe und Vampire überhaupt gab.

„Erinnere dich daran, was die Inquisition den Werwölfen und Hexen im Mittelalter antat. Sie wurden gefoltert oder auf dem Scheiterhaufen verbrannt. Ich weiß aus sicheren Quellen, unter den Opfern waren nicht nur Menschen, sondern auch echte Werwölfe."

„Aber das ist lange her. Sind denn die Menschen heute nicht aufgeklärter?"

Tremonde schüttelte traurig den Kopf. „In manchen Dingen werden sie sich niemals ändern. Deswegen ist es wichtig, dass der Herr im Geheimen operiert. Du darfst niemandem von seiner wahren Natur erzählen. Das ist das oberste Gebot eines Wolfsängers."

„Ich verstehe", sagte sie noch einmal, obwohl sie seine Argumentation nicht hundertprozentig einleuchtend fand. Die Gefahr, dass man de Sagrais töten würde, weil er ein Werwolf war, war in ihren Augen geringer, als das Risiko, dass Vampire durch einen Pressebericht auf ihn aufmerksam und ihn zur Strecke bringen würden.

„Gehen wir zurück in die Bibliothek. Es gibt noch mehr, das du wissen solltest." Tremonde kletterte die Treppe hinab und setzte sich seelenruhig an den Schreibtisch, während Joli nicht genau wusste, ob es klüger wäre zu gehen oder sich auf diese unglaubliche Geschichte einzulassen.

Auch wenn ihr Kopf sagte, dass sie besser die Beine in die Hand nahm, spürte sie tief in ihrem Inneren, dass es ihre Bestimmung war, hier zu bleiben und sich auf Tremonde und die Aufgaben, die auf sie zukommen würden, einzulassen.

„Dieses Buch", er nahm den dicken Wälzer noch einmal zur Hand, „klärt dich über alles auf, was du über Werwölfe und Vampire wissen musst. Es ist seit Jahrhunderten im Besitz unserer Familie und wurde von den Tremondes selbst verfasst. Eine unschätzbare Sammlung an Wissen. Ich vertraue es dir an."

Joli nahm das Buch zögernd entgegen und blätterte darin. Jede Seite, die sie aufschlug, war derart vergilbt, dass es ihr schwer fiel, die ohnehin schon schlecht leserliche Handschrift zu entziffern. Dieses Werk war zweifelsohne sehr alt. Oder es hatte zu lange in der Sonne gelegen.

„Silber ist tödlich für jeden Werwolf", las sie vor. „Ja, richtig. Das stand auch in der Geschichte, die du vorhin vorgelesen hast."

„Oh, das stimmt nicht ganz", mischte sich Tremonde ein. „Silber ist nur dann tödlich, wenn es in den Körper des Werwolfes eindringt und ein lebenswichtiges Organ verletzt. Silberne Pfeile, Messerspitzen oder Pistolenkugeln und dergleichen."

„Kann man auf die gleiche Weise auch Vampire bekämpfen?"

„Nein, hier verwendest du besser Holzpflöcke, Kreuze, Knoblauch, Weihwasser und Sonnenlicht."

„Ah ja. Sieht für mich aus, als wären die Vampire etwas im Nachteil." Sie musste über den Gedanken lächeln. „Wie wird man eigentlich zum Vampir oder Werwolf? Klassisch, also durch einen Biss?"

„Das steht auch in den Aufzeichnungen."

Joli seufzte und blätterte weiter. Sie musste feststellen, dass Tremonde selten ihre Fragen zu ihrer Befriedigung beantwortete. Sie hatte im Moment beim besten Willen nicht den Nerv, sich alles durchzulesen. Da es kein Inhaltsverzeichnis gab, war es nicht leicht, das richtige Kapitel zu finden. Schließlich klappte sie das Buch zu, ohne die entsprechende Stelle entdeckt zu haben. Eine Staubwolke flog ihr entgegen. Sie nieste.

„Gesundheit", sagte Tremonde, offenbar überrascht von der Lautstärke ihres Niesens.

„Danke."

Der Stuhl quietschte, als er sich erhob und auf sie zukam. „Möchtest du, dass ich dir den Stein der Artemis überlasse?", fragte er.

Joli hatte auf diese Frage gewartet. Oder besser gesagt, sie hatte befürchtet, dass er sie jetzt stellen würde. Sie hatte Angst einen Fehler zu begehen, den sie nicht mehr rückgängig machen konnte. Sie dachte an de Sagrais, der ihr prinzipiell die Freiheit geschenkt hatte, und daran, welche Folgen ein Nein hätte. Bis vor wenigen Minuten hatte sie sich zu ihm hingezogen und eine Art Verbindung zu ihm gefühlt. Sogar tagsüber von ihm geträumt. Nachdem sie nun die Wahrheit über ihn erfahren hatte, war alles mit einem Schlag anders geworden. Allein dadurch, dass er war, was er war, hatte er sie geängstigt. Trotzdem schien die Verbindung nicht geschwächt. Im Gegenteil, sie glaubte diese nun noch stärker zu spüren, was mehr als verwirrend war. Auch wenn sie nie Stimmen wie Tremonde gehört hatte, war da doch ein Ruf in ihrem Inneren, der ihr auftrug, ihrer Bestimmung zu folgen. De Sagrais und der Kristall hatten eine Saite in ihr anklingen lassen, die sie schwer einordnen konnte, durch die sie sich aber merkwürdig vollständig fühlte. Entschlossen, dieses eine Mal nicht die Angst siegen zu lassen, wollte sie wissen, was es mit dem Wolfsauge auf sich hatte. Sie war sich der Wichtigkeit von de Sagrais Aufgabe bewusst und würde sich nicht vor ihrer Verantwortung drücken. Sie musste sich entscheiden.

Sie konnte in ihr zufriedenes, aber oft einsames und langweiliges Leben zurückkehren, einen anderen Nebenjob, zum Beispiel als Zettelsteckerin oder Schreibkraft annehmen und jeden Abend wie eh und je vor dem Fernseher oder dem Computer verbringen. Oder sie würde gemeinsam mit diesem geheimnisvollen Mann in eine fremde Welt abtauchen, um das Leben unschuldiger Menschen zu schützen. Hier bot sich eine Chance etwas zu erleben. Etwas Bedeutendes zu tun, auch wenn nie jemand davon erfahren würde.

Tremonde wartete auf ihre Antwort und sah sie geduldig an. Joli wurde sich erst jetzt bewusst, dass sie den Atem angehalten hatte. Sie atmete aus und nickte.

„Ich bin bereit."

„Gut, dann öffne bitte deine Bluse."

Joli legte das Buch zu ihren Füßen und tat, was er von ihr verlangte. Es war ihr unangenehm, sich vor ihrem Vater zu entblößen, dennoch streifte sie die Bluse ab und ließ sie zu Boden gleiten und stand nur noch in ihrem BH bekleidet vor ihm.

Sie traten in die Mitte des Kellers und stellten sich gegenüber. Tremonde war nicht viel größer als sie, was in erster Linie an seiner krummen Haltung lag, und ihr erst jetzt richtig bewusst wurde. Er nahm ihre Hände und führte sie zu dem Kristall in seiner Brust, verhinderte jedoch, dass ihre Finger den Stein berührten.

„Er ist wunderschön“, sagte Joli, und ihre Hände begannen zu zittern. „Warum müssen wir ihn tragen?“

„Er verstärkt unsere Fähigkeiten und stellt die Verbindung zu Lykandra her, die nicht mehr auf unserer Ebene weilt. Ohne ihn könnten wir ihre Botschaften nicht empfangen, sie würden ungehört verklingen.“

Jolis Unsicherheit wuchs. Immerzu sprach er von diesen Fähigkeiten die sie nicht besaß. Tremonde fuhr ungerührt fort.

„Die Tradition verlangt, dass der Empfänger des Wolfsauges, also du, das Geschenk entgegen nimmt. Das bedeutet, du bist der aktive Part. Lege deine Hände auf den Stein und warte, bis er aus meiner Brust austritt. Dann führe ihn zu deiner eigenen. Es ist wichtig, dass eine Verbindung zu deinem Herzen entsteht, daher führe ihn dorthin, wo du es schlagen spürst. Hast du das verstanden?“

Joli nickte. Ihre Anspannung wurde größer. Konzentriert legte sie beide Hände sanft auf den Kristall, der zuerst leicht, dann immer stärker vibrierte, als hätte sie durch die bloße Berührung einen Schalter umgelegt. Sein Leuchten drang durch die Ritzen zwischen ihren Fingern und blendete sie so stark, dass sie gezwungen war, die Augen zu schließen. Die Kraft des Steins war enorm. Sie fürchtete, sein starkes Vibrieren würde den Körper ihres Vaters zerreißen. Die Schwingungen erfassten ihre Hände, gingen auf ihre Arme über und breiteten sich in ihrem Körper aus. Tremonde stöhnte schmerzerfüllt auf. Er würde das nicht lange durchhalten. Joli machte sich Sorgen um ihn. Sein Körper war aufgrund der Krankheit zu geschwächt. Sie überlegte, ob sie abbrechen sollten, war sich jedoch sicher, dass ihr Vater einen Abbruch nicht gutheißen würde. Komm schon, löse dich, flehte sie innerlich.

Aber der Stein, das spürte sie, wollte es seinem Besitzer nicht allzu leicht machen. Millimeter für Millimeter löste er sich aus dem Brustkorb Tremondes. Das Strahlen wurde intensiver. Obwohl Joli die Augen geschlossen hielt, wurde es hell um sie, als befände sie sich in einem Raum aus reinem Licht. Aus der Ferne vernahm sie melodiöse Stimmen, die sie an einen Kinderchor beim Gottesdienst erinnerten. Diese Art Gesang trieb ihr normalerweise eine wohlige Gänsehaut auf den Rücken, dieses

Mal verspürte sie jedoch ein mulmiges Gefühl in der Magengegend, weil sie wusste, dass es in diesem Raum keine Kinder gab.

Joli versuchte, sich auf den Stein zu konzentrieren. Endlich löste er sich. Sie spürte, dass er sich aus der fleischigen Umarmung befreite. Das Leuchten wurde schwächer und sie wagte es, die Augen zu öffnen.

Tremondes Hände legten sich über das münzgroße Loch in seiner Brust, aus dem Blut floss und eine rote Spur über seinen Brustkorb nach unten zog. Benommen sank er auf die Knie, doch hob sogleich eine Hand, um ihr zu signalisieren, dass sie sich nicht um ihn kümmern, sondern das Ritual fortführen sollte. Joli fiel es schwer, dieser Anweisung zu folgen. Sie hatte Mitleid mit ihrem Vater. Dennoch tat sie, was er von ihr verlangte. Sie formte die Hände zu einer Schale, doch der Kristall fiel nicht hinein, sondern schwebte über ihren Handflächen. Vorsichtig geleitete sie ihn zur Mitte ihrer Brust, wo sie ihm einen leichten Linksdrall mitgab, damit er sich an der richtigen Stelle, oberhalb ihres Herzens, platzierte. Es war unglaublich. Obwohl er noch nicht einmal ihre Haut berührte, konnte sie die Energie spüren, die vom Wolfsauge ausging. Überwältigend. Die letzten Zentimeter schien der Kristall ohne ihr Dazutun auf sie zuzugleiten, als besäße er einen eigenen, offensichtlich sehr starken Willen. Ein Hochgefühl stieg in ihr auf. Ihre Ängste schwanden. Alles fühlte sich stimmig und richtig an. Was hier geschah, war etwas Einzigartiges und Wunderbares.

Kaum hatte seine flache Seite ihre Haut berührt, saugte er sich abrupt an ihr fest und brannte sich tief in ihr Fleisch. Joli erschrak und schrie auf vor Schmerz. Die Wucht, mit der sich das Wolfsauge in ihren Körper trieb, war so gewaltig, dass sie glaubte, von innen heraus zu verbrennen. Das Licht des Steins flammte erneut in seiner vollen Intensität auf. Sie schloss die Augen, doch das schützte sie nicht vor den grellen Strahlen, die sich im Kellergewölbe ausbreiteten und alles zu verschlingen drohten. Inmitten dieses gleißenden Stroms meinte sie, ein Gesicht zu erkennen. Sinnliche Lippen, feurige Augen, eine gerade Nase und flammendes Haar.

Lykandra.

Der Schmerz war unerträglich. Er brannte sich in ihre Brust und schoss wie ein tödliches Gift durch ihren Leib, in ihre Beine, in ihre Arme, selbst in die Fingerspitzen. Sie hörte sich schreien, doch niemand konnte ihr helfen. Die Kinderstimmen wurden lauter. Sie riefen ihr etwas zu, aber Joli verstand nicht, was sie sagten. Sie hatte nicht mehr genügend Kraft sich auf den Füßen zu halten. Ihr wurde schwindelig. Mit einem letzten, verzweifelten Aufschrei stürzte sie. Ihr Kopf schlug auf, dann wurde es dunkel.

Joli befühlte die Decke eines warmen, weichen Betts. Mikrofaser. Ein Gefühl tiefer Geborgenheit überkam sie. Und die Gewissheit, dass alles nur ein böser Traum gewesen war. Sie musste sich den Inhalt dieses Traums unbedingt merken. Mit der Story konnte sie vielleicht berühmt werden. Die Abenteuer der Joli B. Demnächst in ihrem Kino. Sie kuschelte sich seufzend in ihr riesiges Kissen. Es war so schön, zu Hause zu sein, in ihrem eigenen Bett. Bei diesem Gedanken kam ein winziger Zweifel auf, ob sie tatsächlich dort war, wo sie hoffte zu sein. Schlaftrunken öffnete sie die Augen einen Spalt, nur um sicher zu gehen, dass sie sich wirklich in ihren eigenen vier Wänden befand.

Auf dem Stuhl vor ihr saß ein Mann, der ganz gewiss nicht zu ihrer Einrichtung gehörte. Erschreckt wich Joli zur Bettmitte aus. Das war auch nicht ihr Zimmer. Die Erkenntnis, dass alles doch kein Traum gewesen war, traf sie wie ein Schlag. Der Marquis war hier und beobachtete sie.

„Was, wie?“ Sie rieb sich die Schläfen. Himmel, sie hatte die Villa in Dahlem nie verlassen. Ihre Hand wanderte zu ihrer Brust, wo ihre Fingerspitzen die glatte Oberfläche des Kristalls berührten. „Oh, mein Gott!“

Sie zog die Decke über den Kopf, unter der sie schützende Dunkelheit empfing. Wenigstens hatte der Schmerz nachgelassen. Sie fragte sich, wie sie die Existenz des Steins erklären sollte, wenn ihn jemand zu Gesicht bekäme.

„Beruhigen Sie sich. Sie hatten das Bewusstsein verloren. Ich war so frei, Sie in das Gästezimmer zu bringen.“

„Wo ist mein Vater? Wie geht es ihm?“, nuschelte sie unter der Decke.

„Besser. Er muss noch ruhen. Genau wie Sie.“

Joli atmete auf und lugte unter der Bettdecke hervor. Sie konnte noch immer nicht glauben, dass sie tatsächlich hier war.

„Ich bin Ihnen zu großem Dank verpflichtet“, sprach de Sagrais. „Was Sie getan haben war keine Selbstverständlichkeit. Sie fürchten sich doch hoffentlich nicht mehr vor mir? Dazu gibt es nämlich keinen Grund.“

Sie schüttelte langsam den Kopf. Eine innere Ruhe breitete sich in ihr aus. De Sagrais hatte sich um sie gekümmert. Seine Anwesenheit und seine Ausstrahlung ließen sie Vertrauen fassen. Sie wusste, dass sie etwas Wichtiges getan hatte und fürchtete sich nicht mehr vor ihm und seiner Wolfsgestalt oder vor Tremonde, der ihr nicht mehr verrückt erschien.

„Gut. Alles andere hätte mich sehr traurig gestimmt.“

Joli spürte, wie sich ihre innere Anspannung allmählich löste. In diesem Moment begriff sie, dass sie nun zu ihnen gehörte.

„Bestehen Sie auf eine besondere Anrede? Muss ich Sie Euer Gnaden nennen, oder wie auch immer man einen Markgrafen betitelt?“

Sein Lächeln war warmherzig „Wie ist es Ihnen am liebsten?“

Joli zuckte die Schultern, zog die Beine an und wünschte, er würde sie nicht so eindringlich anschauen. Sein intensiver Blick löste ein aufregendes, jedoch momentan völlig unpassendes Prickeln in ihr aus.

„Sagen wir ruhig du zueinander“, meinte er schließlich und lehnte sich zurück, während er lässig die Beine übereinander schlug, ohne dabei jedoch seine aristokratische Ausstrahlung zu verlieren.

„Warum?“

Die Frage schien ihn zu überraschen. „Warum nicht?“

„Machen Sie für mich eine Ausnahme, weil ich eine Frau bin? Meinen Vater duzen Sie auch nicht.“

„Fein beobachtet. Ihr Vater gehört einer anderen Generation an. Ich glaube Ihre Generation nimmt es mit Umgangsformen nicht so genau.“

„Wie meinen Sie das? Ich habe Sie doch nach der richtigen Anrede gefragt.“

„Verzeihen Sie, ich wollte Sie nicht beleidigen.“ Er lächelte beschwichtigend.

„Schon gut. Völlig von der Hand zu weisen ist es ja nicht.“ Sie war eigentlich froh darüber, dass sich die Umgangsformen geändert hatten und die Menschen nicht mehr so bieder waren wie früher.

„Du hast eine erfrischende Art. Ich glaube, jemand wie du in meinem Haus wird mir sehr gut tun.“

Joli knetete ihre Hände und richtete sich in dem Bett auf. Offensichtlich glaubte er, sie würde bei ihm einziehen. Sie bezweifelte ihre beiden Katzen würden sich im Haus eines Werwolfs wohlfühlen.

Andererseits war der Gedanke mit einem der attraktivsten Männer, die ihr jemals begegnet waren, in einer vornehmen Villa zu wohnen, schon verführerisch. De Sagrais besaß die Fähigkeit, sie völlig durcheinander zu bringen. Sie vermutete, dass das Leben mit ihm zu einer Berg- und Talfahrt der Gefühle werden würde. Und solche Fahrten wollte sie nach ihrer Trennung von ihrem Ex eigentlich vermeiden.

„Ich sagte nie, dass ich hier einziehe.“

„Und wo möchtest du dann leben?“

„In meiner Wohnung. Ich weiß, Berlin Mitte ist kein Bezirk, in dem sich jemand wie du wohl fühlen würde, aber ich lebe gern dort. Die Menschen sind herrlich unkompliziert. Du merkst schon, ich mag es unkompliziert. Was deinen Haushalt angeht, mach dir keine Sorgen. Ich werde täglich vorbei kommen.“

De Sagrais nickte, aber es war ihm anzusehen, dass er mit dieser Lösung nicht zufrieden war. „Akzeptiert, wenn auch bedauernd.“

Joli nickte und sank in ihr Kissen zurück. Das war für den Anfang sicher das Beste. Sie musste sich erst einmal hier zurecht finden und ihn besser kennen lernen, bevor sie eine solch wichtige Entscheidung fällte.

„Ruh dich noch ein wenig aus“, sagte de Sagrais. „Und wenn es dir besser geht, erzählst du mir, was du erfahren hast.“

„Wie meinst du das?“

„Du gehörst zu den Wolfsängern, wie dein Vater auch. Unsere Schicksale sind miteinander verwoben. Du bist mein Ohr und ich dein Arm. Du führst uns zu unserem Feind und ich schalte ihn aus."

„Es war Lykandra, die zu mir sprach, nicht wahr?" Joli spürte, wie sich eine Gänsehaut auf ihrem Rücken bildete. Die vielen, hohen Kinderstimmen, gehörten der Mutter aller Werwölfe. „Ich habe ihre Botschaft nicht verstanden, ich fürchte, ich muss erst lernen, sie zu entschlüsseln."

„Nur Geduld. Du hast heute vieles erlebt. Mit der Zeit wirst du sie verstehen", sagte er und schenkte ihr erneut sein warmes Lächeln, bevor er sich erhob und entschlossen zur Tür schritt. Sein Gang war federnd und erinnerte an den eines Wolfes.

Als Joli die Augen wieder aufschlug, war es bereits finstere Nacht. Obwohl sie sich alle Mühe gegeben hatte, auf keinen Fall noch einmal einzuschlafen, hatte die Erschöpfung sie schließlich doch übermannt. Nun war sie immer noch in der Villa, dabei wollte sie längst in ihren eigenen Federn liegen.

Mit einem Laut des Unmutes warf sie die Decke zurück, setzte sich auf und suchte nach ihren Schuhen, die man ihr ausgezogen hatte, bevor man sie ins Bett gelegt hatte. Sie war erleichtert, als sie ihre Gummisandalen unter dem Stuhl entdeckte, auf dem zuvor de Sagrais gesessen hatte. Flink zog sie diese über und schlich zur Tür. Es war ruhig im Gang. Wahrscheinlich schliefen bereits alle. Oder de Sagrais streifte in seiner Tiergestalt durch den Wald. Das hätte sie zu gern gesehen. Vielleicht ergab sich irgendwann eine Gelegenheit. Nun hatte sie erst einmal andere Sorgen. Hoffentlich fuhr hier ein Nachtbus. Das Geld für ein Taxi wollte sie nur ungern ausgeben. Und übernachten wollte sie hier auch nicht allzu gern, Abby und Pawy mussten morgen früh versorgt werden. Sie öffnete die Tür, schlich durch den Flur bis zur Treppe und bemühte sich, die Stufen so leise wie nur irgend möglich hinabzusteigen, um niemanden unnötig zu wecken.

Im Flur vernahm sie Stimmen aus dem Salon. Die Tür war nur angelehnt und ein Lichtstrahl drang durch den Spalt zu ihr hindurch.

„Machen Sie sich keine Vorwürfe, Marquis."

Sie erkannte die Stimme ihres Vaters. Für einen Moment zwickte Joli das schlechte Gewissen ob ihrer Neugierde, doch sie konnte nicht widerstehen durch den Spalt zu blicken und das Geschehen im Salon zu beobachten. Während sie eine gute Sicht auf Tremonde hatte, der auf der Couch saß, konnte sie das Gesicht des Marquis nicht erkennen, denn er hatte im Sessel Platz genommen, der mit der Rückseite zu ihr stand. Dafür erblickte sie seinen Arm, der auf der Lehne lag. In der Hand hielt er ein Glas mit einer blutroten Flüssigkeit. Sie stutzte einen Moment aber dann verwarf sie den Gedanken, dass es Blut sein könnte. Werwölfe tranken ihres Wissens nach kein Blut. Auf dem runden Tisch entdeckte sie eine Flasche Rotwein.

„Sie fürchtet sich vor mir. Sie hat es zwar verneint, doch ich sah es in ihren Augen."

„Sie wird lernen, Sie zu mögen, glauben Sie mir."

Tremonde versuchte zu lächeln. Aber das gedämmte Licht warf Schatten auf seine eingefallenen Züge und verwandelte sein Gesicht in einen Totenschädel. Joli schluckte. Wie lange mochte ihr Vater noch leben? Es war schrecklich ihn so zu sehen.

„Dein Wort in Lykandras Ohr. Es ist lange her, seit ich …" De Sagrais hielt inne, nahm einen Schluck und seufzte schwer.

„Herr?"

„Nicht so wichtig." Er stellte das leere Weinglas auf den Tisch und ließ den Arm schlaff herunter hängen. Eine Weile schwiegen beide Männer.

„Es ist lange her, seit mir eine Wolfsängerin zur Seite stand", fuhr er dann fort und legte die Betonung auf das Wort Sängerin. „Mit Frauen ist es anders. Sie sind so verletzlich und empfindsam."

Joli fand, dass diese altmodische Einstellung interessant war. So lange er nicht glaubte, sie sei plötzlich zu seinem Eigentum geworden, nur weil sie in seine Dienste trat, machte sie sich keine weiteren Sorgen.

„Joselin macht einen guten Eindruck. Wenn sie nach mir kommt, ist sie eine Kämpferin. Und wenn sie nach ihrer Mutter kommt sowieso. Erinnern Sie sich? Obwohl sie zuerst nicht wusste wie sie mit der Wahrheit über Sie umgehen sollte, hat sich ihre Unsicherheit mit der Zeit in Entschlossenheit gewandelt und sie betrieb Recherchen, um den Vampiren auf die Spur zu kommen. Joselin ist ihr sehr ähnlich. Sie hat dieselbe quirlige doch warmherzige Art wie Claire. Machen Sie sich keine Sorgen.“

„Das ist leichter gesagt als getan. Du warst immer für mich da, Tremonde. Dir verdanke ich vieles. Ich verspüre eine besondere Verantwortung ihr gegenüber. Sie ist deine Tochter. Ich möchte sie nicht in Gefahr bringen. Doch durch das, was ich bin, scheint es unvermeidlich.“

Joli spürte, wie sich etwas in ihrer Brust zusammenzog. Vielleicht hatte sie doch nicht das Richtige getan. Sie fühlte sich noch nicht sonderlich bereit für ihre Aufgabe oder ausreichend auf die Gefahren vorbereitet, die auf sie zukommen würden.

„Ich weiß. Ich weiß aber auch, dass Sie ein wachsames Auge auf Sie haben werden. Und dass sie bei Ihnen in guten Händen ist, wenn ich nicht mehr bin. Wenn sich jemand Vorwürfe zu machen hat, dann bin ich es, weil ich ein miserabler Vater war.“

Joli war überrascht, diese Worte aus Tremondes Mund zu hören. Bisher hatte er nicht den Eindruck gemacht, er hätte gemerkt wie sehr sie manche Dinge, die er gesagt und getan hatte, verletzt hatten. Ihr wurde warm ums Herz, als sie nun erkannte, dass sie ihm doch wichtig war.

Aber da war noch ein anderes Gefühl. Es kroch wie eine Schlingpflanze langsam ihre Knöchel hinauf, wand sich um ihre Beine, ihre Hüften, an ihrem Busen vorbei und schlang sich um ihren Hals. Ihre Kehle zog sich schmerzhaft zusammen, als hätte ihr jemand einen Strick um den Hals gelegt. Sie hielt sich am Türrahmen fest und versuchte tief durchzuatmen. Die Schlinge um ihren Hals zog sich fester zu. Joli riss den Mund auf und versuchte nach Luft zu schnappen. Vergebens. In Panik stieß sie die Tür auf und stürzte in den Salon.

Sie sank vor dem runden Tisch auf die Knie. Wellen aus reinem Licht schwappten über sie hinweg, rissen sie in einen Strudel, der sie tiefer und tiefer hinab zog wie eine Ertrinkende. Es war unerträglich heiß.

Irgendetwas ergriff Besitz von ihr, irgendetwas lenkte ihren Körper. Sie konnte nichts dagegen tun. Sie spürte, wie diese fremde Macht ihre Beine bewegte, erst das rechte, dann das linke. Mit einem Mal erhob sie sich. Aufrecht stand sie vor den beiden Männern, die ihr sofort entgegeneilten, um ihr zu helfen. Doch als Joli die beiden ansah hielten sie abrupt inne. Es schien ihnen nicht fremd, was nun geschah.

Ihre Fußspitzen berührten kaum mehr den Boden. Es fühlte sich an, als schwebte sie. Jemand war in ihr. Eine Existenz, die so machtvoll und unbegreiflich war, und auch so wunderschön, dass Joli sich gänzlich in ihr verlor. Ihr Körper gehörte nicht mehr ihr. Sie war nur eine stille Beobachterin. Sie lauschte der Stimme, die nun statt der ihren aus ihrem Mund drang und an die eines jungen Mädchens erinnerte.

„Höre, Kind Lykandras!"

De Sagrais machte ehrfurchtsvoll einen Schritt auf sie zu und ging dann auf ein Knie herab. „Ich höre, Gebieterin."

„Ein großes Unglück naht, in Moorgrund, wenn der Mond voll am Himmel steht. Sie werden kommen, haltet sie auf. Das Tor darf sich nicht öffnen. Es darf sich nicht …"

Jolis spürte wie ihre Augen flackerten. Ihre Arme und Beine zuckten unkontrolliert. Sie konnte sich nicht aufrecht halten. Ihre Knie gaben unter dem Gewicht ihres Körpers nach. Ihr wurde schwindelig. In einem letzten Versuch das Gleichgewicht zu halten ruderte sie mit den Armen, aber der Schwindel wurde nur schlimmer und sie sank zu Boden.

„Joli!", hörte sie Tremonde rufen. „Sag etwas, Mädchen!" Vorsichtig griff er unter ihren Nacken und hob ihren Kopf an, doch obwohl sie ihn hörte, war sie nicht in der Lage zu sprechen. „Herrgott, was haben wir dir nur angetan?"

„Ich werde sie auf die Couch legen", sagte de Sagrais. „Ihr Atem wird ruhiger. Ich glaube, sie kommt wieder zu sich."

Die Welt sah verschwommen aus. Und das lag nicht nur daran, dass ihr die Brille während ihres Sturzes von der Nase gesprungen war. De Sagrais hatte sie in die Arme genommen und eine eigenartige Ruhe und Geborgenheit überlagerte die gerade noch da gewesene Panik.

„Was war das?"

„Ich habe einen Auftrag", sagte de Sagrais nüchtern.

„Kannst du dich daran erinnern, was eben passiert ist?", fragte Tremonde und strich ihr eine schweißnasse Strähne aus der Stirn.

Sie nickte langsam. Ja, die Erinnerung war ganz klar, wenn auch erschreckend. Dieses Wesen hatte sie als Sprachrohr gebraucht und dabei die volle Kontrolle über ihren Körper ausgeübt. Das war also die Aufgabe einer Wolfsängerin. Wenn sie vorher gewusst hätte, was auf sie zukam, hätte sie es sich wahrscheinlich anders überlegt. Nun aber gab es kein Zurück. Das Gefühl des völligen Kontrollverlustes hatte sie geängstigt, obwohl es sich seltsamerweise richtig angefühlt hatte. Vielleicht deshalb, weil es die Bestimmung ihrer Familie war.

Tremonde half ihr, sich aufrecht hinzusetzen. „Möchtest du einen Beruhigungstee?"

„Nein, es geht schon. Was hat Lykandra nur damit gemeint?" Sie rieb sich die Schläfen.

„Wenn ich das wüsste", entgegnete de Sagrais und ließ sich in seinen Sessel zurückfallen.

Da er plötzlich verärgert wirkte, machte sie sich Gedanken ob bei dieser Vision oder diesem Anfall, wie man es auch immer bezeichnen mochte, etwas schief gelaufen war. „Habe ich etwas falsch gemacht?"

„Nein, Kind", beruhigte Tremonde sie. „Am Anfang ist es schwierig, sich auf ihre Präsenz einzustellen. Es erfordert viel Kraft, die Verbindung aufrecht zu erhalten. Aber du wirst lernen damit umzugehen und mit der Zeit stärker werden."

Sie nickte. Sicher. Alles nur eine Frage der Übung. Aber was sollte sie üben, wenn sie nicht wusste, was genau sie tun musste? Sie hätte sich vorher besser das Kleingedruckte durchlesen sollen. Sie blickte in de Sagrais verkniffenes Gesicht. Sie hatte immer noch das Gefühl irgendwas nicht richtig gemacht zu haben.

„Tut mir ehrlich leid", entschuldigte sie sich. „Aber wir müssen wirklich reden. Ich brauche jemanden, der mir zeigt, wie dieses *Channeln* funktioniert. Wie soll ich meine Aufgabe erfüllen, wenn ich nicht weiß, wie ich mit dieser Präsenz umgehen soll?"

„Tremonde wird dich unterweisen, sobald wir unseren Auftrag erfüllt haben.“

Ihr Vater nickte zu den Worten de Sagrais’. Hoffentlich war es bis dahin nicht zu spät, denn viel Zeit schien Tremonde nicht zu bleiben. Joli sah aber ein, dass der Auftrag Vorrang hatte, denn die Vampire würden gewiss nicht abwarten, bis sie mit ihren Kräften besser umgehen konnte. „Uns bleibt wohl nichts anderes übrig, als herauszufinden, wo sich Moorgrund befindet“, sagte Joli, entschlossen keine wertvolle Zeit zu verschwenden. „Hast du einen Internetanschluss? Wir könnten das googeln.“

De Sagrais blickte verwirrt zwischen Tremonde und Joli hin und her. Na, das fing ja gut an.

„Wovon spricht sie?“

Tremonde erklärte seinem Herrn kurz und sachlich wovon Joli sprach, ging jedoch nicht näher darauf ein, als er die Verständnislosigkeit im Gesicht des Marquis bemerkte. De Sagrais schüttelte fassungslos den Kopf.

„Himmelherrgott, ich habe das Gefühl, die letzten 50 Jahre verschlafen zu haben.“

Joli musste schmunzeln. „Nein. Nur die letzten fünfzehn.“ Langsam war sie wieder sie selbst und dieser kleine Forschungsauftrag gab ihr die Kraft zurück, die Lykandra ihr aus den Knochen gesaugt hatte. „Bis morgen weiß ich den Standort dieses ominösen Ortes. Und dann unternehmen wir eine kleine Spritztour.“

„Kommt nicht infrage! Ich werde allein dort hin fahren. Du wirst hierbleiben. Für dich ist das viel zu gefährlich!“ De Sagrais erhob sich aus seinem Sessel und baute sich vor Joli auf. Sie verstand nicht, warum er sich so aufregte.

„Ich durfte Sie auch stets von Anfang an begleiten“, mischte sich Tremonde ein.

De Sagrais grimmiger Blick traf ihn unmittelbar. „Das war etwas anderes.“

„Ach ja?“, hakte Tremonde verwundert nach.

„Ja! Sie ist …“ De Sagrais knirschte mit den Zähnen.

„Was bin ich?“

„Eine Frau.“

„Und das ist ein Problem?", fragte Joli, ernstlich verwirrt über dieses Argument.

De Sagrais Züge erhellten sich plötzlich. „Frauen sind kostbar", sagte er andächtig. „Sie müssen beschützt werden. Außerdem bist du noch zu unerfahren. Ich kann nicht zulassen, dass dir etwas zustößt. Deswegen wird es gemacht, wie ich es sage."

In diesen 200 Jahre alten Knochen steckte tatsächlich eine ungewöhnliche Mischung aus Gentleman und Macho. Es ehrte ihn, dass er sie schützen wollte. Doch in ihren Augen spielte es keine Rolle, wie gefährlich dieser Auftrag war. Sie beschloss, hier schnell mal etwas klarzustellen.

„Ich verstehe deine Ängste, aber ich bin fest entschlossen dennoch mitzukommen und zu helfen. Ich habe mich für diesen Job entschieden und ich gehe davon aus, dass dieser Stein in meiner Brust eine Verantwortung beinhaltet. Ich gedenke diese ernst zu nehmen und werde mich so gut es mir möglich ist nützlich machen. Ihr habt Kontakt zu mir aufgenommen und mich diesen Kristall aufnehmen lassen, damit ich dir helfen kann. Glückwunsch. Hier bin ich und ich gedenke nicht diesen Job nur halbherzig anzugehen, nur weil ich eine Frau bin." Sie verschränkte die Arme vor der Brust und reckte ihm ihr Kinn herausfordernd entgegen. De Sagrais schüttelte den Kopf. Ihm schien auf ihren Ausbruch nichts mehr einzufallen. „Ich muss jetzt gehen, wir treffen uns morgen Früh. Habt ihr einen Wagen?"

„Der steht in der Garage", sagte Tremonde, nicht weniger verblüfft als de Sagrais.

„Dann wäre es nett, wenn mich einer der Gentlemen nach Hause fahren würde."

De Sagrais seufzte, nickte ihr dann aber gutmütig und auch ein wenig amüsiert zu.

Am nächsten Tag saßen Joli und Remierre in seinem silbergrauen BMW Z1 auf dem Weg nach Moorgrund. Die Situation war immer noch irgendwie surreal. Obwohl sie ihre Entscheidung nicht bereute, bedurfte ihre Lage doch ein wenig Gewöhnung. Schließlich saß sie hier neben einem echten Werwolf. Nur zu gerne hätte sie Karla von ihm erzählt, das hätte es ihr vielleicht einfacher gemacht das Ganze zu verarbeiten, aber sie durfte mit niemandem über Remierre sprechen. Jedoch so wie es jetzt aussah, kam sie ganz gut zurecht und ihr Interesse war größer als ihre Bedenken. Sie fragte sich, wie viele Werwölfe wohl unerkannt unter den Menschen lebten. Und wie viele von ihnen sie möglicherweise kannte, ohne zu wissen, dass es Werwölfe waren.

Sie warf einen Blick zur Seite. Remierres Stimmung war düster. Er war noch immer nicht recht einverstanden, dass sie sich in Gefahr begab, aber er versuchte es augenscheinlich sportlich zu nehmen. Zumindest hatte er ihr keine Vorhaltungen gemacht.

Ihre Recherche von ihrem Heimcomputer aus hatte ergeben, dass Moorgrund eine brandenburgische Gemeinde war. Der Ort musste sehr klein sein. Joli hatte noch nie von ihm gehört.

Eine Weile fuhren sie wortlos die Straße entlang.

„Darf ich dich etwas fragen?", unterbrach sie die Stille und stellte das Radio leiser.

„Nur zu."

„Es ist aber eine persönliche Frage."

Remierre blickte sie kurz an bevor er seine Aufmerksamkeit wieder der Straße widmete. Joli hatte nie zuvor so blaue Augen gesehen. Sie wurden umrahmt von einem dichten Wald schwarzer Wimpern. Seine Haut war hell und bildete einen starken Kontrast zu den rabenschwarzen Augenbrauen und ebenso dunklen Haaren, von denen ihm einige Strähnen in die Stirn hingen. Er hatte ein markantes Gesicht mit einem ausgeprägten Kiefer. Auch seine Nase war eher herb, dafür besaß er die sinnlichsten Lippen, die sie je bei einem Mann gesehen hatte. Lässig hatte er eine Hand auf das Steuer gelegt. Die enge Jeans betonte seine muskulösen Oberschenkel und trotz des T-Shirts konnte sie erahnen, wie gut er darunter aussah.

„Wie funktioniert das Verwandeln?" Seit seiner Verwandlung hatte sie sich Gedanken darüber gemacht. Sie fragte sich, ob er irgendetwas Besonderes tun musste, wie zum Beispiel seine Gedanken auf seine Tiergestalt konzentrieren oder eine Art Zauberspruch aufsagen. Auch faszinierte sie die Frage, was mit seinen Knochen geschah, wenn sich seine Gestalt änderte. Der menschliche Knochenbau unterschied sich von dem des Wolfs. Allein der Schädelknochen sah mit seiner langen Schnauze und den beeindruckenden Reißzähnen ganz anders aus.

Ein Schmunzeln bildete sich auf seinen Lippen. Langsam wand er ihr wieder den Kopf zu. Sein intensiver Blick hatte einen beschleunigenden Einfluss auf ihren Herzrhythmus. Es kam ihr so vor, als wusste er wie sie auf ihn reagierte und tat es absichtlich, um sie in Verlegenheit zu bringen.

„Wie stellst du es dir vor?" Seine Stimme war leise und sinnlich.

Joli schluckte. „Ich weiß nicht, deswegen frage ich ja."

„Und du hast keine Vorstellung?"

„Nun, ich kenne einige Filme und Romane über Werwölfe. Die Verwandlung wird dort meist als äußerst schmerzhaft dargestellt."

Sie hoffte inständig, dass seine Verwandlung nicht ebensolche Schmerzen verursachte. Sie wollte nicht, dass er litt.

„Mich in einen Wolf zu verwandeln ist berauschend. Wie guter Sex."

Dass er die Verwandlung mit Sex vergleichen würde, hatte sie nicht erwartet und sie spürte wie sie errötete. Sex. Dieses Wort aus dem Munde des französischen Adligen zu hören, der bisher ein antiquiertes Frauenbild offenbart hatte, war mehr als überraschend. Und aufregend. Sehr aufregend. Ohne Rücksicht auf ihren bereits heftig außer Kontrolle geratenen Herzschlag sprach er weiter.

„Du spürst die Zirkulation deines Blutes, das heiß und wallend durch deine Adern schießt, sich an einem bestimmten Punkt sammelt bis es schließlich in einer fulminanten Explosion mündet."

Sie rückte hektisch ihre Brille zurecht und versuchte sich auf die Form des Handschuhfachs vor ihr zu konzentrieren.

„Alles in dir ist in Bewegung", fuhr er mit rauer Stimme fort.

Sie wagte es nicht, ihn anzusehen, doch sie hatte das Gefühl, dass er sie in diesem Moment beobachtete anstatt auf den Verkehr zu achten.

„Nichts verbleibt. Dir wird schwindelig, du schwitzt, atmest schneller. Du versuchst dich irgendwo festzuhalten, doch da ist nichts. Alles entgleitet dir. Totaler Kontrollverlust."

Oh Gott. Sie öffnete das Beifahrerfenster. Dankbar empfing sie den frischen Fahrtwind, der ihre glühenden Wangen abkühlte. Und hoffentlich auch ihr erhitztes Gemüt.

„Du windest dich, du willst erlöst werden, doch du weißt, dass du zuvor alles geben musst. Du strebst auf diesen fernen Punkt zu. Je näher du ihm kommst, desto schneller schlägt dein Herz. Du wirst innerlich verbrennen. Du weißt genau, dass du verbrennst. Doch es fühlt sich gut an. Und dann, mit einem Mal, sieht die Welt anders aus. Du spürst die Erlösung, dieses Hochgefühl."

Sie musste sich auf die Unterlippe beißen, um kein verfängliches Geräusch von sich zu geben.

„Es hält nicht lange an, doch lange genug, um dir die Sinne zu rauben. Und wenn du wieder zu dir kommst, bist du …"

„Glücklich."

„Ein Wolf", sagte er lächelnd. „Doch damit fängt das Abenteuer erst an."

Joli wollte nicht noch einmal nachhaken. Seine Ausführung hatte sie ziemlich nervös gemacht. Sie fürchtete weitere erotische Details nicht zu ertragen, ohne körperliche Reaktionen zu zeigen. Sicherlich wusste er von seiner einnehmenden Wirkung auf Frauen, oder zumindest auf diese Frau. Und vielleicht konnte er ihre Erregung wie ein Wolf riechen.

Die Vorstellung, dass die Verwandlung in einen Wolf wie guter Sex sei, klang angenehm. Sogar sehr. Es entsprach nicht den gängigen Mythen und überraschte sie. Da sie nach Aussage ihres Vaters als Wolfsänger eine Art Zwischending war, was auch immer man sich darunter vorstellen sollte, würde ihr dieses Gefühl einer Verwandlung wohl verwehrt bleiben. Sie ertappte sich dabei, dass sie das als bedauerlich empfand. Es war sicher nett, auf diese Weise täglich ein Hochgefühl dieser Art zu erleben, aber der Preis dafür war vielleicht doch etwas hoch.

Das brachte sie zu ihrer nächsten Frage. „Wie wird man eigentlich ein Werwolf?" Tremonde war ihr die Antwort darauf schuldig geblieben, doch vielleicht war Remierre offener.

Er hob eine Braue und sah sie einen Augenblick lang an, ehe er seine Aufmerksamkeit wieder auf den LKW, der gerade vor ihnen kroch, richtete.

„Entweder man wird als Werwolf geboren, hierbei genügt es, wenn ein Elternteil ein Werwolf ist. Oder man erhält drei Bisse." Er machte eine bedeutsame Pause. „Bei Vollmond", fügte er dann hinzu. „Wird man als Werwolf geboren, altert man bis zum 30. Lebensjahr ganz normal, danach hört der Alterungsprozess auf. Wird man durch einen Biss zum Werwolf, so bleibt man auf ewiglich in dem Alter, in dem man den letzten Biss erhielt."

„Bisse bei Vollmond. Ich verstehe." Ihr kam eine Idee, die so naheliegend war, dass sie sich wunderte, warum weder de Sagrais noch ihr Vater darauf gekommen waren. „Kannst du meinen Vater nicht durch deinen Biss retten?"

„Nein", war seine prompte Antwort. Er schien zu merken, dass sie ihn fragend ansah. „Diese Bisse können tödlich enden, besonders für jemanden wie Tremonde, dessen Körper geschwächt ist. Davon abgesehen würde die Wirkung erst nach der dritten Vollmondnacht eintreten. So viel Zeit bleibt ihm nicht mehr. Es tut mir leid. Ich wollte ihn schon eher verwandeln, aber er lehnte es ab, und ich kann ihn nicht dazu zwingen. Wahrscheinlich war die Aussicht die Ewigkeit als alter Mann zu verbringen eher erschreckend für ihn als erstrebenswert."

Joli nickte verstehend, doch auch ein wenig enttäuscht. „Die Sache mit dem Vollmond habe ich noch nicht ganz verstanden. Ich dachte früher immer, dass ein Werwolf nur bei Vollmond seine Gestalt verändert. Aber bei dir war es anders. Du hast dich am helllichten Tag verwandelt. Wie kommt das?"

„Hat dir Tremonde nicht die alte Legende erzählt? Von Lykandra und Pyr. Er liebt diese Geschichte."

„Doch, hat er."

„Dann weißt du auch, dass ich zwei Gestalten annehmen kann. Die des Wolfs und eine, die vom Mondzyklus abhängig ist."

„Es gibt eine zweite Gestalt? Nein, das hat er mir nicht erzählt, wie sieht die aus?"

Seine Miene schien sich zu verdüstern. „Das wirst du zu gegebener Zeit erfahren“, sagte er und so wie es aussah würde er augenblicklich in Schweigemodus verfallen. Joli wollte sich damit aber nicht zufrieden geben.

„Remierre, ich habe diesen Stein in meiner Brust kleben und mein ganzes Leben umgekrempelt, im Gegenzug erhalte ich wichtige Informationen immer nur häppchenweise.“

Er schenkte ihr einen entschuldigenden Blick. „Später erfährst du mehr, versprochen. Für den Augenblick spielt es keine Rolle.“

Dann sah er wieder auf die Fahrbahn. Sie fragte sich, warum er es nicht verriet, wenn es keine Rolle spielte. Vielleicht hatte sie einen wunden Punkt getroffen und er mochte diese zweite Gestalt nicht sonderlich. Eine kleine Weile fuhren sie schweigend weiter.

„Wie funktioniert eigentlich die Verwandlung bei Vampiren? Ich meine, wie wird ein Mensch zum Vampir? Sind auch drei Bisse nötig?“

Er atmete tief durch. Joli fürchtete, ihm mit dieser Frage wieder zu nahe getreten zu sein, auch wenn sie nicht wusste wodurch genau.

„Man muss das Blut des Vampirs trinken.“

Das Erstaunen stand ihr sicherlich ins Gesicht geschrieben. „Ist es nicht umgekehrt? Verwandelt man sich nicht, wenn man gebissen wird?“

„Nein. Sonst gäbe es auf der Welt weit mehr Vampire als Menschen, meinst du nicht?“

Sie nickte. Ja, da war etwas dran. Wenn jeder Vampir pro Nacht an zwei Menschenhälsen saugte, die Opfer sich umgehend selbst in Vampire verwandelten und auf die Jagd gingen, gäbe es innerhalb kürzester Zeit ein Vampirüberbevölkerungsproblem und zu wenig Nahrung für alle. Ihre Neugierde war längst noch nicht befriedigt. Im Gegenteil.

„Was geschieht, wenn ein Werwolf das Blut eines Vampirs trinkt? Wird er dann ein Werpir oder ein Vamwolf?“ Sie fand ihren Scherz gelungen und spürte, wie sich ein Lächeln auf ihrem Gesicht bildete, das noch größer wurde, als sie merkte, dass auch Remierre sich darüber amüsierte und sich sein Gesicht etwas aufhellte.

„Vampire sind gegen Wolfsbisse immun, genauso wie Werwölfe so viel Vampirblut trinken können, wie sie wollen, ohne dass es Auswirkungen hätte."

„Und was hat Auswirkungen auf einen Werwolf?"

„Das ist ein Geheimnis." Nun war er es, der sie mit seinem Schmunzeln ansteckte.

„Noch ein Geheimnis also."

„Je mehr Geheimnisse ein Mann hat, desto interessanter ist er für eine Frau."

War das etwa ein Flirtversuch? Sie war nicht ganz sicher, denn bisher hatte sich Remierre eher reserviert gezeigt. Außerdem schien ihr diese Aussage nicht ganz zu einem Adligen aus dem 18. Jahrhundert zu passen.

„Und ich dachte immer, es sei andersherum", sagte sie und musterte ihn aus dem Augenwinkel. Er war wahrhaftig ein Bild von einem Mann mit einem Profil zum Dahinschmelzen. Ihr Blick fiel auf seine wilden Haare, die er zu einem Zopf gebunden hatte und der nun in seinem Nacken lag. Optisch gab es wirklich nichts an ihm auszusetzen. Ganz im Gegensatz zu ihr, der Brillenschlange Joli, die mit ihren 24 Jahren gerade mal mit einem festen Freund aufwarten konnte, der sie auch noch nach Strich und Faden belogen hatte. Sie beschloss diese Gedanken nicht weiter zu vertiefen, denn das Thema war zu frustrierend.

Remierre bog in die nächste Ausfahrt ein, die nach Moorgrund führte. Zumindest behaupteten das die Ausschilderungen. Angeblich trennten sie nur noch acht Kilometer von ihrem Zielort. Joli lauschte der Musik aus dem Autoradio, während sie einen Blick in den Rückspiegel warf. In dem kleinen Kofferraum lagen ihre Reisetasche und Remierres Ausrüstung, verstaut in einem altmodischen Koffer. Sie fragte sich, was genau er mitgenommen hatte. Bevor sie losgefahren waren, hatte er eine Andeutung gemacht. ‚Jagdinstrumente.' Vermutlich handelte es sich um sein Spezial-Equipment zur Vernichtung von Vampiren. Wenn sie hier auf der richtigen Fährte waren, würde seine Ausrüstung schon bald zum Einsatz kommen. Sie konnte nur hoffen, dass alles gut gehen würde und spürte, wie ihr Hals ganz trocken wurde, bei dem Gedanken den Vampiren zum ersten Mal gegenüberzutreten. Noch immer fühlte sie sich nicht wirklich vorbereitet. Hoffentlich wusste Remierre, was er tat. Sie wollte lieber nicht daran denken, was geschah, wenn er den Blutsaugern nicht gewachsen war und sie ihm etwas antun würden.

Zehn Minuten später erreichten sie Moorgrund, das sich hinter einem Waldgebiet versteckte. Wie zu erwarten war, handelte es sich um eine überschaubare Gemeinde mit nur wenigen Häusern, die alle im Heile-Welt-Stil gehalten waren. Remierre parkte den Wagen in einer kleinen Seitenstraße, welche die einzige Hauptstraße der Gemeinde im Zentrum der Ortschaft kreuzte.

„Endlich." Remierre klang erschöpft. Er öffnete die Wagentür und stieg aus. „Das ist es also." Er erhob sich zu seiner ganzen beeindruckenden Größe und drehte sich einmal um sich selbst. „Ich hatte etwas anderes erwartet. Bist du dir sicher, dass es das richtige Moorgrund ist?"

Joli tat es ihm gleich. Nachdem sie sich um ihre Achse gedreht hatte, hatte sie alles gesehen, was es in dieser Gemeinde zu sehen gab. „Es ist das einzige Moorgrund, das ich finden konnte. Die Moorgrunder haben sogar eine eigene Webpräsenz."

„Machen wir uns auf die Suche nach dem Friedhof." Er lief die Straße hinunter zur großen Kreuzung.

„Viel los ist hier aber nicht", sagte Joli und hechtete hinter ihm her. „Nun ja, wen wundert es. Man kann hier ja auch nicht viel unternehmen." Sie richtete den Blick gen Norden, hin zu einem Hügel unweit entfernt, auf dem ein altes Schloss erhaben über der Landschaft thronte. „Sieh mal, Rem. Dort drüben."

„Wie war das?"

„Dort drüben." Sie deutete mit dem Zeigefinger auf ihre Entdeckung. Der Hügel, auf dem das Jagdschloss stand, ragte wie eine Insel aus dem Waldmeer.

„Wie hast du mich gerade genannt?"

„Oh, ähm, Rem." Sie schabte verlegen mit dem Turnschuh im Kies. Er war ihr doch hoffentlich nicht böse deswegen.

Doch statt sich zu empören, stemmte er die Hände in die Seiten und lachte. „So hat mich schon lange niemand mehr genannt." Ein sehnsüchtiger Ton schwang in seiner Stimme.

Joli war sprachlos. Dann erwachte ihre Neugierde und sie fragte sich wer ihn wohl zuletzt Rem genannt hatte und ob es eine Frau gewesen war. Wenn sie es genauer betrachtete, wollte sie lieber nicht wissen, wie vielen Frauen er den Kopf verdreht hatte.

„Wie gehen wir weiter vor?", fragte sie, um das Thema zu wechseln.

„Wir sehen uns dort um", sagte er und deutete zum Kirchturm.

„Wozu?"

„Wenn es hier einen Pyr-Zirkel gibt, finden wir ihn dort. Wo eine Kirche ist, findet sich häufig ein Friedhof. Vampire treten meist in Zirkeln und mit Vorliebe an Orten auf, die nach Moder und Tod riechen."

„Fürchten sie sich denn nicht vor dem Kreuz auf dem Kirchturm oder denen auf den Grabsteinen?"

Rem schüttelte den Kopf. „Um Vampiren mit einem Kreuz zu schaden, muss es mit der Intention sie abzuwehren auf sie gerichtet werden. Deswegen hängen die Kreuze in meinem Haus auch so, dass sie für mich jederzeit griffbereit sind."

„Verstehe." Sie schaute noch mal in die Runde. „Was ist mit unseren Sachen? Wäre es nicht besser erst ein Quartier für die Nacht zu suchen?"

„Richtig. Aber siehst du irgendwo ein Hotel?" Er lief unbeirrt weiter.

Joli bemühte sich, mit ihm Schritt zu halten. „Das dürfte wohl das geringste Problem sein."

Sie holte ihn ein und deutete mit dem Zeigefinger auf ein zweistöckiges Gebäude auf der gegenüberliegenden Straßenseite. ‚Gasthaus zum Weinkrug' stand auf der Frontseite in roten Lettern über der Eingangstür. Das Haus sah märchenhaft aus, als stammte es aus einem kitschigen Liebesfilm aus den 60er Jahren. Weiße und rote Hängegeranien zierten abwechselnd die dunkel umrahmten Fenster.

„Das ist doch ein Gasthaus, oder?“, fragte sie neckend und überquerte die Straße, ohne zu ihm zurückzublicken.

Sie gingen den schmalen Flur im Obergeschoss des Gasthauses entlang, an dessen Ende das Zimmer Nummer drei auf sie wartete. Die niedrige Decke zwang Rem leicht gebückt zu gehen. Es war einer jener seltenen Augenblicke, in denen Joli für ihre geringe Körpergröße dankbar war. Zu ihrer Überraschung waren die beiden Einzelzimmer an zwei Herrschaften aus Dresden vermietet, die an einer Hundeausstellung im nahegelegenen Pienfall teilnehmen wollten, sodass ihnen nichts anderes übrig blieb, als sich das verbliebene Doppelzimmer zu teilen. Für die Besitzer war dieser Umstand eine große Freude, selten waren sie ausgebucht, wie die Wirtin erzählt hatte. Das Gasthaus konnte einzig deshalb überleben, weil im Erdgeschoss das hauseigene Restaurant sowie eine Bar aufgemacht hatten und jeden Abend Kunden anlockten.

Joli hatte nur das Nötigste in ihre Tasche gepackt. Länger als eine Woche würde ihr Ausflug hoffentlich nicht dauern. Karla hatte freundlicherweise ihre Schicht in der Praxis übernommen und kümmerte sich um die Katzen. Außerdem gehörte Joli nicht zu den Frauen, die ihre halbe Einrichtung mit sich schleppten, wenn sie auf Reisen gingen. Sie konnte gut mit einem Paar Schuhe leben und brauchte kein Makeup, um sich in ihrer Haut wohl zu fühlen. Genau genommen schminkte sie sich seit Jahren nicht mehr. Nachdem sie ihre Pubertäts-Akne besiegt hatte, war der antibakterielle Puder auf Nimmerwiedersehen in der Schublade verschwunden.

Ihr Blick fiel auf Rems altmodischen Koffer, der vermutlich ein Erbstück war. Zumindest roch er etwas streng und sah aus, als hätte er einige Jahrhunderte auf dem Buckel. Sie konnte es nicht erwarten, seine ‚Jagdinstrumente' endlich zu sehen.

Der Gedanke an diese Geräte war irgendwie schaurig, aber auch aufregend. Zugegeben, noch aufregender war die Vorstellung heute Nacht mit Rem in einem Bett zu schlafen. Sie war sich aber nicht sicher, ob sie dem Schicksal für diesen unerwarteten Zug danken oder es besser verfluchen sollte. Rem jedenfalls hatte kein allzu erfreutes Gesicht gemacht, als die Wirtin ihm gesagt hatte, dass nur noch ein Doppelzimmer zur Verfügung stünde und dieses Gasthaus die einzige Pension in der Gegend sei.

Joli seufzte leise und senkte den Kopf. Ihre übergroße Brille drohte von der Nase zu rutschen, blieb dann aber an der Spitze hängen. Vielleicht wurde es allmählich Zeit, sich eine neue zuzulegen oder noch einmal die Kontaktlinsen auszuprobieren. Andererseits hing Joli an ihrer Brille. Auch wenn sie etwas zu groß geraten war, so war sie seit einigen Jahren ihre treue Begleiterin und loyaler als manche Freundin. Ohne sie würde ihr etwas fehlen.

Ihre Gedanken wurden unterbrochen, als sich plötzlich vor ihr eine Seitentür öffnete und eine Dame in einem eleganten, pinkfarbenen Kostüm und einem übergroßen Hut mit ebenso überdimensionaler rosa Krempe aus ihrem Zimmer trat. Silberne Knöpfe blitzten ihr entgegen. Um den langen Hals trug Madame eine Perlenkette. Wäre Joli dieser pompösen Gestalt auf der Berlinale begegnet, hätte sie die Dame für eine Prominente gehalten. In diesem Gasthaus wirkte die Frau deplaziert. An der Leine führte sie einen schwarzen, muskulösen Dobermann. Joli wich instinktiv etwas zurück, als das Tier ungehalten knurrte. Obwohl sie als Tierarzthelferin gewöhnt war mit aggressiven Patienten umzugehen, konnte sie ihren Respekt vor dem Tier nicht unterdrücken. Ruhe bewahren, das war die oberste Devise. Allerdings war das leichter gesagt als getan. Das Knurren des Dobermanns verwandelte sich in ein aufgeregtes Bellen. Seine kühlen Augen fixierten Joli, die sich zwischen Rems massivem, stahlharten Körper und dem angriffslustigen Köter eingekeilt fühlte.

„Joran von Wedelsburg, aus! Pfui!“, schimpfte die Besitzerin, die Mühe hatte, ihr Tier zurückzuhalten. Sie zerrte an der Leine, ihre Kraft genügte allerdings nicht, um ihren Liebling zu sich zu ziehen.

„Ist ja gut, ich tu dir nichts. Geh zu deinem Frauchen. Na komm schon, sei ein Braver.“ Endlich hatte Joli ihre Stimme wiedergefunden. Der Dobermann reagierte nicht auf ihre beruhigenden Worte, sondern ging auf die Hinterbeine und schnappte wild nach ihr. Entsetzt starrte sie auf die Reihe strahlend weißer Hundereißzähne, die sich in ihr Fleisch zu graben drohten. Wenn er sie erwischte, würde es schmerzhaft werden. „Halten Sie bitte Ihren Hund zurück“, zischte Joli, verärgert über das mangelnde Reaktionsvermögen der Hut-Lady.

Da stellte sich Rem beherzt zwischen sie und den Dobermann und stieß ein Grollen aus, das Joran von Wedelsburg sofort verstummen und den Schwanz einziehen ließ. Verängstigt suchte der Hund Schutz bei seinem Frauchen, das vor Schreck bleich um die Nase wurde.

„Himmel! Das tut mir schrecklich leid“, sagte die Frau mit zitternder Stimme und wickelte die Leine mehrmals um ihre Hand, um zu verhindern, dass ihr Hund noch einmal auf Joli losging. „Normalerweise ist er sehr freundlich. Ich kann mir das nicht erklären.“

„Vielleicht liegt es ja an der falschen Erziehung“, murmelte Joli in ihren nicht vorhandenen Bart und zückte den Schlüssel, den ihr die Wirtin gegeben hatte, um ihre Zimmertür aufzuschließen.

Rem nahm ihr diesen jedoch ab und öffnete ihr als Kavalier der alten Schule die Tür. Joli zögerte einzutreten. Wahrscheinlich erwartete sie nun die nächste böse Überraschung. Sie malte sich aus in ein Zimmer zu treten, das sich in einem katastrophalen Zustand befand. Schmutzig, ohne saubere Bettbezüge und staubübersät. Ausnahmsweise war das Gegenteil der Fall. Sie setzte den Fuß in ein Zimmer, das aus einem Puppenhaus stammen konnte. Die altrosafarbene Tagesdecke des Bettes war mit großen Schleifen und zahlreichen goldenen Perlen verziert, Spitzweggemälde in der Größe von Postkarten hingen an den Wänden und die Gardine war ein einziges Kunstwerk.

„Wow“, sagte sie, ging hinein und ließ erst ihre Reisetasche zu Boden und dann sich selbst in den kuscheligen Sessel fallen, der in einer Ecke des Raumes stand.

Rem folgte ihr und schloss hinter sich die Tür. Er schenkte seiner Umgebung keine Aufmerksamkeit, sondern stellte den Koffer neben das Bett und kam mit besorgter Miene auf sie zu. „Ist alles in Ordnung? Du siehst noch immer blass aus.“

„Schon okay.“ Sie winkte ab. In der Tierarztpraxis hatte sie schon allerhand erlebt, aber es gab ihrem Ego einen kleinen

Stich, denn normalerweise konnte sie die aggressivsten Hunde leicht beruhigen und für sich gewinnen. „Ich bewundere nur unsere Unterkunft."

„Aber du bist auch verärgert, das sehe ich dir an der Nasenspitze an."

Er hatte recht. „Dabei hatte ich mich bemüht, ein fröhliches Gesicht zu machen. Zumal die Unterkunft wirklich traumhaft ist." Sie zwang sich zu einem Lächeln.

Rem setzte sich auf das Bett und musterte sie von den zerschlissenen Turnschuhen bis zu ihrem zerzausten Haar. Vielleicht hatte sie es sich nur eingebildet, aber sein Blick war etwas länger auf ihrem Oberkörper haften geblieben. Genauer gesagt auf ihren Brüsten, die sich keck unter dem Stoff ihres T-Shirts abzeichneten. Sie schluckte. Normalerweise wertete sie derart intensive Blicke eines Mannes als Interesse an einer Frau. In diesem Fall war sie unsicher, was es tatsächlich bedeutete. Und Rem schien es nicht aufklären zu wollen.

„Es lag nicht an dir", sagte er.

„Bitte?"

„Du hast nichts Negatives an dir, das den Hund in Rage versetzte."

„Woran lag es dann?"

Er zuckte die Schultern. „An mir."

„An dir? Aber wie …"

„Er hat gemerkt, dass ich kein Mensch bin."

„Wie soll er das denn gemerkt haben?"

„An meinem Geruch. Hunde haben eine viel feinere Nase als Menschen. Und ich rieche nicht nach Mensch, sondern nach Werwolf."

„Warum hat er dann mich und nicht dich angeknurrt?"

„Ich stand direkt hinter dir. Wie ich schon sagte, seine Aggression galt mir."

Joli verstand langsam. Dann kam ihr ein neuer Gedanke. „Das bedeutet, dass du in deiner Wolfsgestalt auch einen ausgeprägten Geruchssinn hast. Somit könntest du den Geruch von anderen Werwölfen wahrnehmen, oder? Genauso wie dieser kleine von-und-zu."

„Nicht nur von Werwölfen. Jeden Geruch. Vor allem den von Vampiren. Der Geruch ist Navigationshilfe und Informationsquelle in einem. Gerüche bleiben haften, sie erzählen Geschichten. Ich nehme den Geruch wahr und weiß, wer sich an diesem Ort aufhielt. Wenn ich es will, kann ich ihm folgen, so lange sich die Spur hält, denn der Geruch leitet mich."

„Du willst sagen, deine Superspürnase führt uns direkt zu den Vampiren?"

Er grinste. „Das hoffe ich."

Er ließ sich rücklings auf das Bett fallen, verschränkte die Arme hinter dem Kopf und blickte zur Decke hinauf. Joli bemerkte, dass sich sein T-Shirt dabei hochzog und den Blick auf den unteren Teil seines muskulösen Bauches frei gab. Es sah verführerisch aus. Zu gern hätte sie sich zu ihm gelegt. Und noch viel lieber hätte sie seinen Bauch berührt, nur um zu sehen, wie hart sich seine Muskeln anfühlten. Außerdem gehörte eine Hälfte des Doppelbettes ihr und sie war nach der langen Fahrt ebenfalls erschöpft. Aber dann rief sie sich in Erinnerung, dass sie nicht zu ihrem Vergnügen hier waren, sondern dass er ihr Arbeitgeber und sie seine Angestellte war. Es fühlte sich komisch an diese Barriere zu durchbrechen. Sie war sich unsicher, wie sie sich ihm gegenüber verhalten sollte und beschloss, erst einmal abzuwarten.

„Wie geht es jetzt weiter?", fragte sie, um sich auf andere Gedanken zu bringen.

Er drückte sich vom Bett hoch und kam mit einem Satz auf den Füßen zum Stehen. „Suchen wir den Friedhof."

„Und wenn es hier gar keinen gibt?"

„Dann haben wir ein Problem." Er zwinkerte und öffnete seinen Koffer, aus dem er eine Tasche zog, die nur mit Mühe und Not in diesen passte. Darin bewahrte er wohl seine Holzpflöcke auf. Rem warf sich die Tasche über die Schulter und ging zur Tür. „Komm, wir haben keine Zeit zu verlieren."

„Sparen wir Zeit, indem wir einfach nachfragen. Ich weiß, Männer fragen nicht gern nach dem Weg, daher werde ich das in die Hand nehmen." Sie zwinkerte zurück.

Die Wirtin war eine auffällige Erscheinung. Wenn sie hinter dem Tresen stand und ihre Gäste bediente, überragte sie die meisten von ihnen, egal ob Mann oder Frau, um einen halben Kopf. Ihre wasserstoffblonden Haare waren entweder dauerwellenbehandelt oder aufgrund der häufigen Färbungen derart angegriffen, dass sie an Stroh erinnerten und wirr nach allen Seiten abstanden. Die dicken Lippen glänzten in einem tiefen Rot, während ein blauer Lidschatten ihre sanft funkelnden, braunen Augen zierte.

„Wie kann ich euch helfen?“, fragte sie herzlich, als Joli und Rem an ihren Tresen traten. Sie legte das Handtuch zur Seite, mit dem sie einen Bierkrug abgetrocknet hatte. „Möchtet ihr etwas essen oder trinken? Heute gibt es die Spezialität des Hauses. Schweinshaxe nach bayerischer Art mit Pilzen und Schupfnudeln.“

Bayerische Schweinshaxe in Brandenburg. Das klang interessant.

„Vielen Dank, wir kommen gern später auf Ihr Angebot zurück“, sagte Rem.

Jolis Blick fiel auf den Postkartenständer neben dem Weinregal. „Das Schloss haben wir vorhin bei unserer Ankunft gesehen. Kann man es besichtigen?“ Das war eigentlich nicht die Frage, die sie stellen wollte, aber sie war neugierig, was es mit dem alten Gemäuer auf sich hatte, das auf zahlreichen Postkarten abgebildet war.

Die Wirtin schnappte sich eine Zigarette und zündete sie an. „Schloss Hornbach meint ihr? Nein, das kann man nicht besichtigen. Es ist kein Museum.“

„Also Privatbesitz? Wer residiert dort?“, fragte Rem interessiert, denn von Adel verstand er sicherlich etwas.

Die Wirtin nahm einen kräftigen Zug und blies den Zigarettenrauch in Jolis Richtung. „Es ist auch kein Privatbesitz. Es ist ein Sanatorium. Mein Mann und ich meiden diesen Ort wie die Pest. So geht es allen im Dorf. Damals, als das Sanatorium eröffnet wurde, gab es viele Proteste. Aber wer hört schon auf ein 30-Einwohner-Dorf? Diese Postkarten stammen noch aus einer Zeit, in der man das Schloss für Touristen zugänglich gemacht hatte. Bitte denkt nicht, wir wären nicht tolerant. Aber warum muss ausgerechnet Moorgrund mit einem eigenen Irrenhaus aufwarten? Das vertreibt die wenigen Besucher, die sich in unseren kleinen bescheidenen Ort verirren oder eine günstige Bleibe suchen. Na ja, ich hoffe zumindest, dass ich euch beiden Hübschen keine Angst gemacht habe.“ Ihr Lachen ging in einen Raucherhusten über. „Die alte Else redet gern viel, wenn der Tag lang ist. Darf ich fragen, was euch eigentlich nach Moorgrund geführt hat?“

Jolis Blick traf auf Rems, sie öffneten gleichzeitig den Mund, doch Joli war eine Zehntelsekunde schneller. „Wir wollten dem Großstadttrubel für eine Weile entfliehen.“

„Das kann man schon verstehen. Und so ein hübsches Pärchen braucht sicher auch mal Zeit für sich.“ Else nickte.

Joli freute sich, dass die Wirtin glaubte, Rem und sie wären ein Paar. Ein hübsches Paar. Es tat ihr gut und sie ertappte sich bei dem Gedanken, dass sie vielleicht gar nicht so unattraktiv war, wie sie glaubte.

„Sie haben uns jedenfalls nicht verschreckt“, sagte Joli gut gelaunt und beobachtete Remierre aus dem Augenwinkel. Er lächelte ebenfalls.

„Haben Sie sonst eine Empfehlung, was man hier in der Gegend unternehmen kann?“, fragte er und stellte sich dichter an Joli, als wollte er den Eindruck erwecken, sie seien tatsächlich ein Paar.

„Lasst mich mal nachdenken, Kinder.“ Sie drückte ihre Zigarette in einem gelben Plastikaschenbecher aus, bückte sich und holte einen schwarzweißen, unsauber gefalteten Prospekt aus einem Fach hervor. „Auch wenn mir diese Frage nicht oft gestellt wird, habe ich vor einigen Jahren diese Broschüren drucken lassen.“

„Danke, das ist sehr freundlich.“

Joli wendete die Broschüre, um sich mit Remierre, der sich nun seitlich über sie beugte, die Rückseite anzusehen. Die Karte war handgezeichnet und mit Sicherheit nicht maßstabsgetreu. Aber, und das war viel wichtiger, neben Wanderwegen und dergleichen waren auch die Apotheke, der Arzt, die Dorfkirche und der Friedhof eingezeichnet. Joli tippte mit dem Zeigefinger darauf und drehte dann den Kopf zu Remierre, der ihr entschlossen zunickte. Zufrieden faltete sie die Klappbroschüre zusammen, steckte sie in ihre Hosentasche und wandte sich zum Gehen, als die Wirtin wutschnaubend an ihr vorbei auf eine Frau in weißer Tracht zuschoss, die gerade die Bar betreten und versucht hatte, mit einem Winken auf sich aufmerksam zu machen.

„Was wollen Sie hier?“, rief die Wirtin und fuchtelte wild mit den Armen über ihrem Kopf herum.

Joli war froh, dass sie kein Nudelholz oder einen anderen gefährlichen Gegenstand in der Hand hielt. Andernfalls hätte sie ihn der zierlichen Frau sicherlich auf den Kopf geschlagen. Joli schaute Remierre erstaunt an.

„Nun beruhigen Sie sich doch. Ich möchte lediglich mit Ihnen sprechen“, sagte die Frau.

„Sie haben Hausverbot! Wenn Sie nicht augenblicklich verschwinden, rufe ich die Polizei, Sie vertreiben mir die Kundschaft!“

Mit ihrem massigen Körper und den üppigen Brüsten drängte Else die Frau durch die Tür nach draußen. Joli und Rem folgten der Wirtin ins Freie, die nun gänzlich die Contenance verlor, als sie an den Tischen Gäste entdeckte, die sie nicht bedienen wollte. Fünf an der Zahl, Männer wie Frauen.

„Verschwindet! Ihr macht mir das Geschäft kaputt!“

„Was ist denn nur in unsere Wirtin gefahren?“, wunderte sich Joli über die barsche Reaktion.

„Aber, aber, gute Frau, wir machen heute nur unseren wöchentlichen Ausflug und wollten bei Ihnen eine kleine Verschnaufpause einlegen, weil uns die Füße wehtaten. Geben Sie uns eine halbe Stunde, dann sind wir wieder weg“, redete die zierliche Frau ruhig auf sie ein.

Joli dämmerte, dass diese Menschen die gefürchteten Verrückten aus Schloss Hornbach sein mussten, über die sich die Wirtin bereits ausgelassen hatte. Mit Entsetzen bemerkte Joli den Hass, der diesen Menschen entgegenschlug. Umso mehr bewunderte sie die zierliche Pflegerin dafür, dass sie trotz der angespannten Situation die Ruhe behielt.

„Kommt nicht infrage! Die Tische sind für den Kegelklub Neunmünster reserviert.“

Während die schmächtige Schwester vergeblich versuchte, die Wirtin umzustimmen, fiel Joli der seltsame Blick einer schwarzhaarigen Pflegerin auf, die mit den Patienten an einem Tisch saß. Eindringlich musterte sie Rem. Es schien, als hätte sie ein Auge auf ihn geworfen, was Joli der guten Frau auch nicht verübeln konnte. Was sie ihr allerdings übel nahm, war die Tatsache, dass sie jung und hübsch aussah, keine Brille trug und im Gegensatz zu Joli eine anständige Frisur besaß, die ihr gut zu Gesicht stand. Kurzum, an dieser Dame stimmte einfach alles.

„Ich zähle bis zehn!“, drohte die Wirtin und hob den Daumen. „Eins …“

„Es geht doch nur um eine halbe Stunde.“

„Zwei …“ Elses Zeigefinger gesellte sich zu ihrem Daumen.

Die Pflegerin seufzte und gab ihrer Kollegin ein Zeichen. „Also gut, wir brechen auf. Packen Sie bitte Ihre Sachen zusammen, wir gehen zum Schloss zurück.“

Die unerwünschten Gäste reagierten verärgert, doch immer noch deutlich gesitteter als die Wirtin. Joli konnte nur den Kopf über so viel Intoleranz schütteln.

„Lass uns auch gehen“, sagte Rem und schob Joli an der Schulter zum Gartentor.

„In Ordnung.“ Sie warf einen letzten Blick zu der dunkelhaarigen Schwester, deren Augen sich schlagartig verengten.

Joli atmete die feuchte Waldluft ein, während sie die Grabsteine musterte. Die meisten Gräber sahen aus, als würden sie schon lange nicht mehr gepflegt. Als hätte man sie und die Verstorbenen vergessen. Der Gedanke ließ sie schwermütig werden.

„Ein Waldfriedhof, das ist wirklich etwas Besonderes. Da sage noch mal jemand, Moorgrund hätte keine Attraktion aufzuweisen“, sagte sie, um sich selbst etwas aufzumuntern.

In der Tat war dieser Friedhof eine echte Sehenswürdigkeit. Die Gräber stammten zum Teil aus dem achtzehnten Jahrhundert. Auf einigen thronten steinerne Engel mit gewaltigen Schwingen, auf anderen waren Gedenktafeln mit goldenen Lettern angebracht. Rems Interesse galt der Gruft nahe der Friedhofsmauer. Eingängig untersuchte er sie, tastete das Gemäuer ab und öffnete schließlich die vergitterte Tür.

„Was machst du da?“, fragte Joli verwundert. Er wollte doch hoffentlich nicht die Ruhe der Toten stören.

„Wenn sie sich in der Gegend verstecken, dann in dieser Gruft.“ Er warf einen Blick ins Innere.

„Woher weißt du das?“

„Instinkt“, sagte er knapp und lächelte sie an. „Am Boden ist eine Tür. Ich sehe mir das gleich mal näher an.“ Er kam wieder heraus, setzte die Tasche ab und zog den Reißverschluss auf.

Joli beobachtete ihn interessiert und war erstaunt, als er aus der Tasche eine Art Armbrust zerrte. Nun, um eine richtige Armbrust handelte es sich nicht, denn dafür war die Waffe zu klein und bei dieser Größe vermutlich deutlich leichter. Aber da es sich um dieselbe Konstruktion handelte, funktionierte sie mit demselben Mechanismus.

„Ich weiß, ich bin keine Expertin, aber ich dachte immer, dass Vampire am Tag in eine Starre verfallen.“

„Ein Irrtum, der tödlich ausgehen könnte. Sie meiden das Licht, doch können im Schatten überleben. Und diese Grabstätte spendet genug Schatten.“

Sie fühlte sich nicht wohl bei dem Gedanken, dass er allein in die Gruft ging, in der womöglich eine Horde Vampire auf ihn lauerte. Sicherlich konnte er die Gefahr besser einschätzen als sie. Er wusste, was er tat. Dennoch machte sie sich Sorgen.

„Du wartest hier auf mich“, ordnete er an.

„Kann ich nicht mitkommen?“, bat sie, aber Rem duldete keine Widerrede.

„Das ist zu gefährlich.“

Oh, wie Joli es hasste, wenn er das sagte. Dummerweise war das ein Totschlagargument erster Güte, gegen das sie nicht ankam. Letztlich hatte er recht. Es war gefährlich. Ganz besonders für sie. Ihr fehlte die Erfahrung. Sie wusste nicht, wie sie mit einem Blutsauger umgehen musste, wie sie ihn zur Strecke brachte. Sie setzte sich auf eine Bank nahe der Gruft und verschränkte die Arme.

„Das ist mein braves Mädchen“, sagte Rem und verschwand mitsamt seiner Armbrust in der überdachten Grabstätte.

Seufzend ließ sie die Beine baumeln. Sie machte sich Gedanken um seine Sicherheit und fühlte sich nutzlos. Immer wieder blickte sie auf ihre Armbanduhr. Aber der große Zeiger bewegte sich im Schneckentempo. Jedes Mal, wenn sie erneut auf das

Ziffernblatt sah, war nur eine weitere, mickrige Minute vergangen.

Eigentlich war es absurd, überlegte sie und ließ ihren Blick schweifen. Nach all den Jahren lernte sie endlich ihren leiblichen Vater kennen, aber anstatt die Zeit, die ihnen noch blieb, mit ihm zu verbringen, jagte sie gemeinsam mit einem Werwolf Vampire. Korrektur, er jagte die Vampire, sie saß tatenlos herum.

Sie schüttelte den Kopf. Jeder, dem sie davon erzählte, würde sie für verrückt halten. Sie zweifelte selbst an ihrem Verstand. Dabei war ihr Tremonde nicht gleichgültig. Obwohl sie ihn erst seit wenigen Tagen kannte, war er ihr ans Herz gewachsen. Natürlich war ihre Bindung nicht so eng, wie die zu ihrem Adoptivvater. Heinrich und Maria Balbuk nannte sie Mama und Papa. Es spielte keine Rolle, dass ihre Gene nicht übereinstimmten. Sie waren die Menschen, die ein Leben lang für sie gesorgt hatten und sie wie ihr eigen Fleisch und Blut liebten. Joli erinnerte sich an ihre große Angst vor dem ersten Schultag. Alles war neu und aufregend gewesen, sie hatte niemanden gekannt und sich inmitten der Kinderschar einsam gefühlt. Um sie zu trösten hatte ihre Mama ihr eine riesige Schultüte geschenkt, welche die Schultüten aller anderen Kinder um einige Zentimeter überragte und mit Schokolade und Gummitieren gefüllt war, die sie später in der Klasse verteilt hatte.

Papa hatte ihr das Schwimmen im Schäfersee beigebracht. Sie erinnerte sich, als sei es gestern gewesen, als er ihr die quietschorangen Schwimmflügel über die Arme gestülpt hatte. Er hatte Stück für Stück die Luft rausgelassen und sie angespornt, bis sie schließlich alleine schwimmen konnte.

Jahre später hatte er mit ihr auf ihrem Abitur-Ball getanzt. Sein stolzes, doch liebevolles Lächeln würde sie sicher nie vergessen. Sie war in einer liebenden Familie groß geworden und wollte die Zeit mit ihnen nicht missen. Mit vierzehn Jahren hatte Joli von ihnen erfahren, dass sie adoptiert war. Seitdem hatte sie sich gefragt, wer ihre wahren Eltern waren. Die Antwort kannte sie inzwischen. Ihre leibliche Mutter war tot. Und ihr Vater würde sie ebenfalls bald für immer verlassen. Sie nahm sich fest vor, ihn näher kennen zu lernen, sobald sie wieder in Berlin war. Das war sie sich selbst schuldig.

Sie wäre gern bei ihm geblieben. Doch sie fühlte sich durch ihre neue Aufgabe in der Verantwortung Remierre zu helfen. Sie spürte, dass es ihre Bestimmung war. Ihr bisheriges Leben hatte sich gut und richtig angefühlt. Zugegeben, es war kein aufregendes Leben, aber sie war zufrieden gewesen. Mit dem Wolfsauge in ihrer Brust fühlte es sich nun aber erfüllter an und eigenartig stimmig. Als hätte sie etwas gefunden, das sie gar nicht gesucht hatte.

Joli hob den Kopf zum Himmel und genoss die warmen Sonnenstrahlen, die ihr ins Gesicht schienen, als sie ein Rascheln hörte, das sie herumfahren ließ. Nur wenige Meter entfernt entdeckte sie einen Wolf, der durch die Grabreihen schlich. Sein Fell schimmerte seidig im Sonnenlicht, das in sanften Strahlen durch die Baumwipfel hinab drang.

„Remierre!", rief sie freudig.

Sie erhob sich eilig, um auf ihn zuzugehen. Wie war er nur aus der Gruft gelangt, ohne dass sie es bemerkt hatte? Das Tier hob den Kopf und sah sie an.

„Wie kommst du denn hier her?"

Sie streckte die Hand aus. Das war eine Gelegenheit, in der sie sich ohne schlechtes Gewissen wagte, ihn zu streicheln. Wenn er später nachfragte, würde sie sagen, dass sie keiner Fellnase widerstehen konnte. Ihre Fingerspitzen hatten die Stelle zwischen seinen Ohren fast erreicht, da sträubte sich plötzlich das Fell des Tieres und es schnappte nach ihrer Hand, als sei es Joran von Wedelsburg.

„Was ist denn in dich gefahren?"

Sie machte erschrocken einen Schritt zurück. Der Wolf folgte ihr mit anschwellendem Knurren und trieb sie in die entgegengesetzte Richtung.

„Ich bin es, Joli. Erkennst du mich nicht?"

Mit Schrecken stellte sie fest, dass er das offenbar nicht tat, falls es sich überhaupt um Remierre handelte. Das Tier fletschte die Zähne. Bedrohlich kam es näher.

„Ganz ruhig, ich tu dir nichts. Ich warte nur auf einen Freund."

Ihre Beruhigungsversuche scheiterten. Joli machte einen verhängnisvollen Schritt nach hinten und stolperte über eine alte Plastikgießkanne, die jemand am Wegrand liegen gelassen hatte. Rücklings stürzte sie zu Boden. Ihre Schultern schlugen hart auf. Ein höllischer Schmerz brandete durch ihren Körper. Kleine Zweige und spitze Steine bohrten sich in ihren Rücken, was nicht unbedingt angenehmer war. Ihre Brille landete einige Meter entfernt neben dem nackten Fuß eines steinernen Engels. Joli blickte zu dem Wolf, der über ihr aufragte und dessen Augen gefährlich funkelten. „Ganz ruhig, ganz ruhig", sagte sie, doch ihre Stimme klang alles andere als fest. Sie kroch wie ein Krebs zur Gruft.

Das Tier setzte zum Sprung an. Es drückte sich mit seinen kräftigen Hinterläufen vom Boden ab und sauste mit ausgestreckten Pranken auf sie zu.

Jolis Körper erstarrte. Für Sekundenbruchteile nahm sie alles in Zeitlupe wahr. Sie hörte ihren eigenen Schrei, hob abwehrend die Hände, kniff dabei die Augen zusammen und war bereit, ihrem Schöpfer gegenüber zu treten. Da zischte etwas mit einem spürbaren Luftzug dicht an ihr vorbei. Der erwartete Angriff blieb aus. Weder Zähne noch Klauen gruben sich in ihr Fleisch. Joli rollte sich zusammen und harrte einige Augenblicke in dieser Schutzhaltung aus, ehe sie sich in eine sitzende Position brachte. Vorsichtig öffnete sie die Augen.

Die Zeit verlief wieder im normalen Tempo. Sie sah sich irritiert um. Nur wenige Zentimeter von ihr entfernt steckte ein Bolzen im Boden. Wo war der Wolf? Sie hob den Kopf und entdeckte einen schwarzen, verschwommenen Fleck in der Ferne zwischen den Büschen, in die er sich geflüchtet hatte.

Rem trat neben sie. In der einen Hand hielt er die Armbrust, die andere reichte er ihr, um ihr aufzuhelfen. „Das war knapp", sagte er nüchtern.

Joli zog sich an ihm hoch. Er musste bemerkt haben, dass sie ein wenig wackelig auf den Beinen war und führte sie zu der Bank, damit sie sich von dem Schrecken erholen konnte.

„Ich verstehe das nicht. Wölfe greifen normalerweise keine Menschen an. Die Geschichten über den bösen Wolf sind Ammenmärchen, die diesen Tieren das Leben schon seit Jahrhunderten schwer gemacht haben. Vielleicht hatte er die Tollwut, dass würde die Aggressivität erklären."

„Sie."

„Mh?"

„Ein weibliches Tier."

„Bist du sicher?"

„Ja. Ich weiß woran man ein männliches von einem weiblichen Tier unterscheidet. Und ich dachte, du als Tierarzthelferin hättest damit auch keine Probleme." Er lächelte.

„Um ehrlich zu sein gingen mir andere Dinge durch den Kopf. Zum Beispiel wie ich sie davon abhalte, mir die Kehle durchzubeißen. Entschuldige, wenn ich dabei Details übersehen habe."

„Wie dem auch sei, ich werde mir diese Dame genauer ansehen. Hier, halte das mal." Er drückte ihr seine Miniaturarmbrust in die Hand.

Joli betrachtete das Ding zweifelnd. Hoffentlich erwartete er nicht von ihr, dass sie damit auch noch schoss, sie hatte nämlich nicht die geringste Ahnung, wie man das machte.

„Falls unsere Freundin wieder auftaucht und ich nicht in der Nähe bin, spann den Bogen, leg den Bolzen auf die Schiene, ziele genau und drück ab." Er legte drei Bolzen neben sie auf die Bank.

„Ich weiß nicht, ob ich das kann."

„Nur Mut", sagte er und zwinkerte ihr aufmunternd zu.

„Und was hast du jetzt vor?"

Er versteckte sich hinter dem steinernen Engel. Plötzlich sausten ihr seine Stiefel entgegen. „Ich ziehe mich aus."

Sie schluckte. „Mitten auf dem Friedhof?"

„Ich würde mir nur ungern die Kleider ruinieren", erklärte er. Auch wenn sie es nicht sehen konnte, hörte sie das Augenzwinkern aus seinen Worten heraus.

Joli konnte nicht glauben, dass er sich nun tatsächlich ausziehen wollte. Die Vorstellung, ihn ganz ohne Kleider zu sehen, wenn auch nur für einen kurzen Moment, brachte sie gänzlich durcheinander. Sie kniff die Beine zusammen, um das Prickeln zu unterdrücken, das sich in ihrem Schoss ausbreitete. Seine

Jeans landete mit einem ebenso harten Aufprall neben seinen Stiefeln.

„Du ahnst nicht, wie lästig es ist, sich ständig neue Kleider kaufen zu müssen, wenn man sie nicht vor der Verwandlung auszieht. Und vor allem wie peinlich es ist, anschließend ohne Hose und Hemd dazustehen, weil sie nur noch aus Fetzen bestehen."

„Ich hätte das gern gesehen."

„Was hast du gesagt?", fragte er lächelnd und lugte mit dem Kopf hinter der Statue hervor.

Sie schlug sich eine Hand vor den Mund. Hatte sie gerade ihre Gedanken laut ausgesprochen? Wie dumm musste man sein, um so eine Glanzleistung zu vollbringen? Ihr Gehirn litt offenbar an Blutarmut, weil sich das meiste in ihrem Schambereich sammelte. „Ich sagte, das … das hat sicher niemand gesehen."

Nun wurde aus seinem Lächeln ein leises, doch freundliches Lachen. In diesem Moment fiel Joli ein, dass Rem sehr gute Ohren besaß und ihre Antwort vermutlich sehr genau verstanden hatte.

„Das ist richtig. Ich hatte Glück."

Unterhose und T-Shirt flogen im hohen Bogen auf sie zu. Letzteres landete in ihrem Gesicht. Sie wollte vor Schreck aufschreien, atmete dann aber seinen verführerischen Duft ein und drückte den Stoff an ihre Nase. Wundervoll. Es fiel ihr schwer, sich von seinem T-Shirt zu trennen, da die Luft darunter aber rasch stickig wurde, nahm sie es ab und legte es ordentlich zusammen. Genauso wie seine Jeans und die Unterhose.

„Bist du noch da?", fragte sie nach einer Weile, in der sie nichts von ihm gehört hatte.

Rem antwortete nicht. Sie erhob sich, um hinter den Engel zu blicken. Keine Spur von Rem. Weder von seiner menschlichen noch seiner animalischen Gestalt. Irritiert setzte sie sich wieder hin und fragte sich warum er sich nicht verabschiedete, als ihr der Grund einfiel. Als Wolf konnte er nicht mit ihr sprechen, allerhöchstens konnte er heulen oder andere tierische Laute ausstoßen, die sie niemals hätte deuten können. Sie schmunzelte, hob den Finger, um ihre Brille die Nase hinauf zu schieben, wie es ihre Angewohnheit war, doch griff ins Leere. Wo war das gute Stück? Sie blickte sich um und erinnerte sich, sie neben dem Fuß des steinernen Engels verloren zu haben. Eilig hob sie die Bernsteinbrille auf und begann die verschmutzten Gläser mit einem Stofftuch zu polieren. Rems unhandliche Waffe legte sie neben sich auf die Bank. Sie konzentrierte sich sehr auf ihre Arbeit. Eine Brille, durch die man nicht richtig sehen konnte, war keine gute Brille. Es war nur zu ärgerlich, dass sie ohne Brille noch schlechter sah als durch verschmutzte Gläser.

Sie bemerkte einen schwarzen Schatten, der sich von der Seite näherte. Rasch schob sie mit einer geübten Bewegung die Brille auf ihre Nase und griff mit beiden Händen nach der Waffe, die sie auf den vermeintlichen Angreifer richtete. Doch der Schatten war fort. Joli hielt aufgeregt inne. Hatte sie sich alles nur eingebildet? Sie blickte sich um. Hier war niemand außer ihr. Eine Weile blieb sie angespannt stehen. In Kämpferhaltung, wie sie es aus dem Kino kannte. Als jedoch nichts weiter geschah, ließ sie sich erschöpft auf die Bank sinken. Die Armbrust landete neben ihr.

Der Sand unter seinen Pfotenballen fühlte sich warm und trocken an, als er an den Grabsteinen vorbei über den Friedhof huschte und der Spur der Wölfin folgte. Ihr Geruch war längst nicht der einzige, der in seine empfindliche Nase drang, dennoch erkannte er, dass sie nicht nach Wolf allein roch. Irgendetwas war anders an ihrem Geruch, aber er wusste nicht so recht, was es war. Wenn Gerüche farbig wären, hätte ihr Duft ein dunkles Rot angenommen. Der Geruch eines Wolfes dagegen war nur Rot. Es schwang also eine Nuance mit, die nicht ganz passen wollte. Ein wenig erinnerte es ihn an seinen eigenen Geruch. Er hatte jedoch Zweifel, dass es sich um eine Werwölfin handelte. Den Geruch eines Werwolfs hätte er ohne Schwierigkeiten erkannt. Noch dazu gab es für sie keinen Grund, vor einem Artgenossen zu fliehen.

Die Duftstoffe der verschiedenen Pflanzen und Tiere um ihn herum lenkten ihn zu sehr ab, genauso wie die Geräusche, die nun von allen Seiten auf ihn eindrangen, die er in seiner menschlichen Gestalt jedoch kaum bemerkt hätte.

Doch in der Gestalt des Wolfes nahm er alles noch intensiver wahr. Er konzentrierte sich auf ihre Duftspur und lauschte dabei angestrengt, ob er ihren Atem oder den Schlag ihres Herzens hörte, aber sie war nicht mehr in der Nähe.

Ihr Geruch führte ihn in den Wald und schließlich zu einem kleinen Fluss, wo sich ihre Spur endgültig verlor. Sie hatte ihn offenbar bewusst abgehängt, was wiederum ein Zeichen dafür war, dass es sich nicht um eine normale Wölfin handelte. Ihr Verhalten war dafür viel zu untypisch.

Remierre lief auf allen Vieren in seiner wölfischen Geschwindigkeit den Fluss entlang, in der Hoffnung, irgendwo ihre Fährte wieder zu finden. Erfolglos. Die Wölfin hatte ihn ausgetrickst.

Der Wald und seine Gerüche erinnerten ihn an jene Nacht, als er in seiner Wolfsgestalt einen Pyr-Zirkel aufgespürt hatte. Es war sein erster Auftrag gewesen. In ihren dunklen Kutten hatten sich fünf Blutsauger tief in den Forst zurückgezogen, um eine Blutorgie zu feiern. Bei ihnen waren einige leichte Mädchen, die vermutlich auf eine ordentliche Entlohnung ihrer Dienste hofften, ohne auch nur zu ahnen, was sie im Unterholz erwartete. Hätten sie es gewusst, hätten sie sich verweigert.

Remierre erinnerte sich an die verruchten Blicke, die weit ausgeschnittenen Dekolletés und den süßlichen Duft ihrer Parfüms, das heisere Lachen der Frauen und die gierigen Vampirhände, die über die Körper der Dirnen glitten.

Bei diesem Anblick hatte sich ein Gefühl von Unbehagen in ihm breit gemacht. Er war zu einem Gentleman erzogen worden und dies war nicht die Art, wie ein Mann eine Frau behandeln sollte.

Doch in den Augen der Vampire war eine Dirne vermutlich nicht viel mehr als ein Stück Fleisch, das ihre Lust befriedigte und eine Blutquelle, von der sie sich nähren konnten. Niemand würde eine solche Frau vermissen oder gar suchen, wenn sie plötzlich verschwand.

Remierre hatte gespürt, dass es Zeit war zu handeln, solange sich die Vampire lediglich mit den Mädchen vergnügten, sich aber noch nicht an ihnen labten.

Oft, das hatten seine Gefährten ihm erzählt, gaben sich die Vampire ihren sexuellen Gelüsten hin, bevor sie ihre Zähne in die Hälse der Frauen bohrten und sie blutleer saugten. Für sie hatte es etwas Erregendes und Lustvolles, das Unvermeidliche hinauszuzögern und mit ihren Opfern Katz und Maus zu spielen. Manche machten aus dem Spiel sogar eine Jagd, ließen die verschreckte Beute entkommen, nur um sie kurz darauf wieder einzufangen.

Remierre war so schnell er nur konnte durch das Gestrüpp geeilt und hatte erst auf einem Hügel inne gehalten, von dem aus er den sichelförmigen Mond angeheult hatte. Dies war das Zeichen für seine Brüder und Schwestern gewesen, die sich am Waldrand bereitgehalten hatten und sich nun, mit ihren Armbrüsten bewaffnet, um ihn sammelten. Sie alle waren bereit gewesen, dem Feind gegenüberzutreten, so wie sie es unzählige Male zuvor getan hatten in diesem nicht enden wollenden Krieg.

„Führe uns zu ihnen", hatte Killian Blackdoom in seiner tiefen, grollenden Weise gesagt, die seine Stimme wie Donnerhall klingen ließ. Er war sein Rudelführer, Mentor und ein erfahrener Krieger gewesen, dessen Wurzeln in England lagen. Remierre hatte ihn für seine Stärke, seine stahlharten Nerven und seine Führungsqualitäten bewundert.

Wie es der Rudelführer befohlen hatte, hatte Remierre das Rudel zum Treffpunkt der Vampire geführt, wo er in seiner Wolfsgestalt geblieben war, um das Geschehen zu beobachten, während die anderen die Brut geräuscharm umstellt und ihre geladenen Armbrüste auf sie gerichtet hatten.

„Du bist noch nicht bereit, ihnen Aug in Aug gegenüberzutreten", hatte Killian ihn gewarnt, bevor sie aufgebrochen waren. Remierre hatte es zähneknirschend hingenommen, denn eigentlich fühlte er sich längst bereit, um in die Schlacht zu ziehen.

Aber Killian hatte das letzte Wort. Und den Anweisungen des Rudelführers wagte niemand zu widersprechen. Schon gar kein Neuling, wie Remierre es zu dieser Zeit noch war.

Plötzlich waren Bolzen aus allen Richtungen durch die Luft geschossen, hatten die Körper der Blutsauger durchbohrt, sie an den Boden genagelt oder durch die Brust mitten ins Herz getroffen, woraufhin die Vampire zusammengebrochen und elendig krepiert waren. Die Dirnen hatten vor Angst geschrien und waren tiefer in den Wald geflüchtet, nicht ahnend, dass sie in der Gegenwart der Vampire weit Schlimmeres erwartet hätte.

Die Sache war schnell über die Bühne gegangen, weil Killian sein Rudel unter Kontrolle hatte und außerdem ein ausgezeichneter Stratege war.

Allerdings hatte er sich im Gegensatz zu Remierre nie um das Wohl der Menschen gekümmert. Im Gegenteil, er hatte sie verabscheut und einzig seinen Wolfsänger in seiner Nähe geduldet. Die Dirnen waren ihm gleich, das hatte Remierre seinen harten Zügen angesehen, als die Frauen im Unterholz verschwunden waren. Ob sie sich im Wald verirrten oder nicht, hatte keine Rolle für ihn gespielt.

Remierre kannte den Grund für Killians Abneigung gegen die Menschen. Er hatte einst zu jenen Werwölfen gehört, die im Spätmittelalter die Grausamkeit der Folterknechte zu spüren bekommen hatten. Killian hatte ihm nie selbst davon erzählt, doch Gerüchte waren innerhalb des Rudels im Umlauf gewesen.

Remierre konnte sich kaum vorstellen, welche Schmerzen sein Rudelführer hatte erleiden müssen. Seitdem waren Menschen für ihn bestenfalls Abschaum und es nicht wert, sich ihrer anzunehmen. Viele Mitglieder des Rudels hatten es ähnlich gesehen, aber eben nicht alle.

Remierre hatte sich nach dem erfolgreichen Angriff der Werwölfe zurückgezogen, um sich in einen Menschen zu verwandeln und nach den Dirnen zu suchen, um sie sicher in die Stadt zu geleiten, denn ihr Schicksal war ihm nicht gleich gewesen. Er war bei den Menschen aufgewachsen, ein Teil von ihm gehörte zu ihnen.

Das Knacken eines Zweiges unter seiner Pfote riss ihn in die Gegenwart zurück. Er würde seinen ersten Auftrag nie vergessen.

Remierre beschloss, zu Joli zurückzukehren, obgleich seine Neugierde, was den Duft dieser Wölfin betraf, längst nicht gestillt war. Je länger er darüber nachdachte, desto sicherer war er sich, ihren Geruch schon einmal wahrgenommen zu haben.

Der Duft hatte etwas Vertrautes an sich. Remierre hatte sich zwar eine Art Datenbank der Gerüche angelegt, doch nach 200 Jahren war einiges an Geruchsinformationen zusammengekommen, sodass er diesen Geruch im Moment nicht zuordnen konnte.

Joli saß noch immer auf der Bank mit dem Rücken ihm zugewandt und blickte in die Richtung, aus der sie ihn erwartete.

Remierre wollte sich zurückverwandeln, als er jedoch ihren blumigen Duft empfing und inne hielt. Hätte er diesem Geruch eine Farbe zuordnen müssen, er hätte ein zartes Rosé gewählt, weil ihr Duft so lieblich und süß war, dass er ihn berauschte.

Er schloss die Augen und genoss das Aroma, das ihn von innen zu beleben schien. Es war frisch, lebendig und erinnerte ihn an den Frühling, wenn die Natur zu neuem Leben erwachte. Noch nie hatte er solch einen frischen Duft bei einem Menschen gerochen. Jolis Duft verzauberte ihn. Er nahm ihn in sich auf und hatte plötzlich eine Vorstellung davon, wie ihre sinnlichen Lippen schmecken könnten. In ihm erwachte ein brennendes Verlangen, sie zu küssen, zu liebkosen, ihren Duft aus nächster Nähe einzuatmen und ihren Körper an seinem zu spüren. Während er langsam auf sie zu ging, erhob er sich auf die Hinterläufe. Er wollte ihr nah sein. Sie berühren.

Die Verwandlung setzte ein, und wie er es zuvor beschrieben hatte, rauschte das Blut heiß durch seine Adern und sammelte sich zwischen seinen Beinen. Einen Moment lang wurde ihm schwindelig, da die Verwandlung ganz schnell ging und ein Großteil seines Blutes in seine Lenden floss. Er wollte nicht nur ihrem Duft nahe sein, sich an ihm berauschen, er wollte in ihr sein, sie spüren, sich in ihr bewegen. Schnell und kraftvoll. Er spürte die zunehmende Hitze, die in ihm hochstieg. Bevor er seine Gedanken unter Kontrolle bringen konnte stand er auch schon hinter ihr.

Zwei kühle Hände legten sich plötzlich auf ihre Schultern. Joli zuckte zusammen.

„Keine Angst, ich bin es“, vernahm sie Rems Stimme.

Er stand hinter ihr und drückte ihren Hinterkopf sanft an seine Bauchmuskeln. Oh, es tat so gut, seine Nähe zu spüren.

Gott sei Dank war er wieder bei ihr. Nicht auszudenken, wenn die angriffslustige Wölfin zurückgekehrt wäre und sie erneut bedrängt hätte.

Sie schmiegte ihren Kopf dankbar und zugleich erleichtert an seine warme Haut. Seine Haut.

Ihr Blick glitt zu seinen Kleidern, die nach wie vor ordentlich zusammengelegt und gestapelt neben ihr auf der grüngestrichenen Holzbank lagen.

Er war nackt. Vollkommen nackt. Und er drückte sie an sich, wie es sonst nur ein Liebhaber tat.

„Alles ist gut, die Gefahr ist vorüber", flüsterte er. Seine Lippen berührten zart ihren Schopf.

Joli drehte den Kopf, um ihm in die Augen zu sehen. Sorge lag in seinem Blick, aber auch etwas anderes. Etwas, das sie aufwühlte, nervös machte.

Sanft strich er ihr eine Strähne aus dem Gesicht. Seine Fingerspitzen auf ihren Schultern zu spüren, ganz nah an ihrem Hals, zu dem sie nun glitten und ihn streichelten, fühlte sich so herrlich sinnlich an. Joli überlegte, ob sie aufstehen sollte, um ihn zu umarmen, oder vielmehr, um in seine Arme zu fallen. Doch sie fürchtete diesen wunderbaren Moment durch eine unbedachte Bewegung zu zerstören. Seine Hände wanderten über das Gestell ihrer Brille und nahmen sie behutsam ab. Er betrachtete ihr Gesicht.

„Ich bin froh, nicht weitsichtig zu sein. Sonst könnte ich dich nicht sehen. Das wäre sehr schade", sagte sie. Sie liebte sein warmes Lächeln.

„Wozu sehen, wenn man auch fühlen kann?"

Seine Hand glitt über ihr Kinn und hob es leicht an. Joli wandte ihm den Oberkörper zu und blickte zu ihm auf, während er sich zu ihr hinunter beugte. Sie konnte seinen Atem auf ihren Lippen fühlen und war so aufgeregt, dass sie glaubte, jede Sekunde in Ohnmacht zu fallen. Noch einmal spürte sie dieses aufregende Prickeln in ihrem Schoß, das jetzt noch intensiver wurde. Ihr Körper spielte verrückt, wenn sie in Rems Nähe kam. Sie genoss dieses berauschende Gefühl, das sich in ihr ausbreitete. Sie wollte mehr davon. Sie spitzte die Lippen, in der

Hoffnung, er würde sie nicht länger warten lassen. Jede Faser ihres Körpers sehnte sich nach diesem Kuss.

Rems Kopf ruckte zurück. „Was war das?“, fragte er leise und sah sich um.

Mit zittrigen Fingern setzte Joli ihre Brille auf. Auch sie hatte etwas gehört. Aber jetzt war der Wald ruhig und auf dem Friedhof herrschte eine sprichwörtliche Totenstille. Nicht einmal ein kühles Lüftchen wehte. Hin und wieder zwitscherte ein Vogel in der Ferne. Die Ruhe war gespenstisch.

Rems Kopf bewegte sich hin und her, als versuchte er irgendetwas zu orten.

Plötzlich erhoben sich vier Krähen zeitgleich in die Luft und flatterten aufgeregt zu einer entfernten Baumkrone.

„Irgendetwas hat sie aufgeschreckt“, sagte Rem nüchtern.

Joli blickte sich um. „Dort ist die Wölfin“, rief sie und deutete auf das schwarze Tier, das sich zwischen den Kiefern und Büschen versteckte und sie beobachtete. Als es jedoch merkte, dass man es entdeckt hatte, zog es sich rasch ins Unterholz zurück.

„Die hol ich mir“, sagte Rem, doch Joli hielt ihn am Arm zurück.

„Ist sie eine Werwölfin?“

„Das versuche ich herauszufinden. Ihr Geruch ist anders.“

„Nein, bitte. Lass uns gehen. Ich finde es hier unheimlich.“

„Also gut“, sagte er, schnappte sich seine Kleider und zog sich vor Jolis Augen an.

Es war ein hinreißender Anblick. Rem stand mit dem Rücken zu ihr. Ob er es absichtlich tat, um ihr somit seinen knackigen Po und sein breites Kreuz zu präsentieren, wusste sie nicht. Aber die Aussicht gefiel ihr. Mit einem kräftigen Ruck zog er die Jeans über sein ansehnliches Gesäß und schnallte den Gürtel um, bevor er in seine Stiefel schlüpfte und schließlich auch das T-Shirt überstreifte.

„Was ist … mit deiner Unterhose?“, stammelte sie, darum bemüht, sich ihre Erregung nicht anmerken zu lassen.

„Die ist leider eine Nummer zu klein“, sagte er und drehte sich schelmisch lächelnd zu ihr um.

„Aber vorhin hat sie doch auch gepasst.“

„Stimmt. Vorhin. Aber jetzt nicht mehr."

„Bist du eigentlich in der Gruft fündig geworden?"

Joli hatte das Bedürfnis ein Gespräch anzufangen, nachdem sie sich zum Abendessen im Restaurant ihres Gasthauses niedergelassen hatten. Die Stimmung zwischen ihnen war anders, seit dem Beinahekuss auf dem Friedhof. Ihre Sinne waren überempfindlich, sie spürte deutlich den Stoff ihrer Kleidung auf der Haut reiben, ihre Hände waren feucht.

Rem räusperte sich. „Bedauerlicherweise nicht. Dort unten befand sich nichts außer alter Knochen."

„Das tut mir leid."

„Das macht nichts."

Er schien nach ihrer Hand greifen zu wollen, die auf dem Tisch ruhte, überlegte es sich aber anders und nahm seine Serviette, faltete sie auf und breitete sie mit Bedacht auf seinem Schoß aus und strich darüber. Joli verfolgte seine Bewegungen und wünschte sich das erste Mal in ihrem Leben, sie wäre als altrosa Stoffserviette geboren worden.

„Wir sind auf der richtigen Spur. Lykandra hätte uns nicht hierher geschickt wenn es keine Vampire in der Gegend gäbe. Wir müssen wachsam bleiben und Augen und Ohren offen halten."

Joli nickte. Sie vertraute seiner Einschätzung.

Die Wirtin kam und nahm ihre Bestellungen auf. Joli beschloss die Gunst der Stunde zu nutzen und noch einmal nachzuhaken, was es mit seiner zweiten Gestalt auf sich hatte.

Nach kurzem Zögern sprach er.

„Na schön, wenn es dir wichtig ist und du es unbedingt jetzt wissen möchtest, erzähle ich dir davon."

Joli verschränkte ihre Hände auf dem Tisch und setzte sich aufmerksam zuhörend auf.

„Es geschieht nur bei Vollmond. Wenn das Licht des Vollmondes meine Haut berührt, verwandle ich mich in eine Kreatur, wie du sie gewiss noch nicht gesehen hast." Sein kurzes Auflachen klang alles andere als fröhlich. Er sah sie nicht an, sondern schaute ins Leere „Gewaltige Klauen sprießen aus meinen Händen und scharfe Reißzähne wachsen aus meinem

Mund. Ich verliere alles Menschliche, bin aber auch kein Tier. Vielmehr ein Monster." Sein Blick traf den ihren. „Du würdest dich vor mir fürchten, wenn du mich in dieser Gestalt sehen würdest."

Joli schüttelte den Kopf, um ihm zu zeigen, dass sie sich nicht vorstellen konnte, vor ihm zurückzuschrecken. Nicht wenn sie wusste, dass es Remierre war, der vor ihr stand.

„Ich versuche, mich dem Vollmond nicht auszusetzen. Die Verwandlung ist sehr schmerzhaft, auch wenn ich mittlerweile lernte, sie zu steuern und zu beschleunigen."

Kein Wunder sprach er nicht gerne darüber. „Also gab dieser Baal nicht nur Pyr und ihren Kindern Nachteile. Auch die Werwölfe müssen unter seinem Fluch leiden?"

„Das haben Flüche so an sich. Baal trieb ein übles Spiel mit beiden Schwestern. Sein Ziel war und ist es, die Seelen der Vampire und Werwölfe an sein Reich zu binden. Er weiß, dass sie sich früher oder später gegenseitig vernichten oder der Ewigkeit und ihrer eigenen Existenz überdrüssig werden."

„Ich stell es mir schön vor, ewig zu leben", sagte Joli nachdenklich. „Wie kann man dessen überdrüssig werden?"

Rem schmunzelte und sah sie an, als hätte er diese Frage schon mehr als ein Mal gehört.

„Das kann nur eine Sterbliche fragen."

„Wie meinst du das?"

„Lebe erst mal einige hundert Jahre, dann weißt du, wovon ich spreche. Irgendwann verliert alles seinen Reiz."

„Wirklich alles?" Joli konnte sich das kaum vorstellen. Die Welt war doch so groß, es gab immer etwas Neues zu entdecken.

Er musterte sie auf merkwürdige, fast sehnsüchtige Weise und seine hellen Augen wirkten mit einem Mal geradezu feurig.

„Fast alles."

„Hast du etwas dagegen, wenn ich zuerst unter die Dusche gehe?", fragte Joli, nachdem sie sich auf ihr Doppelzimmer zurückgezogen hatten.

„Nein, geh ruhig."

Sie nahm den Kulturbeutel aus ihrer Reisetasche und verschwand im Bad. Sie streifte ihre Kleider ab, von denen sie gehofft hatte, Rem würde sie ihr in wilder Leidenschaft vom Leib reißen. Aber daraus würde heute wohl nichts.

Sie schaltete die Heizung ein und stieg in die Kabine, um das Wasser heiß aufzudrehen. Gleichmäßige, feine Strahlen prasselten auf sie herab, während sie die Kabinentür zuschob und mit beiden Händen durch ihr nasses Haar fuhr. Ach, was für eine Wohltat. Sie schloss die Augen und genoss diesen entspannenden Moment. Ihre Hände glitten von ihren Haaren über ihren Hals, zu ihren Brüsten. Sie traute sich nicht, den Kristall zu berühren, der in deren Mitte prangte. Stattdessen wanderten ihre Finger hinab zu ihrem Bauch, der nun, nachdem sie Schweinshaxe und Schupfnudeln zum Abendbrot gegessen hatte, leicht gewölbt hervorstand. Sie wünschte sich, es wären Remierres Hände, die sie dort und an empfindlicheren Stellen berührten.

Seit sie nach Moorgrund zurückgekehrt waren hatte er sich eigenartig verhalten und sie fragte sich warum. Vermutlich hatte es etwas damit zu tun, dass sie ihn erregt hatte. Joli gehörte wahrlich nicht zu den Menschen, die von sich selbst eingenommen waren. In diesem Fall aber war es nur zu offensichtlich, was oder viel mehr wer ihn so sehr aus der Fassung gebracht hatte. Insgeheim wünschte sie, er würde dort weiter machen, wo er auf dem Friedhof aufgehört hatte.

Jolis Hand tastete sich die Wand entlang, auf der Suche nach der Halterung, auf der sie ihr Duschgel abgestellt hatte. Als sie die Halterung endlich fand und ins Leere griff, stellte sie ernüchtert fest, dass sie ihren Kulturbeutel noch gar nicht geöffnet hatte. Seufzend schob sie die Kabinentür zurück, um das nachzuholen, als sie aus leicht zusammengekniffenen Augen eine große Gestalt bemerkte, die gerade dabei war, ihrerseits die Kabinentür zurück zu schieben. Joli machte überrascht einen Schritt zurück und prallte gegen die geflieste Wand. Wasser rann in ihre Augen, Mund und Nase. Erschrocken schnappte sie nach Luft. Mit beiden Händen wischte sie sich rasch das Wasser aus den Augen, als sie sein Blick traf. Sein Gesichtsausdruck wirkte entschlossen und in seinen Augen bemerkte sie ein eigenartiges Funkeln, das ihr einen heißkalten Schauer über den Rücken jagte.

Er stieg zu ihr in die Kabine und legte besitzergreifend beide Hände auf ihre Hüften und sah ihr dabei tief in die Augen.

„Joli“, flüsterte er.

Ehe sie antworten konnte, umschlossen weiche Lippen ihren Mund.

Remierre. Seine Zunge erforschte ihren Mund und Joli erwiderte den Kuss voller Verlangen. Heiß prasselte das Wasser auf sie herunter. Rems Fingerspitzen hinterließen das Gefühl kleiner, elektrischer Blitze auf ihrer empfindlichen Haut. Ein aufregendes Prickeln breitete sich in ihrem Schoß aus, während seine Hand ihren Busen umschloss, ihn massierte und sanft drückte.

Sie musterte seine langen Haare, die nass über seine Schultern flossen, gleich einem Wasserfall, und die spitzen Ohren, die nun gut sichtbar aus dem schwarzen Meer hervorragten. Das wilde Funkeln in seinen Augen wurde intensiver, ängstigte und erregte sie gleichermaßen. In ihrem Kopf legten sich die letzten Sicherheits- und Unsicherheitsschalter um und ihre Sehnsüchte und Wünsche übernahmen das Kommando. Dieser Mann hatte sie von der ersten Minute irritiert und erregt, und ihn hier vor sich nackt in der Dusche stehen zu haben, schien wie ein wunderbarer, erotischer Traum. Sie sahen sich einen Moment in die Augen, dann küsste sie die kleine Delle an seinem Halsansatz und leckte an seinem Schlüsselbein entlang, um dann eine seiner Brustwarzen in den Mund zu nehmen. Sie spürte wie sich sein Körper noch mehr anspannte und er seinen Kopf in den Nacken legte. Er ließ sie gewähren und das gab ihr ein unbändiges Gefühl. Die Hitze, die sich zwischen ihren Beinen sammelte, wurde unerträglich.

Joli, überrascht von ihrem eigenen Mut, den ihr Verlangen geweckt hatte, küsste sich ihren Weg hinab, verweilte an seinem Bauchnabel, befühlte mit den Fingerspitzen seine harten Bauchmuskeln und musterte die dunklen Haare, die wie ein Pfeil nach unten zeigten. Sie sah darin eine Einladung, noch weiter hinunter zu gehen, bis sie vor ihm kniete. Sie hauchte ein Küsschen auf seine Spitze, die sich ihr hart entgegenstreckte. Von der sanften Berührung ihrer Lippen angeregt, zuckte seine Erektion, als hätte sie ein Eigenleben entwickelt. Rem sah auf sie herab und schüttelte hilflos den Kopf. Sie tat es ihm gleich und signalisierte ihm damit, dass er jetzt keinen Rückzieher mehr machen konnte. Sie wollte ihn, wie sie noch nie einen Mann wollte. Er schloss die Augen und gab sich ihr ganz hin.

Joli lauschte seinem geräuschvollem Atem, dem erregten Stöhnen, das ihre eigene Lust immer weiter entfachte, während sie ihn langsam tiefer in den Mund nahm. Vorsichtig ertastete sie ihn mit ihrer Zunge und bewegte ihren Kopf vor und zurück. Ihre Hände massierten gleichzeitig seinen wohlgeformten Hintern. Seine Haut fühlte sich warm an. Sie konnte seine darunter liegenden Muskeln spüren, die sich stahlhart anfühlten. In ihren Ohren rauschte es, sie spürte das Wasser des Duschstrahls nicht mehr. Rem war zum Mittelpunkt ihres Universums geworden und wie durch eine Nebelwand hörte sie ihn ihren Namen sagen.

Sie spürte jedes noch so kleine Zucken und Pulsieren. Oh, Gott. Sie fühlte wie er sich verkrampfte und genoss es, seinen Höhepunkt so nah zu spüren, bedauerte es aber auch, weil sie diesen Moment so lange wie möglich herauszögern wollte. Als sie zu ihm aufblickte, öffnete er die Augen. Sie strahlten wie zwei wunderschöne Sterne am fernen Horizont.

Plötzlich reichte er ihr beide Hände. Ungern ließ sie von ihm ab.

„Komm mit mir." Mit einer Hand schob er die Kabinentür auf und griff nach einem großen, kuscheligen Handtuch, während sie beiläufig das Wasser ausstellte.

Er hüllte sie ein und führte sie in den Wohnbereich, wo er sich auf das Bett setzte und sie neben sich platzierte. Jolis Herz schlug noch immer im Sechsachteltakt. Sie konnte nicht glauben, was soeben geschehen war. Doch zum Nachdenken ließ er ihr nicht lange Zeit, denn im nächsten Moment senkte er seine Lippen auf ihren Mund und küsste sie leidenschaftlich. Er unterbrach den Kuss und legte seine Stirn an ihre, sodass sie erneut seinen Atem auf ihren Lippen spüren konnte.

„Danke. Das war wundervoll."

„Du bist wundervoll." Sie lächelte ihn an. In seiner Gegenwart fror sie nicht, obwohl das Handtuch lediglich ihren Oberkörper bedeckte.

„Und du bist wunderschön“, sagte er und betrachtete ihr Gesicht von allen Seiten.

Jolis Lächeln verkrampfte sich. Er hätte sie vieles nennen können, aber wunderschön war etwas dick aufgetragen und unglaubwürdig. Vorsichtig löste er die Verknotung ihres Handtuchs und entblößte ihren schlanken Körper.

„Du glaubst mir nicht.“

Sein Mund schloss sich liebevoll um ihre Brustwarze und saugte an ihr. Es fühlte sich an, als wäre eine Verbindung von ihrer Brustwarze zu ihrem Unterleib unter Strom gesetzt worden. Sie wünschte inständig, Rem würde niemals aufhören. Seine Lippen widmeten sich der zweiten Knospe, die bereits vor Erregung hart geworden war und sein neckisches Zwicken verstärkte die Gefühle noch mehr.

„Remierre.“

„Was ist, meine Schöne?“ Sein Blick bohrte sich in ihren. Forschend sah er sie an.

„Ich …“ Auch wenn sie sich eben noch wild und erregt gefühlt hatte, so verspürte sie nun doch Hemmungen ihn zu bitten, sie zu nehmen. Es klang irgendwie falsch in ihren Ohren.

„Ja?“

„Ich …“

„Ich spüre deine Aufregung.“ Er schnupperte wie ein Wolf und flüsterte: „Ich spüre deine Erregung.“ Er zog seine Nasenspitze durch das Tal zwischen ihren Brüsten, in das sich das Wolfsauge eingebrannt hatte und atmete tief ein.

Sie nickte und biss sich auf die Unterlippe, um nicht laut zu stöhnen. Langsam spreizte sie die Beine, öffnete sich für ihn. Rems Blick glitt ihren Körper hinab, hin zu ihrer empfindlichsten Stelle. Er zog die Luft hörbar durch die Zähne ein. Das Funkeln in seinen Augen verriet, dass er sich kaum beherrschen konnte.

„Ist es das, was du willst?“

Sie nickte. Oh ja. Sie wollte eins mit ihm werden. Auf der Stelle.

Rem verlagerte seine Position und drang endlich vorsichtig in sie ein. Joli warf den Kopf in den Nacken. Ihr Körper verkrampfte sich. Es war so verdammt lange her. Nein, sie wollte jetzt nicht an Vergangenes denken. Sie wollte sich auf das Hier und Jetzt konzentrieren, auf ihn. Diesen wunderbaren Mann, der sich ihr hingab, genauso wie sie sich ihm.

Zentimeter für Zentimeter füllte er sie aus, bis er schließlich ganz in ihr war. Sie hatte fast vergessen, wie gut es sich anfühlte, einen Mann in sich zu spüren. Langsam zog er sich wieder zurück, um kurz darauf kraftvoll in sie zu tauchen. Er nahm ihre Hände und legte sie auf seine Oberarme.

„Halte dich an mir fest."

Sie packte zu, während er sich schneller und härter in ihr bewegte, bis sie nicht länger an sich halten konnte. Heiß rauschte das Blut durch ihren Körper und sammelte sich in ihrer pulsierenden Mitte. Ihre inneren Muskeln schmiegten sich fest um ihn, als wollten sie ihn nie mehr freigeben. Ihre Fingernägel gruben sich in sein Fleisch und ihre Hände ließen erst von ihm ab, als sie laut, doch befreit aufschrie. Ihre Blicke verschmolzen miteinander. Einen Moment lang verharrten sie, dann zog er sich aus ihr zurück und verschwand im Badezimmer. Er war nicht zum Höhepunkt gekommen.

Erschöpft, aber körperlich befriedigt, blieb sie liegen und rekelte sich auf dem Bett. Ihr Atem ging noch immer schnell. Sie würde sich später bei ihm bedanken, dass er nicht in ihr gekommen war. Sie nahm zwar die Pille, aber das konnte er nicht wissen. Jetzt genoss sie erst mal das Nachglühen und wollte auch nicht tiefer über sein abruptes Verschwinden ins Bad nachdenken.

Bei Lykandra, was hatte er nur getan? Remierre stellte sich vor das Waschbecken, wusch sich und starrte dabei sein Spiegelbild an, das grässlich aussah, aber zeigte, wie er sich fühlte. Nicht nur seine Schultern hingen herunter, auch seine Mundwinkel hatten die Form eines umgedrehten U angenommen.

Er drehte den Wasserhahn zu und fuhr sich mit beiden Händen durch seine Haare. Dann stützte er sich auf dem Rand des Waschbeckens ab und drückte die Stirn gegen den Spiegel.

Er war zu weit gegangen. Er hätte sich beherrschen müssen, völlig gleich, wie groß die Versuchung war. Wenn er etwas in den letzten 200 Jahren gelernt hatte, dann war es Verzicht zu üben. Er war kein normaler Mann und er durfte kein normales Leben führen, weil er jeden, der ihm nahe stand, in Gefahr brachte. Dies galt besonders für eine Frau, der sein Herz gehörte. Zu leicht würden die Vampire dahinterkommen und in ihr seine Schwachstelle erkennen. Das war der Grund, warum er sich von den Menschen fern hielt und ein Leben in Abgeschiedenheit gewählt hatte. Er würde es sich nie verzeihen, wenn einer von ihnen zu Schaden kam.

Heute hatte er diese sich selbst auferlegten Schranken durchbrochen, weil er sich zu Joli so stark hingezogen fühlte, wie zu keiner anderen Frau zuvor. Sie war klug, engagiert und mit dem Herzen bei der Sache. Außerdem schätzte er ihren Mut. Er hatte sie in eine finstere Welt geführt, doch kein Laut der Klage war über ihre Lippen gekommen. Sie hatte die Zähne zusammengebissen und war ihm freiwillig gefolgt. Es störte sie nicht, dass er kein Mensch war. Viele wären vor ihm geflohen, hätten sie seine wahre Natur erkannt, sie aber war bei ihm geblieben.

Einen Moment war er schwach geworden, doch er bereute ihn nicht. Ihre Arme um seinen Körper zu spüren, hatte ihn tief berührt und er vermisste das Gefühl bereits.

Langsam hob er den Kopf und blickte in seine Augen, als hoffte er dort eine Antwort darauf zu finden, wie er es Joli am besten beibrachte, dass sie nicht mehr sein durften, als ein Werwolf-Wolfsänger Gespann.

Er rieb sich über die Stirn. Er war immer noch hart und seine Hoden schmerzten, weil er sich nicht erlaubt hatte, zu kommen. In seinem Kopf hämmerte es, weil sich seine Gedanken überschlugen. Er hatte ihr gegenüber eine Verantwortung. Nicht nur deshalb, weil sie die Tochter seines alten Freundes Tremonde war, sondern auch weil sie als Team zusammenarbeiteten, was wiederum alles noch komplizierter machte, weil er dadurch gezwungen war, sie oft zu sehen. Es half alles nichts. Er musste mit ihr darüber sprechen, bevor sie sich falsche Hoffnungen machte. Sein Magen zog sich zusammen, als er durch die Badezimmertür in den Wohnbereich trat.

„Leg dich zu mir", bat Joli leise.

Er blieb wie angewurzelt stehen, weil sie so zauberhaft aussah. Sie klopfte mit der flachen Hand auf seine Seite des Bettes.

„Das war wundervoll“, sagte sie. Es waren die gleichen Worte, die er kurz zuvor verwendet hatte. „Willst du nicht zu mir kommen?“

Er überlegte wie er anfangen sollte und schüttelte den Kopf, setzte sich aber auf die Bettkante. Irritiert richtete sie sich auf und sah ihn fragend an. Als er noch immer nichts sagte, da er nach den rechten Worten suchte, hakte sie nach.

„Warum nicht?“

Sie sah ihn an, als ahnte sie, dass etwas nicht stimmte. Unruhig spielte sie mit ihren Händen. Rem nahm all seinen Mut zusammen, denn er wollte das Unvermeidliche nicht länger als nötig hinauszögern.

„Wir hätten nicht mit einander schlafen dürfen“, sagte er ein wenig halbherzig, denn es war mitnichten das, was er tatsächlich empfand.

Joli schnappte nach Luft. Er sah das Entsetzen in ihren Augen und hätte sich am liebsten auf die Zunge gebissen, wenn er seine Worte dadurch hätte zurücknehmen können. Sie schluckte sichtlich. Als er ihre Traurigkeit bemerkte, wollte er sie in den Arm nehmen, aber das hätte sie nur noch mehr verwirrt und alles schlimmer gemacht als es ohnehin schon war. Vielleicht hätte er dann auch seinen eisernen Willen durchbrochen. Wenn er ihr zu nahe kam, erwachte in ihm ein unbändiges Verlangen nach ihr, das er nur schwer zügeln konnte. Einen Moment herrschte Schweigen.

„Das fällt dir jetzt ein? Ein paar Minuten nachdem du mir einen der besten Orgasmen meines Lebens beschert hast?“

„Es tut mir leid“, sagte er mit ehrlichem Bedauern und senkte den Blick. Sie ahnte nicht, wie sehr es ihn schmerzte, ihr wehtun zu müssen.

Sie stieg aus dem Bett und lief nervös durch das Zimmer. „Nenn mir einen guten Grund, warum du bereust, mit mir geschlafen zu haben.“ Ihre Stimme zitterte. „Einen guten Grund“, wiederholte sie leise.

Remierre atmete tief durch und zog die Bettdecke bis zu seiner Brust hoch. „Es gibt mehr als nur einen Grund.“ Sie sah ihn verständnislos an. „Du bist Tremondes Tochter. Ich versprach ihm, auf dich Acht zu geben. Anstatt mein Wort zu halten, entehrte ich dich."

„Ich bitte dich", sagte sie und blieb vor ihm stehen, „ich bin eine erwachsene Frau, ich kann selbst entscheiden, mit wem ich schlafe. Du brauchst dir deswegen keine Gedanken zu machen und erst recht kein schlechtes Gewissen meinem Vater gegenüber zu haben."

Er suchte nach den richtigen Worten, schien aber alles nur noch schlimmer zu machen. „Du bist meine Wolfsängerin. Und es ist seit jeher ein ungeschriebenes Gesetz, dass die einzige Beziehung zwischen Wolfsänger und Werwolf eine professionelle ist."

Sie stützte die Hände auf ihre Hüften und sah ihn trotzig an. „Das hättest du dir ein wenig früher überlegen können. Du warst derjenige, von dem die Initiative ausging."

„Ich weiß. Es ist meine Schuld, nicht deine." Sie schüttelte verständnislos den Kopf und setzte zu einer weiteren Runde durch den Raum an. Er versuchte noch einmal es ihr zu erklären. „Ich bin kein Mensch. Ich bin ein Werwolf. Lykandras Fluch lastet auf mir. Ich lebe für meine Aufgabe, es bleibt kaum Zeit für andere Dinge."

„Für mich klingst du wie mein Ex. Als er eine Bettgespielin brauchte, war ich gut genug für ihn. Später hat er alles bereut."

„Joli. Ich wollte dir nicht wehtun", wiederholte er und kam sich schäbig vor. „Aber glaube mir, es ist das Beste für dich, wenn wir auf Abstand gehen."

Sie blieb stehen, ohne ihn anzusehen. „Kannst du dir vorstellen, wie ich mich jetzt fühle?", fragte sie. Das Zittern in ihrer Stimme ging ihm so nahe, dass er überlegte, doch einen Rückzieher zu machen. Aber das durfte er nicht. Sie schnappte sich ihr Kopfkissen und die Bettdecke, schleppte beides zu der kleinen Couch am Fenster und richtete dort ihr Nachtlager ein.

„Was soll das werden?"

„Ich erfülle dir deinen Wunsch und gehe auf Abstand. Gute Nacht." Joli legte sich hin und zog die Decke über die Ohren.

Remierre beobachtete sie eine Weile. Ja, so war es besser für sie beide. Sollte sie sauer auf ihn sein. Ihre Wut konnte er ertragen. Nicht jedoch ihre Traurigkeit.

Er sog ihren himmlischen Duft ein, den das Bett noch verströmte, als sei er seine Atemluft, und schloss gequält die Augen. Er wäre zu gern mit ihr in seinen Armen eingeschlafen und wünschte, ein normaler Mensch zu sein.

Es war keine halbe Stunde vergangen, da vernahm Joli ein Schnarchen, das laut genug war, um sie am Einschlafen zu hindern. Seufzend blickte sie zu ihm. Rem war nicht etwa auf seiner Seite des Doppelbettes geblieben, nein, er hatte es sich auf beiden Hälften gemütlich gemacht, Arme und Beine weit von sich gestreckt.

Joli drückte ihr Kissen auf beide Ohren, weil diese Maßnahme aber nicht half, stieg sie aus dem Bett, schnappte sich ihren MP3-Player aus der Reisetasche, setzte einen kleinen Kopfhörer auf und drehte das Gerät auf volle Lautstärke. Zufrieden sank sie in ihr Kissen zurück, schloss die Augen und lauschte. ‚Don't let go' von En Vogue. Im Hintergrund hörte sie jedoch noch immer dieses Sägen, das zu allem Überfluss nicht einmal zum Takt der Musik passte. Fassungslos schüttelte sie den Kopf. Rems Schnarchen übertönte alles. Vielleicht sollte sie ihm das Kissen auf sein Gesicht drücken. Verdient hätte er es. Nicht nur, weil er ihr den letzten Nerv und voraussichtlich die gesamte Nacht raubte, sondern weil er sie miserabel behandelt hatte. Wie hatte er nur so grausam zu ihr sein können? Wahrscheinlich war sie zu naiv, wenn sie glaubte, dass es tatsächlich einen Mann gab, den sie auf Dauer betören konnte.

Rem hielt sie immer noch vom Einschlafen ab. Die Qualität seines Schnarchens hatte sich mittlerweile verändert. Es erinnerte an ein Knurren. Animalisch und männlich. Um diese Uhrzeit aber auch sehr nervtötend.

Joli legte die Kopfhörer zur Seite, schaltete den MP3-Player aus und kletterte von der Couch. Sie beugte sich über Rem und stellte überrascht fest, dass der gute Mann nackt schlief. Nun, das war übertrieben. Völlig entblößt hatte er sich nicht, er hatte sich die graue Unterhose mit dunkelblauen Streifen an den Seiten wieder angezogen. Sie seufzte. Dieser herrliche Körper, diese harten Brustmuskeln, die schmalen Hüften, der Waschbrettbauch, alles hatte ihr gehört. Für einen Moment waren sie eins gewesen, bis er sie zurückgewiesen hatte.

Joli spürte Zorn in sich hochsteigen. Er hatte sie benutzt. Und nun verhinderte er, dass sie Schlaf fand und sich stattdessen mit Minderwertigkeitskomplexen quälte. Aber nicht mit ihr. Sie beschloss, dass sie keine schlaflose Nacht voller ‚was-wäre-wenns' und ‚abers' verbringen würde und drückte Rem mit Daumen und Zeigefinger die Naseflügel zusammen. Schon nach einer kurzen Weile hörte er auf zu schnarchen. Gott sei Dank. Die Geräuschkulisse war ja nicht mehr erträglich gewesen. Plötzlich riss Rem die Augen auf und starrte sie an.

Joli ließ abrupt von ihm ab und wich erschrocken zurück.

„Was tust du da?", fragte er.

„Du … hast geschnarcht." Sie schluckte, weil sie sich vor seinem Blick erschreckt hatte.

„Das ist ein Problem", gab er überraschend zu.

„Wie jetzt. Keine Diskussion?"

Er richtete sich im Bett auf und zuckte die Schultern. „Nein, warum auch?"

Sie zuckte ebenfalls die Schultern, weil sie nicht wusste, was sie dazu sagen sollte.

„Wo sind die Wagenschlüssel?"

„Was willst du denn mit denen?"

„Ganz einfach, wir brauchen beide unseren Schlaf für die nächsten Tage und Nächte. Wenn man Vampire jagen will, sollte man ausgeruht sein. Ich werde das Feld räumen und im Wagen übernachten."

Joli glaubte, sich verhört zu haben. Er wollte tatsächlich im Auto schlafen. Im ersten Moment hielt sie nicht viel von dieser Idee. Auch im Sommer konnte es nachts hin und wieder recht kühl werden. Außerdem war der Wagen für einen Mann seiner Größe schlichtweg zu klein, um sich hinzulegen, er würde also im Sitzen schlafen müssen.

Sie überlegte, ihm die Schnapsidee auszureden. Aber dann besann sie sich. Eigentlich war es doch recht nett von ihm, dass er ihr zuliebe diese ungemütliche Alternative vorschlug. Und wenn er schon solch ein Angebot machte, sollte sie es annehmen. Mit schwingenden Hüften lief sie zu der kleinen Kommode, die sich unter den Garderobenhaken befand, und zog den Autoschlüssel aus einer Glasschale. „Voilà."

Er rieb sich mit beiden Händen über das kantige Gesicht, wischte sich den Schlaf aus den Augen und gähnte ausgiebig. Der Laut, den er dabei ausstieß, erinnerte sie an das Heulen eines Wolfes. Zum ersten Mal fiel ihr auf, was für einen großen Mund Rem besaß. Beängstigend, wie ein Raubtiergebiss. Rem steckte seinen traumhaften Körper in Hose, Hemd und Schuhe und nahm ihr die Schlüssel aus der Hand. „Merci beaucoup."

Mit diesen Worten verließ er sie. Joli starrte auf die Tür, durch die er eben gegangen war und vermisste ihn. Wütend gab sie sich selbst eine imaginäre Backpfeife. Du vermisst einen Kerl, der dich ausgenutzt hat, sagte sie sich. Aber Gefühle waren nicht immer logisch. Leider.

Müde schleppte sie ihr Kopfkissen und ihre Decke von der Couch zum Bett zurück, um es sich dort gemütlich zu machen, als plötzlich etwas gegen die Fensterscheibe schlug. Erschrocken drehte sie sich um. Warf Rem etwa mit Kieselsteinen gegen die Fensterscheibe? Oder stand er dort unten mit einer Leiter, um mit ihr zu fensterln? Vielleicht war ihm der bayerische Braten zu Kopf gestiegen. Der Gedanke war noch absurder als die Vorstellung, dass ein französischer Adliger ein gemütliches Gasthausbett gegen ein Nachtlager in einem viel zu engen Wagen tauschte.

Auf dem Fensterbrett entdeckte Joli eine Krähe, die durch das halbseitig geöffnete Fenster in ihr Zimmer blickte. Kein Rem. Dennoch etwas völlig Unerwartetes.

„Willst du herein kommen?", fragte sie den Vogel amüsiert, der sie mit klugen Augen anblickte, doch im selben Moment breitete er die Flügel aus und erhob sich in die Lüfte. Joli zuckte die Schultern und legte sich ins Bett, schloss die Augen und schlief schnell ein. Durchschlafen konnte sie trotzdem nicht. Ein energisches Klopfen an der Tür riss sie aus ihren Träumen. Sie kletterte aus dem Bett, torkelte zur Tür und öffnete sie schlaftrunken. Überrascht, die Wirtin zu sehen, bat sie die aufgeregte Frau herein. „Was ist denn passiert?"

„Rasch, Fräulein Joli, Sie müssen das Zimmer auf der Stelle verlassen. Ein Feuer ist in der Küche ausgebrochen. Die Feuerwehr ist bereits verständigt und auf dem Weg. Die anderen Gäste sammeln sich im Hof. Beeilen Sie sich."

Joli war mit einem Mal hellwach, trotzdem nicht in der Lage einen klaren Gedanken zu fassen. Wenn es etwas gab, das ihr eine Todesangst einjagte, dann war es Feuer. Vor mehr als zehn Jahren war sie in den Schulferien auf einen Reiterhof gefahren. Die Jugendlichen hatten jeden Sonntag bei den Pferden im Stall übernachtet. Überall waren Schlafdecken ausgelegt gewesen und jeder hatte etwas zum Knabbern mitgenommen. Während sich Joli und einige Freundinnen in eine leere Box am Ende der Stallgasse zurückgezogen hatten und längst eingeschlafen waren, präsentierte der Coolste unter den Jungs eine Zigarettenschachtel. Der Junge hatte die anderen zum Rauchen angestiftet, doch Holz, Stroh und heiße Asche vertragen sich nicht. Diese ersten Raucherfahrungen hatten zu einer Katastrophe unvorstellbaren Ausmaßes geführt. Als Joli aufgewacht war, hatte der Stall längst in Flammen gestanden und die Übeltäter waren auf und davon, weil sie die Mädchen in der Aufregung vergessen hatten. Brennende Balken waren von der Decke gestürzt, die Luft war stickig geworden und die Pferde hatten in Panik gegen die Türen ihrer Boxen ausgeschlagen. Joli erinnerte sich, als wäre es gestern gewesen. Gott sei Dank war die Feuerwehr rechtzeitig vor Ort gewesen, um das Schlimmste zu verhindern. Sie schüttelte den Kopf, um die schrecklichen Erinnerungen fortzuwischen, zog sich an, holte rasch ihre Brille aus dem Badezimmer, griff nach ihrer Reisetasche und folgte der Wirtin durch den Flur, die Treppe hinunter in den Hof. Statt der anderen Gäste wartete vor der Tür eine schwarze Limousine.

„Ich rieche und sehe gar keinen Rauch", sagte Joli. Im nächsten Moment spürte sie einen Schlag auf ihrem Hinterkopf.

„Wo bin … ich … wer … sind Sie?", stotterte Joli, als sie wieder zu sich kam.

Sie befand sich auf der Rückbank eines Wagens, der mitten im Wald parkte. Neben ihr saß eine Frau, die ihr auf merkwürdige Weise vertraut war. Sie war sich sicher, sie schon einmal gesehen zu haben. Schwarze Haare, strenger Blick, dämonische

Züge und eisblaue Augen, die gefährlich glitzerten. Diese Dame war gewiss keine angenehme Person.

„Was wollen Sie von mir?"

Die Fremde antwortete nicht. Sie starrte Joli nur auf unheimliche Weise an. Jolis Hand wanderte zum Türgriff, doch der Wagen ließ sich nicht öffnen.

„Lassen Sie mich gehen."

„Nicht so schnell, Liebes. Zuvor solltest du erfahren, wem du dienst." Ihr Lächeln nahm teuflische Züge an.

„Wem ich diene? Was soll das heißen? Ich diene niemandem."

„Remierre de Sagrais."

„Ich diene niemandem", wiederholte Joli. Nur weil sie ein Arbeitsverhältnis mit einem Adligen eingegangen war, war sie noch lange nicht seine Dienerin. „Heutzutage nennt man das Angestellte."

„Oh, bitte, bist du etwa eine Erbsenzählerin? Du arbeitest für ihn, du vertraust ihm. Darum geht es. Ich kann nur hoffen, dass er dieses Vertrauen nicht enttäuscht. Er ist so unstet."

„Wer sind Sie?", wiederholte Joli ihre Frage. „Woher kennen Sie Remierre?"

„Mein Name ist bedeutungslos."

„Dann können Sie ihn mir auch sagen, oder?"

Das teuflische Lächeln verwandelte sich in ein amüsiertes Grinsen. „Du gefällst mir, Joli. Ich habe dich beobachtet. Du hast Biss."

Biss? Das brachte sie auf einen erschreckenden Gedanken. Hoffentlich bekam Joli nicht ihren Biss zu spüren. Diese Dame sah nicht nur untot aus, sondern tot, eben so, wie man sich einen klassischen Blutsauger vorstellte.

„Jade", sagte die Fremde knapp.

„Jade, erklären Sie mir, wie ich hierher gekommen bin. Was ist mit der Wirtin geschehen? Und den anderen Gästen? Was ist mit dem Feuer?"

„Das alles spielt keine Rolle mehr. Wichtig ist, dass du jetzt hier bist. Ich habe Großes mit dir vor."

„Und dafür ist es notwendig, dass Sie mich entführen?"

Jade nickte gelassen. „Ich möchte, dass wir zusammenarbeiten."

„Hah! Das können Sie knicken. Ich werde niemals mit Vampiren zusammenarbeiten." Joli hoffte, sich nicht um Kopf und Kragen zu reden. Sie hatte keine große Lust auf eine unschöne Narbe am Hals.

„Du glaubst, du wüsstest alles über Pyrs Kinder, dabei weißt du noch nicht einmal, wer Remierre de Sagrais wirklich ist."

„Sie kennen ihn anscheinend näher?", spöttelte Joli.

„Das ließ sich nicht vermeiden, ich war seine Geliebte." Ihr triumphales Grinsen nahm surreale Züge an.

„Seine Geliebte?"

Joli verspürte einen Stich in der Herzgegend. Tausend heiße Nadeln piekste die Vorstellung von Rem und Jade in ihre Brust. Natürlich war Remierre kein Waisenknabe. In den letzten 200 Jahren hatte er gewiss mehr als eine Frau beglückt. Joli hatte bloß nicht erwartet, einer von ihnen eines Tages zu begegnen. Sie besah sich ihr Gegenüber noch ein wenig genauer. Dass ein Mensch – Korrektur – ein Vampir, einen solch großen Mund besaß, war erstaunlich. Dass diese Frau trotz ihres überdimensionalen Grinsens attraktiv aussah, war um ein Vielfaches erstaunlicher. Joli versuchte einen Blick auf ihre Zähne zu erhaschen, stellte dann aber fest, dass sie keine spitzen Eckzähne besaß. Vielleicht war sie doch kein Blutsauger. Oder sie besaß die Fähigkeit, ihre Fangzähne aus- und einzufahren. Trotz ihrer Bleiche passte Jade perfekt zu Rem, sie war sein weibliches Pendant. Attraktiv, vereinnahmend. Keine ausstrahlungsarme Brillenträgerin mit Minderwertigkeitskomplexen.

Joli fragte sich, warum Remierre sich ausgerechnet eine Vampirin ausgesucht und warum sich ihre Wege getrennt hatten. Vielleicht stimmte diese Geschichte auch überhaupt nicht und Jade versuchte sie zu täuschen.

„Er ist so ein leidenschaftlicher Mann", schwärmte Jade. „Du weißt, wovon ich spreche, oder?", fuhr sie fort, ohne Joli aus den Augen zu lassen.

„Wenn Sie wissen möchten, ob ich Sex mit ihm hatte …"

„Warum so erregt?"

„Ich bin nicht erregt, ich ärgere mich lediglich über meine Freiheitsberaubung und Ihre unverschämten Fragen."

„Ich sprach nicht von Sex, das warst du."

Sie verstummte für einen Moment, während Joli die Zeit nutzte, um sich gründlich über sich selbst zu ärgern. Sie spielte dieser Jade mit ihren Antworten auch noch in die Hände. Klasse.

„Du liebst ihn, nicht wahr?" Jades Worten folgte ein eindringlicher Blick, ehe sie mit sichtlichem Genuss fortfuhr. „Ja, das tust du. Ich sehe es in deinen Augen. Sie funkeln, wenn ich von ihm spreche. Doch was empfindet er für dich?"

„Nichts", schnaubte Joli, zornig darüber, dass eine Wildfremde sie so leicht durchschaut hatte. Anscheinend war es wirklich einfach hinter ihre Fassade zu blicken.

„Oh ja, das klingt nach Remierre." Sie griff nach Jolis Hand und tätschelte sie. „Er liebt einzig sich selbst. Wir sind nur zwei unter vielen. Das macht uns zu Schwestern, zu Leidensgenossinnen. Hat er dir auch das Herz gebrochen? Armes Ding. Warum vertraust du mir nicht? Ich habe Großes mit dir vor. Durch mich wirst du deinen Schmerz vergessen."

Jades Hand streichelte zärtlich ihre Wange, doch Joli stieß sie weg. Tränen standen ihr in den Augen. Völlig gleich, ob es stimmte, was Jade über Rem gesagt hatte, sie würde niemals den Vampiren helfen.

„Nein, du musst dir schon eine andere Dumme suchen." Joli wusste, dass Jade sie ohne Mühe loswerden konnte. Sie musste sie lediglich bis auf den letzten Blutstropfen aussaugen und im Wald verscharren. So blass wie sie aussah, hatte sie heute Nacht vermutlich noch nichts getrunken. Es würde sie daher nur wenige Minuten kosten, sich um Joli zu kümmern. Auch wenn es gewiss nicht das Ende war, das sich Joli gewünscht hatte, war es ihr immer noch lieber, als Rem zu hintergehen.

Aus dem Augenwinkel sah sie Metall aufblitzen. Eine Nadel. Großer Gott, was hatte diese Irre nur mit ihr vor? Warum zerriss sie ihr nicht die Kehle, wie es Vampire taten, wenn sie sich ihrer Opfer entledigen wollten? Jade führte den Gegenstand an Jolis Hals. Joli verkrampfte sich am ganzen Körper.

„Nicht …", entfuhr es ihr leise.

„Plötzlich bist du nicht mehr so mutig, wie? Keine Sorge. Es wird nicht wehtun."

„Nein! Was haben Sie vor? Aufhören!", schrie Joli, als die Spitze durch ihre Haut drang. Sie bohrte sich einige Millimeter tief in ihren Hals, bevor sie eine Flüssigkeit aussonderte, die sich rasend schnell in ihrem Blut verteilte. „Was … ist das?", fragte Joli zitternd. Ihre Augenlider wurden schwer. Beängstigend schwer. Ihre Glieder fühlten sich an, als wären sie gelähmt.

Jade zog die Spritze aus ihrem Hals und warf sie auf den Boden des Wagens. „Etwas, das dich träumen lässt", sagte sie kühl und beobachtete Jolis verzweifelten Kampf gegen die Bewusstlosigkeit.

Sie zuckte am ganzen Körper und verlor zusehends die Kontrolle über ihre Sinne. „Rem … hilf … mir." Ihre Stimme klang mehrere Oktaven tiefer, während die Welt um sie herum, jede Bewegung, jedes Geräusch, hinter einem dunklen Schleier verschwand.

Remierre fühlte ihren warmen, weichen Körper unter sich und spürte, wie er augenblicklich hart wurde. Seine Hände legten sich auf Jolis feste Brüste, wogen sie und er liebkoste ihre Spitzen mit seinen Lippen. Sie schmeckte herrlich, ihr Geschmack erregte ihn nur noch mehr. Er sah in ihre Augen, in denen er ein sehnsüchtiges Leuchten entdeckte, das ihm verriet, dass sie ihn wollte. Gerührt küsste er sie auf den Mund. Er wollte sie auch. Sehr. Seine Lenden brannten wie Feuer, so groß war die Sehnsucht nach ihr geworden.

Als er in sie eindringen wollte, ruckte er hoch und stieß sich den Kopf am Dach seines BMWs. Augenblicklich riss er die Augen auf, doch es dauerte eine Weile, ehe er sich orientiert hatte. Es war nur ein Traum gewesen. Ernüchterung machte sich in ihm breit. Und Frust, als er auf die Beule in seiner Hose blickte. Verflucht, er wollte Joli. Dabei hatte es ihn Jahre, wenn nicht Jahrzehnte gekostet, eine Distanz zu Frauen aufzubauen. Nun musste er feststellen, dass er schon beim bloßen Gedanken an sie hart wurde. Aber nicht nur seine Familienjuwelen schmerzten nun, auch seine Knie machten sich bemerkbar, weil er die Beine nicht richtig ausstrecken konnte. Der Rücken tat ihm ebenfalls weh, da er keine bequeme Position gefunden hatte.

Dies war einer der seltenen Augenblicke in Remierres Leben, in denen sich zeigte, dass Größe auch von Nachteil sein konnte. Im Auto war einfach nicht genügend Platz für ihn. Dass er dennoch recht schnell eingeschlafen war, war daher umso erstaunlicher. Dass er die Nacht fast durchgeschlafen hatte, grenzte an ein Wunder. Er drückte die Wagentür auf und kletterte hinaus. Die Sonne war gerade erst aufgegangen, aber Remierre war kein Langschläfer. Er wusste selbst nicht genau, wo er sie hernahm, doch er hatte stets einen Überschuss an Energie. Vorsichtig reckte und streckte er sich, woraufhin seine Knochen an allen Ecken und Enden knackten, dann gähnte er ausgiebig und rieb die Stelle über seinem Hintern, welche durch seine gekrümmte Schlafhaltung in Mitleidenschaft gezogen worden war. War es denn ein Wunder, dass die Knochen eines 200 Jahre alten Mannes knackten? Bedachte man sein biblisches Alter, so hatte er sich doch hervorragend gehalten. Seine Gedanken drifteten wieder zu Joli, weil ihm klar wurde, dass er gestern Abend überreagiert hatte, als er sie, wegen seiner persönlichen Grundsätze, die er immerhin selbst verletzt hatte, zurückgewiesen und zudem noch allein im Zimmer zurückgelassen hatte. Er wollte noch einmal mit ihr über alles reden.

Remierres Blick schweifte zum Gasthaus. Genauer gesagt zu einer kleinen Schiefertafel, auf der in ordentlicher Schreibschrift ‚Heute: Schlemmerfrühstück für zwei Personen' in hellgrüner Kreide geschrieben stand. Sein Magen knurrte. Vielleicht konnte er nicht wieder gutmachen, was er gestern mit seiner sturen Art verbockt hatte, doch zumindest wollte er ihr zunächst eine Freude machen, sie überraschen.

Schnellen Schrittes begab er sich in das Restaurant, in dem bereits die Hut-Lady und ihre Freundin, eine Matrone in Rosa, Platz genommen hatten. Beide studierten die Speisekarte und unterhielten sich angeregt über ihre Rassehunde, die unter dem Tisch lagen und vor sich hin dösten. Remierre bemühte sich möglichst geräuscharm an ihnen vorbei zu gehen. Doch die Tiere nahmen seinen verräterischen Geruch auf, den eine menschliche Nase nicht wahrnahm. Sofort schossen der aggressive Dobermann und ein besonders enthusiastisch kläffender Zwergpudel unter der Tischdecke hervor und knurrten Remierre um die Wette an. Ein Glück, dass beide Tiere an der Leine lagen, andernfalls wären sie vermutlich über ihn hergefallen.

„Joran von Wedelsburg! Nicht schon wieder!“ Die Hut-Lady stöhnte entnervt und zerrte an der gespannten Leine. „So kenne ich ihn nicht, bitte entschuldigen Sie.“

Um jegliche Konfrontationen zu vermeiden, wich Rem noch weiter zurück.

Die Matrone griff nach ihrem Zwergpudel und setzte ihn auf ihren breiten Schoß, wo sie ihm ein Stück Wurst von ihrem Teller vor die Schnauze legte. Das Tier war sofort abgelenkt und beteiligte sich nicht länger am Überfall auf Remierre.

„Bei Hunden habe ich wohl kein Stein im Brett“, sagte er, zwinkerte der Hut-Lady zu und ging zu einem der hinteren Tische, um möglichst viel Abstand zwischen sich und Joran von Wedelsburg zu bringen. Er setzte sich, nahm die Speisekarte in die Hand und ignorierte das nicht enden wollende Gebell. Als er die Menükarte aufklappte flog ihm ein loses DIN-A4-Blatt entgegen, auf dem sich eine Ankreuzliste zur Selbstzusammenstellung des Frühstücks befand. Remierre merkte, dass er gar nicht wusste, was Joli gern aß, daher improvisierte er und nahm von allem, was sich auf der Liste befand, eine kleine Portion.

„Haben Sie gewählt?“, fragte die Wirtin, die an seinen Tisch trat.

„Ja. Ich hätte das Frühstück gern auf einem großen Tablett zum Mitnehmen.“

„Ein Frühstück im Bett für die Liebste? Hach, das ist schön. Ich wünschte, mein Mann wäre so romantisch wie Sie. Ja, ja, so ist das, wenn man noch jung ist.“

Kurz darauf brachte sie ihm ein Tablett, auf dem sich ein Korb verschiedener Brötchensorten, diverse Aufstriche, Wurst und Käse sowie eine große Portion Rührei mit Speck befanden.

„Guten Appetit, mein Herr. Und schöne Grüße an die junge Dame.“

Remierre nahm ihr das Tablett ab. Wenige Augenblicke später lief er die Treppe hinauf zu den Gästezimmern, den Gang hinunter, bis er Jolis Tür erreichte. Da er keine freie Hand zur Verfügung hatte, klopfte er mit dem Stiefel gegen die Holztür. Einen Moment wartete er auf ihre Reaktion, als diese ausblieb, versuchte er es noch einmal. Und noch einmal.

„Joli? Wach auf, ich bin es, Rem." Er hielt inne, weil ihm bewusst wurde, wie sehr er es mochte, von ihr Rem genannt zu werden. Es wurde ihm warm ums Herz. Sie hatte ihn irgendwo berührt, wo ihn noch nie jemand zuvor berührt hatte. Wieder keine Reaktion. Vielleicht war sie noch immer wütend auf ihn. Er seufzte. Es blieb ihm wohl nichts anderes übrig, als die Tür selbst aufzuschließen. Vorsichtig stellte er das Tablett auf den Boden, wühlte in seiner Hosentasche nach dem Schlüssel, öffnete und stieß die Tür auf.

„Wieso öffnest du nicht?", fragte er leicht irritiert und stellte sich vor ein leeres, ungemachtes Bett. Er warf einen Blick ins Bad, das genauso menschenleer war wie der Wohn- und Schlafbereich. „Joli? Wo bist du?", rief er, aber es antwortete niemand. Allmählich beschlich ihn ein ungutes Gefühl. So schnell er nur konnte stürmte er den Flur entlang, die Treppe hinunter, bis er um ein Haar mit der Wirtin im Vorraum zusammenstieß, die ein Tablett mit zwei Porzellantassen und einer Teekanne transportierte.

„Vorsicht, Vorsicht, junger Mann", sagte sie und lachte herzlich. Doch das Lachen verging ihr schnell, als sie Rems besorgten Gesichtsausdruck sah.

„War meine Begleitung heute Morgen schon unten? Haben Sie sie gesehen? Wo ist sie hingegangen?"

Else zuckte hilflos die Schultern und sah ihn verwirrt an. „Warum fragen Sie mich das, Sie haben doch das Zimmer mit ihr geteilt."

Rem schlug sich gegen die Stirn und fuhr mit der Hand über sein Gesicht. „Ich schlief im Wagen", gab er schließlich zu. Der Gesichtsausdruck der Wirtin war immer noch verwirrt. „Ich schnarche." Er hoffte, dass sie sich mit dieser Begründung zufrieden gab.

Ihre Miene erhellte sich verstehend. „Mein Mann schnarcht auch, ich wünschte, er wäre so rücksichtsvoll wie Sie. Aber er käme nie auf den Gedanken in unserem Wagen zu schlafen.

Deswegen benutze ich seit Jahren Ohrstöpsel aus Wachs, die helfen und …"

„Haben Sie Joli gesehen?", drängte er.

Sie schüttelte den Kopf. „Tut mir leid. Ich kann Ihnen leider nicht weiterhelfen."

„Verflucht." Er ließ die Frau stehen und rannte die Treppe wieder hinauf. Vermutlich gab es eine logische Erklärung. Vielleicht war sie joggen. Er musste sich eingestehen, dass er ihre morgendlichen Gewohnheiten nicht kannte. Dennoch machte sich ein Gefühl der Panik in seiner Brust breit. Verdammt, es gelang ihm nicht, einen klaren Gedanken zu fassen.

Komm schon, Remierre, konzentriere dich. Womöglich hatte sie ihm eine Nachricht geschrieben, die er in der Aufregung übersehen hatte. Er sah sich noch einmal genauer im Zimmer um.

Sein Atem ging rasch, obwohl er nach außen die Ruhe in Person war, während er den Flur betont langsam entlang schritt. Jolis Verschwinden wühlte ihn derart auf, dass er nicht mehr Herr der Lage war. Es erschreckte ihn, wie sehr er sich um sie sorgte. Er fragte sich, weshalb er nicht einfach sachlich reagierte. Er kannte die Antwort im selben Moment, in dem er sich die Frage gestellt hatte. Und diese Antwort gefiel ihm nicht, bestätigte sie doch nur das, was er ohnehin schon befürchtet hatte.

Er hatte sich auf seine alten Tage noch einmal verliebt. Wie lächerlich und albern das war. Besonders für einen Mann in seiner Situation, der die Welt und das Leben kannte, der jede Frau, die ihm ans Herz wuchs, überleben würde, der dazu verdammt war, auf ewig allein zu bleiben.

Sein Blick schweifte von den Garderobenhaken zum Fenster, hin zu der Couch, dem schmalen Wandspiegel, der Badezimmertür und schließlich zu dem großen, ungemachten Doppelbett. Nichts. Keine Nachricht. Keine Spur. Das Bett knarrte, als er sich auf die Kante setzte und mit beiden Händen über sein Gesicht fuhr.

Joli schlug die Augen auf. Rasch atmend sah sie sich um. Sterile Wände. Sie hatte das Gefühl, durch milchiges Glas zu sehen. Weiß und kahl, wie im Krankenhaus, so sahen sie aus. Nirgends hingen Bilder, keine Tapeten, nicht einmal ein farbiger Anstrich. Bei dem Anblick der beiden vergitterten Fenster zu ihrer Linken überkamen sie Beklemmungen. Die heruntergelassenen Jalousien verhinderten, dass Tageslicht in den Raum drang. Zitternd rieb sie sich die schmerzenden Schläfen. Sie fühlte sich benommen, doch es war unbedingt wichtig, dass sie in dieser Situation klar denken konnte. Wo war sie nun schon wieder gelandet?

Noch ehe sie eine Antwort fand, öffnete sich die Tür und ein hagerer Mann im weißen Kittel kam herein. Zielstrebig lief er zum Waschbecken auf der gegenüberliegenden Seite des Zimmers, um sich die Hände zu waschen.

„Nur noch einen Moment, Frau Balbuk, ich bin gleich für Sie da", nuschelte er und trat näher an sie heran. Offensichtlich kannte er ihren Namen. „Sie sehen besser aus, nachdem Sie einige Stunden geschlafen haben." Er setzte sich auf den Stuhl an ihrem Bett, schlug ein Bein über das andere und faltete geduldig die Hände. Joli fiel auf, wie außergewöhnlich dünn seine Finger aussahen. Geradezu knochig. „Wie geht es Ihnen?"

„Wer sind Sie? Wo bin ich hier?"

„Oh, Sie erinnern sich nicht mehr an mich. Das liegt sicher an den starken Beruhigungsmitteln, die wir Ihnen geben mussten. Sie waren wirklich sehr aufgebracht, als man Sie hierher brachte. Ich bin Dr. Freck, Ihr behandelnder Arzt. Wir haben eine richterliche Verfügung, Sie bei uns zu behandeln, bis Sie wieder gesund sind."

Sie schüttelte ungläubig den Kopf. Das alles konnte nur ein Alptraum sein, ein schrecklicher Alptraum, aus dem sie hoffentlich bald erwachte.

„Es scheint, als litten Sie an einer psychotischen Episode."

„Was soll der Unsinn? Wie kommen Sie an diese Verfügung? Ich bin kerngesund!"

Dr. Freck nahm die Akte aus dem Gestell ihres Bettes und kritzelte etwas hinein. „Eine Psychose kann in jedem Lebensalter auftreten. Sie sind also kein außergewöhnlicher Fall." Er lächelte schräg. Seine strahlend weißen Zähne weckten Assoziationen an ein grinsendes Pferd.

„Ich. Bin. Nicht. Verrückt!"

„Erzählen Sie mir, woran Sie sich in den letzten Tagen erinnern können."

Joli konzentrierte sich. Die Erinnerungen waren sehr blass, doch wenigstens greifbar. Wahrscheinlich hatte man ihr Medikamente gegeben, die ihr Denken beeinflussten.

„Wissen Sie, in welchem Ort Sie sich befinden?" Er sah sie über seine Brillengläser hinweg an.

„Ich befinde mich in einem kleinen Nest namens Moorgrund."

Er nickte, offenbar zufrieden mit ihrer Antwort. Also befand sie sich in dem Sanatorium auf dem Berg. „Leben Sie hier?"

„Nein, ich komme aus Berlin. Wird das ein Verhör?"

Der grüne Kugelschreiber raste über das Papier. Dann umklammerte Freck die Akte und drückte sie an seine Brust. „Ich bin nicht Ihr Feind, Frau Balbuk. Ich bin hier, um Ihnen zu helfen. Als man Sie zu uns brachte, waren Sie sehr verwirrt, um es freundlich auszudrücken. Wir wollen nun gemeinsam der Ursache auf den Grund gehen. Alkohol können wir als Auslöser ausschließen. Nehmen Sie Drogen?"

„Nein!", rief Joli empört. „Hören Sie, ich möchte wirklich nicht unhöflich erscheinen. Ich bin Ihnen dankbar, dass Sie mir helfen wollen. Doch der Punkt ist, ich brauche keine Hilfe. Es geht mir gut. Ich gehöre nicht hier her."

„Als wir uns heute früh schon einmal unterhielten, zeigten Sie sich der Stationsschwester gegenüber recht feindlich. Können Sie sich daran erinnern?"

Jolis Hand glitt über ihre Stirn. Ihr Kopf schmerzte, als veranstaltete jemand ein Rock n' Roll Konzert in ihrem Großhirn. Dann sah sie plötzlich Jades Gesicht vor ihrem geistigen Auge.

„Sie hat mich entführt."

„Entführt?" Dr. Freck runzelte die Stirn und machte einige hastige Notizen.

„Ja, verdammt", stieß sie zwischen ihren Zähnen hervor. Der Gedanke an Jade machte sie wütend. „Sie ist eine Vampirin, die behauptete, Großes mit mir vor zu haben." Sie bemerkte ihren Fauxpas und biss sich auf die Zunge. Dieser Ausspruch war natürlich ganz und gar ungünstig für ihre Lage. Ihr Mund war mal wieder schneller als ihr Gehirn gewesen. Nun musste Freck sie erst recht für verrückt halten.

„Es gibt keine Vampire“, sagte er nüchtern, nahm seine Brille ab und sah ihr in die Augen. Seine Augäpfel wirkten auffallend groß, geradezu hervorstehend und waren Blut unterlaufen, das konnte Joli ohne ihre Brille aus dieser Nähe erkennen

Sie versuchte sich von seinem Blick nicht einschüchtern zu lassen und zuckte die Schultern. Bis vor wenigen Tagen hatte sie auch nicht an Werwölfe geglaubt. Seit sie Rem begegnet war, hatte sich ihr Weltbild geändert. Natürlich konnte sie nicht erwarten, dass Dr. Freck das verstand.

„Glauben Sie immer noch, Sie bräuchten meine Hilfe nicht?“

„Ich bin nicht verrückt!“, wiederholte Joli.

In diesem Moment klingelte Dr. Frecks Handy, das er in derselben Kitteltasche mit sich führte, in der er auch eine Reihe grüner Plastikkugelschreiber lagerte. Er nahm das Gespräch entgegen, sagte einige Male „Mh, verstehe, ja.“ Dann schaltete er sein Handy aus, stopfte es in die Tasche zurück und setzte die Brille wieder auf, machte Notizen in seine Akte und erhob sich schließlich.

„Man erwartet mich, entschuldigen Sie. Ich werde später noch einmal nach Ihnen sehen und Ihnen unseren mehrdimensionalen Therapieansatz vorstellen.“ Mit diesen Worten ging er zügig zur Tür. Seine Beine wirkten überdimensional lang und erinnerten an die Hinterbeine einer Heuschrecke. Bevor er jedoch gänzlich verschwand, drehte er sich noch einmal um und nickte knapp. „Auf wiedersehen.“

Joli sah ihm nach und atmete erleichtert auf, als der schräge Typ ihr Zimmer verlassen hatte. Dieser Mann sah nicht gerade wie ein Arzt aus, dem sie vertrauen konnte. Im Gegenteil. Er hatte etwas an sich, das ihr unheimlich war. Seine Haut war auffallend blass, das Gesicht eingefallen und ein paar Pfund mehr auf den Rippen konnten ihm nicht schaden.

Noch etwas wackelig auf den Beinen kletterte sie aus dem Bett und ging zu dem weißen Schrank, in dem sie ihre Kleidung vermutete. Fehlanzeige. Zumindest ihre Brille entdeckte sie im oberen Fach. Sie stellte sich auf die Zehenspitzen, um sie zu erreichen. Als sie ihr entgegenfiel, fing Joli sie geschickt auf und setzte sie dorthin, wo sie hingehörte.

Sie wollte abhauen, so schnell wie möglich, bevor man sie mit mehr Drogen voll pumpte, die ihr Bewusstsein veränderten. Doch in diesem Nachthemdchen machte sich eine Flucht nicht sonderlich gut. Na schön, es ging auch ohne Hose. Sie ärgerte sich über ihren Fauxpas mit den Vampiren. Hätte sie nur ihre dumme Klappe gehalten. Nun glaubte Dr. Freck natürlich erst recht, dass sie verrückt war. Wie sollte er auch ahnen, dass seine Pflegekraft in Wahrheit eine ausgefuchste Vampirin war.

Sie schleppte sich zur Tür, öffnete sie und lugte in einen sterilen Gang, an dessen Wänden vereinzelt Bilder hingen. Moderne Kunst. Bunt und schrill. Von schwarzem Holz umrahmt.

Niemand war zu sehen. Sie schlich hinaus und wünschte, sie hätte ihren Körper besser unter Kontrolle. Es kostete sie einiges an Kraft, sich überhaupt zu bewegen. An einen zügigen Schritt war nicht zu denken. Endlich erreichte sie eine doppelseitige Glastür, auf der in dicken Lettern ‚Geschlossene Station' stand. Sie rüttelte an dem Knauf, doch die Tür ließ sich nicht öffnen. Um hier heraus zu kommen, brauchte man einen Schlüssel, der sich vermutlich nur im Besitz der befugten Ärzte und Schwestern befand. Sie probierte es noch mal aber die Tür blieb verschlossen. Joli wischte sich die schweißnassen Hände an ihrem Nachthemd ab und berührte dabei ihre Brust. Verwundert hielt sie inne. Sie vermisste auf Anhieb den mittlerweile gewohnten Widerstand, wenn sie diese Stelle berührte. Sie blickte in ihren Ausschnitt und stellte erschrocken fest, dass das Wolfsauge verschwunden war.

„Frau Balbuk! Zurück mit Ihnen auf Ihr Zimmer“, schimpfte jemand hinter ihr. Erschrocken drehte sie sich um und blickte in das faltige Gesicht einer Pflegerin mit feuerroten Haaren. „So geht das nicht, junge Dame! Wir sind nicht auf der Kirmes.“

„Regen Sie sich nicht auf, Schwester Ivonne.“ Eine zweite Frau kam den Gang hinauf. Sie trug einen dunkelblauen Overall, der Joli an die Vorschriftskleidung aus der Tierarztpraxis erinnerte. Freundlich legte sie eine Hand auf Jolis Schulter und erklärte im ruhigen Ton: „Ich wollte Sie gerade abholen. Mein

Name ist Erika Glanz. Ich bin die Ergotherapeutin im Haus. Kommen Sie am besten gleich mit."

„Ich rege mich nicht auf", gab Ivonne schnippisch zurück und verschränkte die Arme.

„Wohin?", fragte Joli misstrauisch.

„In den Gestaltungsraum natürlich." Sie lachte herzlich.

Joli hingegen zuckte die Schultern. „Meinetwegen." Die Situation war surreal.

Frau Glanz führte Joli in einen abzweigenden Flur und ließ die sprachlose Schwester Ivonne stehen. „Nehmen Sie es Ivonne nicht übel. Sie ist anfangs ein wenig schroff, doch wenn man sie näher kennt, merkt man schnell, dass sie das Herz am rechten Fleck hat."

„Wenn Sie meinen."

„Aber ja. Kommen Sie, ich gebe Ihnen erst einmal etwas zum Anziehen."

Sie ging in einen nahegelegenen Raum und kam kurz darauf mit einem dunkelblauen Bademantel zurück. Joli schlüpfte dankbar hinein und folgte schlurfenden Schrittes Frau Glanz, die einen halben Kopf kleiner war als sie, durch die Station. Trotz ihres geringen Wuchses strahlte die Ergotherapeutin ein Selbstbewusstsein von mindestens der doppelten Größe aus. Joli beneidete sie darum, denn sie fühlte sich mit ihren einssechzig oft genug als Zwergin, und sie zweifelte daran, dass es Frau Glanz genauso ging.

„Da wären wir schon." Sie schob Joli durch eine Tür in einen Raum, der an eine Schulwerkstatt erinnerte, in der Basteln und Werken stattfindet. An den drei großen, quadratischen Werktischen saßen je vier Patienten, die im Gegensatz zu Joli weiße Hosen und T-Shirts trugen.

„Ich gehöre hier nicht hin", sagte Joli eindringlich, doch in einem leisen Ton, denn sie wollte nicht, dass die Patienten es hörten und sich womöglich beleidigt fühlten.

Frau Glanz hob eine Braue und musterte Joli von oben bis unten. Ihr Blick sagte mehr als tausend Worte. „Wir arbeiten heute mit Wassermalfarben. Sie sollten teilnehmen." Sie lächelte gütig.

Joli hingegen seufzte schwermütig. Wahrscheinlich würde sie weder Dr. Freck noch sonst irgendjemanden in diesem Haus davon überzeugen, dass sie nicht verrückt war. Sie konnte lediglich hoffen, dass Rem sie so bald wie möglich aus diesem Irrenhaus befreite.

Resigniert stapfte sie zu einem freien Platz am vorderen Tisch. Also schön, malte sie ein Bild. Sie war zwar nicht im Geringsten begabt, aber sie entschied sich, nicht weiter aufzufallen.

Irgendwie konnte sie Dr. Freck sogar verstehen. Ein Normalsterblicher wusste natürlich nichts von Werwölfen und Vampiren. Sie selbst hatte ihren eigenen Vater für verrückt gehalten, als er sie in Rems Geheimnis eingeweiht hatte. Warum sollte es einem Arzt anders gehen. Wenn sie ihm von Jade erzählte, die sie entführt und betäubt hatte, würde er nur noch mehr an ihrem Verstand zweifeln. Wahrscheinlich hatte Jade geahnt, dass niemand Joli ein Wort glauben würde und sie deshalb in ein Sanatorium eingeliefert. Aber warum wollte sie Joli überhaupt aus dem Weg räumen? Joli versuchte einen interessierten Gesichtsausdruck zu mimen als die Ergotherapeutin ihr ein weißes Blatt Papier vor ihre Nase legte.

„Kleben Sie das Papier mit dem dicken Klebeband am Tisch fest, damit es nicht verrutscht, wenn Sie es bemalen“, erklärte die Therapeutin nervtötend freundlich in die Runde.

Sie spielte besser die Geläuterte, vielleicht erkannte der Doktor dann, dass sie nicht krank war. Resigniert griff sie nach einem dicken Pinsel und tauchte ihn in das bereitgestellte Wasserglas während Frau Glanz erläuterte um was es in dieser Malstunde ging.

„Wir werden heute unseren besten Freund malen. Jeder von Ihnen hat doch einen besten Freund oder eine beste Freundin, nicht wahr?“

Es entbrannte eine heiße Diskussion zum Thema Freundschaft, an der Joli weder teilnahm noch den anderen zuhörte. Gedanken überschlugen sich in ihrem Kopf. Irgendwie musste sie hier rauskommen. Sie konnte ihre Eltern anrufen. Ihr Adoptivvater würde sicher wissen, was zu tun ist. Er arbeitete im Krankenhaus einer Justizvollzugsanstalt. Fälle wie dieser waren ihm bestimmt nicht fremd. Dann fiel ihr jedoch ein, dass ihre

Eltern gestern nach Ibiza geflogen waren. Und Papa hatte die Angewohnheit, sein Handy zu Hause zu lassen, wenn er im Urlaub war, weil er nur so abschalten konnte. Als nächstes fiel ihr Tremonde ein, dessen Nummer sie aber nicht auswendig kannte. Wo ihr Handy war, wusste sie nicht.

„Und was möchten Sie malen, Frau Balbuk?“ Frau Glanz blickte neugierig über ihre Schulter.

„Ich male meine beste Freundin Karla. Sie ist Tierarzthelferin, genau wie ich.“

„Sehr schön, sehr schön.“ Frau Glanz stellte sich neben Jolis Sitznachbarin.

„Welchen Freund malen Sie“

„Ich male Gabriel, den Werwolf.“

Joli horchte auf und wagte einen Blick auf die junge Frau neben sich.

„Wir malen heute nur echte Freunde.“

„Er ist echt, er hat mich schon oft beschützt.“

„Überlegen Sie einmal, welchen realen Freund Sie malen könnten.“ Die zierliche Ergotherapeutin klopfte der Patientin auf die Schulter und setzte ihre Runde fort, um auch den anderen Anregungen zu geben.

„Er ist echt“, flüsterte die Frau trotzig und malte drauf los.

„Wo haben Sie ihn kennen gelernt?“, fragte Joli ihre Sitznachbarin, deren pechschwarze Haare in dicken Locken über die schmalen Schultern hingen. Sie sah hübsch aus. Wie eine Schneewittchenpuppe, vom Piercing ihrer linken Augenbraue abgesehen.

Sie hob den Kopf und lächelte. „Er hat mich gefunden. Wir sind auf magische Weise miteinander verbunden. Ich hätte niemanden von ihm erzählen dürfen. Das hat mich in Schwierigkeiten gebracht. Eigentlich ist seine Existenz ein Geheimnis“, sagte sie nachdrücklich.

Joli nickte ernst. Die Geschichte kam ihr äußerst bekannt vor. Sie musste mehr über diesen geheimnisvollen Gabriel erfahren. Vielleicht hatte sie in der Frau eine Verbündete gefunden, mit deren Hilfe es ihr gelingen konnte zu fliehen „Ich glaube Ihnen“, sagte Joli.

Das Lächeln der Frau wurde größer. „Ich bin Elli“, flüsterte sie verschwörerisch, als würde sie mit der Offenbarung ihres Namens ein bedeutendes Geheimnis preisgeben.

„Freut mich. Joli.“

Als Joli merkte, dass Frau Glanz interessiert zu ihnen hinübersah, beschloss sie, sich wieder auf ihr Bild zu konzentrieren. Besser gesagt auf das weiße Papier, das sie noch nicht bemalt hatte. Rote Farbe tropfte von ihrem Pinsel auf die Tischplatte.

„Ist alles in Ordnung, Frau Balbuk?“, fragte die Ergotherapeutin.

„Alles bestens. Ich überlege nur, ob ich Karla im Profil oder von vorne male.“

„Ein Profil macht sich immer gut.“ Mit diesen Worten drehte sich Frau Glanz wieder um und lief zu einem Schrank, um weitere Tuschkästen herauszunehmen und auf den verbliebenen Tischen zu verteilen.

„Kannst du Gabriel irgendwie kontaktieren?“, flüsterte Joli und malte einen Kreis, der Karlas Gesicht darstellen sollte. Es würde doch eine Vorderansicht werden.

„Ja, sicher kann ich das“, sagte Elli in normaler Lautstärke.

„Ich glaube es ist besser, wir besprechen das leise.“ Warnend legte Joli den Zeigefinger auf die Lippen und blickte zur Ergotherapeutin.

„Entschuldige.“

„Schon gut. Also, wie kannst du ihn kontaktieren?“

„Er hat sich als Wolf getarnt und wartet hinter der großen Eiche auf mich. Nachher, wenn wir bei der Bewegungsgruppe sind, stelle ich ihn dir vor, wenn du willst.“

„Das wäre großartig, Elli, einfach großartig.“ Joli drückte voller Hoffnung Ellis dürren Unterarm.

„Wir müssen uns beeilen, wenn es soweit ist. Ich hoffe, du bist schnell?“

Joli schluckte. Schnell war nicht gerade ein Adjektiv, das sie benutzt hätte, um sich zu beschreiben. „Was hast du denn vor? Du willst hoffentlich keinen neuen Langstreckenrekord aufstellen?“

„Das sicher nicht. Aber einen Kurzstreckenrekord." Sie widmete sich nun ihrem Gemälde und Joli beschloss, nicht weiter zu fragen.

Nach der Ergotherapie wurden die Patienten in ihre Zimmer zurückgebracht, wo ihnen die Pflegerinnen das Mittagessen brachten. Schwester Ivonne betrat ihren Raum mit zügigen Schritten. „Ihr Mittagessen", sagte sie schroff.

Weil Joli sich an die Worte von Frau Glanz erinnerte, setzte sie ein besonders freundliches Lächeln auf und sagte in ihrem herzlichsten Ton: „Ganz lieben Dank, Schwester Ivonne. Was gibt es denn?" Vielleicht gelang es ihr, die Schwester für sich zu erwärmen. Wenn sie es geschickt anstellte, konnte sie ihr möglicherweise bei ihrer Flucht nützlich werden.

Schwester Ivonne, die schon wieder an der Tür stand, drehte sich noch einmal zu ihr um und erklärte mit abgehackter Stimme: „Tofuwürfel und Gemüse mit asiatischem Reis." Dann ging sie ohne ein weiteres Wort zu verlieren.

Das klang verlockend. Die Realität sah wie so oft anders aus. Joli stieg aus ihrem Bett, setzte sich an den Tisch vor ihrem vergitterten Fenster und starrte auf eine winzige Gemüseportion und einen dafür umso gigantischer wirkenden, trockenen Klebereisberg. Die Tofuwürfel entdeckte sie nirgends. Sie griff nach der Gabel und probierte vorsichtig. Dass asiatischer Klebereis klebrig war, war bei dem Namen zu erwarten gewesen. Diese Sorte war jedoch so klebrig, dass man ihn nicht einmal hinunterschlucken konnte. Das Essen war ungenießbar.

Wenn alles gut lief, konnte sie Remierre bald informieren und dann war es nur noch eine Frage der Zeit, bis sie aus diesem Irrenhaus heraus war. Sie fieberte der Bewegungsgruppe entgegen, weil sich hier die Möglichkeit ergeben würde, Ellis Werwolf zu kontaktieren, und atmete auf, als endlich eine sportliche Frau mit hohem Pferdeschwanz und frechem, modernem Pony hinein kam.

„Hallo, ich bin Patricia, die Bewegungstherapeutin. Sie sind also die neue Patientin", sagte sie ohne Umschweife und musterte Jolis blauen Bademantel. „In dem Aufzug wollen Sie doch hoffentlich nicht an der Bewegungsgruppe teilnehmen?"

Joli schüttelte den Kopf. „Ich habe keine Ahnung, wo meine Kleidung ist."

„Na, das macht nichts. Ich bin gleich wieder da." Zwei Minuten später kehrte die Bewegungstherapeutin zurück und reichte Joli ein T-Shirt und eine weiße Stoffhose, die mindestens zwei Nummern zu groß war. „Schlüpfen Sie da mal rein."

Joli nickte und drehte sich um, um erst den Bademantel abzustreifen und dann die Schleife an ihrem Rücken zu lösen. Das Nachthemd fiel zu Boden. Langsam stieg sie in die Hose und zog sie bis zu ihrem Bauch. Die Länge war perfekt. Lediglich die Weite machte Probleme.

„Leider war das die kleinste Größe, die noch im Lager war", hörte sie Patricia sagen, während sie sich das T-Shirt über den Kopf zog.

„Geht schon."

„Es ist nicht der letzte Schrei, aber für unsere Zwecke reicht es. Ich hoffe, Sie haben genügend Elan mitgebracht?"

Joli schwante Schreckliches. Dennoch nickte sie, denn sie wollte ab jetzt nicht mehr anecken. Je kooperativer und einsichtiger sie sich zeigte, desto schneller hielt sie sicherlich ihre Entlassungspapiere in der Hand.

„Dann folgen Sie mir. Die anderen warten bereits."

Gemeinsam liefen sie durch den schier endlosen, kahlen Flur. Joli rechnete fest damit, dass die Bewegungsgruppe an der frischen Luft stattfand, immerhin hatte Elli eine große Eiche erwähnt und das konnte nur bedeuten, dass sich die Gruppe außerhalb des Hauses traf. Sie war umso überraschter, als Patricia vor einer Tür mit der Aufschrift ‚Bewegungsraum' stehen blieb und diese aufschloss.

„Tritt ein, bring Glück herein", sagte die Therapeutin und machte eine einladende Handbewegung.

Irritiert tat Joli, was man von ihr verlangte. Im Gegensatz zu den meisten Räumen in der Klinik, die Joli bislang gesehen hatte, war dieser mit einem weichen, blauen Teppich ausgelegt. In der hinteren Ecke lagen ein paar grüne Matten. Weit und breit entdeckte sie keine Sportgeräte.

„Hier ziehen wir normalerweise unsere Schuhe aus, Joli, damit wir den schönen Teppich nicht strapazieren“, sagte Patricia in einer Art, als spräche sie mit einem Kind.

Vorbildlich zog die Therapeutin ihre Turnschuhe aus und stellte sie an den Rand. Joli blickte zu den anderen Patienten, die in der Mitte des Raumes im Kreis saßen. Die meisten barfüßig, einige wenige hatten ihre Socken anbehalten.

„Joli! Komm zu mir, komm zu mir!“ Elli sprang auf und winkte ihr aufgeregt zu.

„Sie haben schon eine Freundin gefunden, dass ist aber schön.“ Patricias warmes Lächeln bewirkte das Gegenteil von dem, was sie beabsichtigte, denn es ging Joli gehörig auf die Nerven.

„Setz dich zu mir!“, rief Elli und hüpfte aufgeregt auf und ab.

„Ich bin ja schon auf dem Weg.“ Joli schlüpfte aus ihren Schuhen. Seufzend stapfte sie zu Elli, setzte sich neben sie und flüsterte: „Unser Plan scheint gründlich in die Hose gegangen zu sein.“

„Wie kommst du denn darauf?“

„Ich dachte, dein Freund wartet an der großen Eiche auf dich?“

„Ja.“ Elli kicherte. „Das tut er.“

„Siehst du, das ist das Problem. Wir sind eingesperrt und können gar nicht zur großen Eiche gehen.“ Selbst im Bewegungsraum waren die Fenster vergittert. Man fühlte sich in dieser Klinik, als säße man im Gefängnis. Jagdschlossatmosphäre? Fehlanzeige.

„Ich gebe ihm ein Handzeichen. Du wirst schon sehen.“

Joli hob zweifelnd eine Augenbraue. Es würde viel zu sehr auffallen, wenn Elli ihrem Freund durch ein vergittertes Fenster hindurch Handzeichen gab. Ganz zu schweigen davon, dass es fraglich war, ob er ihre Zeichen überhaupt verstand.

„Wir wärmen uns nun auf, meine Lieben. Stehen Sie auf und gehen Sie langsam im Kreis. Ganz gemütlich, als würden Sie spazieren.“

Joli hatte etwas erwartet, dass mehr Ausdauer forderte. Aber hier konnte sie mithalten.

„Na los, hopp, hopp, meine Damen und Herren. Wir wollen etwas für unsere Körper tun. Und nichts ist besser, als genügend Bewegung. Das trainiert die Muskeln und die Kondition."

„Wenn wir am Fenster vorbei laufen, halten wir an", flüsterte Elli.

„Und dann?"

„Dann zeige ich dir Gabriel."

Joli nickte verunsichert und erhob sich, um ihre Runden zu drehen. Der Mann vor ihr bewegte sich derart langsam, dass sie Mühe hatte, ihre aufkeimende Aggression zu unterdrücken. Dabei war es nicht einmal seine Schuld. Patricia gab das Tempo vor.

„Während wir langsam gehen, strecken wir die Arme in die Höhe! So hoch wir können. Versuchen Sie nach der Decke zu greifen. Gehen Sie auf die Zehnspitzen. Machen Sie sich ganz groß. Und noch größer."

„Jetzt!", rief Elli und zwickte Joli in den Oberarm. In einem Anflug von Wahnsinn rannte Joli ihr nach.

„Da ist er! Da ist er, kannst du ihn sehen?", rief Elli, vor Aufregung war sie völlig außer sich. Sie drückte die Kuppe ihres Zeigefingers energisch gegen die Glasscheibe.

Joli stellte sich auf die Zehenspitzen und lugte in den Schlossgarten. Die große Eiche entdeckte sie ohne jede Mühe, doch den Wolf sah sie nirgends.

„Wo denn?"

„Direkt vor dir, auf der Wiese. Sieh nur, er winkt mir zu. Hallo, Gabriel!"

„Da ist niemand."

„Meine Damen! Zurück in den Kreis! Hopp, hopp."

„Sieh hin, sieh genau hin."

So sehr sich Joli auch anstrengte, es befand sich kein Wolf im Schlossgarten, nicht einmal ein Hund oder ein Frettchen. „Es tut mir leid Elli." Noch während sie diese Worte aussprach hatte sie das Gefühl, als würde sich der Boden unter ihren Füßen bewegen, sie ein Stück aus dem Gleichgewicht bringen. Sie legte ihre Hand auf den Arm der jungen Frau und sagte leise: „Ich glaube, das bildest du dir alles nur ein."

Ellis Augen glänzten von den Tränen, die sich am unteren Rand sammelten.

„Du hast ihn nicht gesehen?"

„Dort draußen ist kein Wolf", sagte Joli und ihre Stimme zitterte. Auch ihre Augen füllten sich mit Tränen. Die Erkenntnis, die ihr Weltbild mit einem harten Schlag ein weiteres Mal zerstörte, war fast zu brutal, um sie zu ertragen. Elli rannte schluchzend zu Patricia und fiel der Therapeutin in die Arme. Joli bekam nicht mit, worüber sie sprachen, sie sah lediglich, dass sich Elli an die große, schlanke Frau klammerte und bitterlich weinte. Die Männer und Frauen starrten das ungleiche Paar mit neugierigen Gesichtern an.

„Sollen wir weiter im Kreis laufen?", fragte einer von ihnen, aber Joli bekam Patricias Antwort nicht mit.

Sie blieb starr am Fenster stehen und blickte zur großen Eiche, deren riesige Krone prachtvoll im Sommerwind schaukelte. Alles um Joli herum trat in den Hintergrund, war nicht mehr wichtig. Sie vergaß, wo sie war, wer sie war. Wenn es stimmte, was Dr. Freck gesagt hatte, dann existierten keine Vampire. Und somit keine Werwölfe, kein Remierre de Sagrais. Alles, was sie in den letzten Tagen erlebt hatte, hatte lediglich in ihrem Kopf stattgefunden. Sie war Elli. Wie die junge Frau hatte auch sie in einer Traumwelt gelebt. Einer Traumwelt, die so erschreckend real wirkte, dass Joli sich in ihr verloren hatte.

Sie rieb sich die schmerzende Stirn. Ihre Schläfen pochten, der Schädel brummte, als hätte sie am Abend zuvor zu viel Alkohol getrunken.

Werwölfe. Natürlich gab es keine Werwölfe. Wie hatte sie nur jemals an solch einen Unsinn glauben können? Wie hatte sie glauben können, dass ein Kristall auf ihrer Brust verwachsen war, mit dessen Hilfe sie obendrein auch noch kommunizieren konnte? Alles Unsinn!

Ernüchtert überkam sie langsam das Gefühl wieder etwas klarer zu sehen, klarer zu denken, die echte Welt wahrzunehmen. Nicht mehr gefangen zu sein in dieser Traumwelt, in der sie sich so wohl und zum ersten Mal in ihrem Leben richtig wertvoll gefühlt hatte. In der sie sich verliebt hatte. Das Gefühl hatte ein Teil von etwas Wichtigem zu sein, ihren Vater wiedergefunden hatte.

Die sie sich jedoch nur ersponnen hatte. Es überkam sie ein unbändiges Gefühl der Trauer und Einsamkeit. Rem gab es nicht. Ihr war, als wäre ihr bester Freund gestorben und mit ihm ein Teil von ihr. Sie blickte zu Elli und verstand warum diese so schrecklich weinte. Sie wollte auch weinen, doch ihre Tränen hatten sich wieder zurückgezogen, waren von der eiskalten Erkenntnis förmlich eingefroren. Ihr war als würde der Raum um ein paar Grad kälter werden, es fröstelte ihr und eine schreckliche Leere machte sich in ihr breit.

Etwas von ihrem Innersten musste sich auf ihrem Gesicht widergespiegelt haben, denn Patricia kam auf Joli zu und legte fürsorglich eine Hand auf ihre Schulter

„Und wie geht es Ihnen, haben Sie sich von dem Schrecken erholt?"

Ein hysterisches Lachen wollte aus ihr herausbrechen, aber sie lachte nur leise über die Ironie dieser Frage. Der Schrecken hatte gerade erst begonnen. Sie war verrückt. Zumindest zeigte sie Einsicht, und die war bekanntlich der erste Schritt zur Besserung.

„Ich möchte bitte mit Dr. Freck sprechen."

Patricia nickte.

Remierre wusste nicht, wie lange er tatenlos auf der Bettkante gesessen und die gegenüberliegende Wand angestarrt hatte. Seine Gedanken waren immerzu um Joli gekreist. Und sie taten es auch jetzt noch. Sein Herz brannte, weil er das Gefühl hatte, etwas Wertvolles verloren zu haben. Etwas, das sein Leben bereichert hatte.

Die Tür stand noch immer offen. Er hörte, wie jemand die Treppe hinauf kam. Bedrückt richtete er seinen Blick auf das Tapetenmuster, als er das Klappern von Geschirr vernahm. Einen Moment später trat Joli mit dem Frühstück durch die Tür. Sie lächelte breit.

„Sorry, ich war joggen und habe mich im Wald verlaufen", erklärte sie und stellte das Tablett auf dem Bett neben Rem ab, um sich zu ihm zu setzen. „Ist das für mich?"

Ihre Hand flatterte zu ihrem Hals und sie schaute ihn gerührt an. Remierre traute seinen Augen nicht und musterte sie irritiert. Sie sah anders aus. Das enge, himmelblaue Top und die kurzen khakifarbenen Shorts passten nicht zu der Garderobe, die sie sonst zu tragen pflegte. Und was noch auffälliger war, er vermisste die große, bernsteinfarbene Brille in ihrem Gesicht. Er spürte, wie sein Mund vor Erstaunen offen blieb. Irgendetwas hielt ihn davon ab, sie vor Freude zu umarmen. Ihre Anwesenheit kam ihm unwirklich vor.

„Oh, das ist so süß von dir!“, rief sie aus und schnappte sich ein Brötchen, um es in eine Schale mit Himbeermarmelade zu tunken. Sie wirkte auch anders. Überdrehter.

„Hast du dir Sorgen um mich gemacht?“, fragte sie und kaute dabei genüsslich auf ihrem Brötchen.

„Ich wusste nicht, wo du warst.“ Zumindest fand er endlich seine Sprache wieder.

„Och. Das ist lieb von dir. Aber jetzt bin ich ja wieder hier.“

Sie nahm das Tablett und trug es zu dem kleinen Tisch, wo sie es abstellte, sich mit einer raschen Drehung wieder Remierre zuwandte und ihr Trägertop über den Kopf zog. Ihre Brüste prangten wohlgeformt und von angenehmer Größe vor ihm. Einen Moment wunderte er sich darüber, dass das Wolfsauge nicht wie gewohnt auf ihrem Brustbein prangte, doch dann erinnerte er sich, dass es mit der Zeit in den Körper seines Trägers wuchs und somit unsichtbar wurde. Bei einigen Wolfsängern ging dieser Vorgang schneller als bei anderen.

„Die Tür steht noch offen“, sagte er. Dass seine Stimme heiser klang, ärgerte ihn sehr. Noch ärgerlicher fand er den Umstand, dass er bei ihrem Anblick erneut hart und ihm klar wurde, wie stark sein Körper auf Joli reagierte. Er war kaum zu einem klaren Gedanken fähig. Sie stolzierte mit freiem Oberkörper durch das Zimmer, stieß im Vorbeigehen die Tür zu und setzte sich schließlich auf seinen Schoss.

„Ich bin nicht sicher, ob wir das tun sollten“, stammelte Remierre, der nur hilflos zusehen konnte, wie die Beule in seiner Hose größer wurde. Er wollte mir ihr sprechen. Über den gestrigen Abend, über ihre Zukunft. Er wollte ihr sagen, dass es nicht an ihr lag. Dass er sie nicht unattraktiv fand, sondern ganz im Gegenteil. Dennoch blieb er stumm, er konnte sich seine Zurückhaltung nicht erklären.

„Nicht so schüchtern, Remierre. Soll ich dir auf die Sprünge helfen?“ Sie zog eine dünne Wäscheleine, aus der Hosentasche ihrer Shorts und wickelte das eine Ende rasant um Rems rechtes Handgelenk.

„Was soll das?“

„Ich möchte Spaß haben. Und dir wird es auch gefallen, vertrau mir.“ Sie zwinkerte.

Remierre starrte ihr ungläubig ins Gesicht und dann auf die grüne Leine um sein Handgelenk, die sich fest um dieses zuzog. Er hatte das Gefühl, diese Situation schon einmal erlebt zu haben. In seiner Vergangenheit gab es eine Frau, die gern Fesselspiele gespielt hatte. Sie war eine gefährliche Frau gewesen, unberechenbar, undurchsichtig. Vor langer Zeit war er ihr begegnet, auf einem Fest der Gräfin Solangé d' Hubertin. Erinnerungen an den prunkvollen Ball, die pompösen Gewänder und Perücken und die Kappellmusik kamen wieder hoch. Und auch die Erinnerung an das ungute Gefühl, das er in ihrer Gegenwart stets empfunden hatte, obwohl sie eine Weile seine Gefährtin wurde. Ein Gefühl, das sich auch jetzt wieder bemerkbar machte.

Er blickte in Jolis Augen, die ihm fremd waren, genauso wie ihr Gesicht und ihre Kleidung. Diese Frau war nicht seine Joli.

„Und wenn ich dich fesseln möchte?“, fragte Remierre verführerisch.

Joli, die gerade das andere Ende der Wäscheleine um den Bettpfosten wickelte, hielt abrupt inne und hob überrascht eine Augenbraue. „Mich?“

Remierre nickte. „Oh ja, das würde mir sehr gefallen. Denk doch daran, was ich alles mit deinem Körper anstellen könnte.“

„Zum Beispiel?“

„Ich würde ihn liebkosen, stundenlang. Mit meiner Zunge und meinen Händen. Ich würde dich lieben, hart, ohne jede Gnade, so wie du es gern hast, bis du glaubst, den Verstand zu verlieren.“ Er setzte ein Pokerface auf, gespannt, ob sie auf seinen Trick hereinfallen würde.

Seine Worte jagten einen sichtbaren Schauer über ihren Rücken. „Das klingt verlockend.“ Remierre nickte. „Also gut.“ Sie band ihn los. „Was soll ich machen?“

„Zieh dich aus. Und falls du etwas darunter trägst, auch deinen Slip.“ Sie beeilte sich, der Aufforderung nachzukommen. „Nun gib mir die Leine und lege dich auf die Mitte des Bettes.“

Sie gehorchte auch diesem Befehl. Rem setzte sich auf ihren Brustkorb. Nicht mit seinem vollen Gewicht, doch er übte genügend Druck aus, um sie unten halten zu können. Er spürte ihren heißen Atem und das Heben und Senken ihrer wohlgeformten Brüste. Grob griff er nach ihrem rechten Armgelenk. Sie zischte und verdrehte wollüstig die Augen. Glücklicherweise war die Leine lang genug, sodass sie für beide Arme reichen würde. Während er die Leine an den Pfosten und schließlich an ihrem linken Handgelenk befestigte, beugte er sich zu ihr hinunter und presste seine Lippen gewaltsam auf ihre. Ihr Zischen wandelte sich in ein lautes Stöhnen. Forsch drang seine Zunge in ihren Mund, kämpfte ihre eigene Zunge nieder und schob sich in ihren Rachen, bis sie leise würgte. Dann zog er sich befriedigt aus ihr zurück, richtete sich auf und blickte kühl auf sie hinab.

„War das schon alles?“, fragte sie enttäuscht.

„Oh nein, der Spaß beginnt erst jetzt.“ Mit einem Mal zog er an beiden Enden der Leine, die sich darauf fest um ihre Handgelenke zu zog. Sie schrie erschrocken auf.

„Was soll das? Du tust mir weh!“

Er zog so fest zu, bis sich das Blut in ihren Händen staute. Ihre Finger liefen knallrot an.

„Bist du verrückt geworden?“

„Wo ist Joli?“, fragte er.

Für wenige Sekunden schien sie gänzlich aus der Fassung. „Was … redest … du denn? Ich bin … Joli!“, stammelte sie aufgelöst.

„Lüg mich nicht an!“ Er zog fester.

Ein Ruck ging durch ihren Körper, sie strampelte mit den Beinen und ihre Hände zuckten wild, doch sie konnte sich nicht befreien.

„Wovon sprichst du?“, fragte sie und sah trotzig zu ihm auf.

„Ich frage dich ein letztes Mal, Jade. Wo ist Joli?"

Der Schmerz wich aus ihrem Gesicht und sie wurde bleich. Totenbleich. Sie schien zu erkennen, dass es keinen Sinn ergab, ihm weiter etwas vorzuspielen.

„Wie hast du mich erkannt?"

„Das spielt keine Rolle. Beantworte meine Frage oder ich breche dir jeden Knochen in deinem verfluchten Leib. Glaub mir, du willst nicht, dass ich wütend werde!"

Jade schluckte sichtlich. Die Leine um ihre Handgelenke spannte sich bedrohlich. „Ich beobachtete sie", begann sie hektisch zu erzählen. „In der Gestalt des Wolfes und der Krähe. Als Wirtin lockte ich sie aus dem Haus, betäubte sie und brachte sie nach Schloss Hornbach."

„Warum?", brüllte Rem. Er beugte sich zu ihr hinunter, sodass nur wenige Zentimeter ihre Gesichter voneinander trennten.

Jades Augen weiteten sich panisch. „Es war ein Auftrag, im Namen Pyrs."

„Du arbeitest also immer noch für diese Blutsauger?" Seine Wut verflüchtigte sich, dafür machte sich Enttäuschung breit. Vor langer Zeit waren Jade und er Geliebte gewesen. Sie hatte ihn gelehrt, die Verwandlung Kraft seines Willens zu steuern, zu verlangsamen und zu beschleunigen, und sie hatte ihn zu einem hervorragenden Liebhaber gemacht. Er war ihr gefolgt. Auch wenn er nicht sicher gewesen war, ob er ihr trauen konnte, so war er doch erleichtert darüber gewesen, endlich jemanden gefunden zu haben, der wie er war, der vielleicht die Antworten auf seine Fragen kannte, der den Fluch verstand, der auf ihm lastete und möglicherweise wusste, wie man ihn brach, falls das möglich war. In gewisser Weise hatte sie die Aufgabe seines Vaters übernommen, der ihn nicht mehr hatte unterweisen können, weil er die Familie schon Jahre zuvor verlassen hatte. Remierre wusste nicht, ob es stimmte, dass er dem Wahnsinn verfallen war, so wie es ihm seine Mutter gesagt hatte. Vielleicht war er aber auch den Vampiren zum Opfer gefallen, als er in einer Nacht nicht mehr zurückgekehrt war.

Mehr als ein Mal hatte sich Remierre im Nachhinein gewünscht, der alte Marquis wäre bei ihm geblieben, um ihm von seiner wahren Herkunft zu erzählen, ihn zu unterrichten und in diese finstere Welt einzuführen, die er später allein und unvorbereitet hatte betreten müssen. Umso dankbarer war er Jade für ihre Hilfe und die Zuneigung gewesen, die sie ihm entgegengebracht hatte. Sie war auf sein Anwesen gezogen, wo sie in wilder Ehe gelebt hatten, verborgen vor den neugierigen Augen der Menschen.

Remierre hatte sich oft dabei ertappt, wie er gern an diese alten Zeiten zurückdachte. Ganz besonders jetzt schien es ihm absurd, in Jade irgendetwas Gutes zu sehen.

Aber manchmal vermisste er die Ausritte, die Musikabende, ihre Besuche in den Theatern, all die angenehmen Dinge des Lebens, die sie gemeinsam erlebt hatten und die er nur einen sehr kurzen Teil seines Lebens hatte genießen dürfen, bevor ihn sein Schicksal eingeholt hatte.

Ja, er hatte eine gewisse Zeit lang versucht, sich zu verleugnen und stattdessen ein normales Leben zu führen wie jeder andere. Aber weder er noch Jade waren 'normal'. Zu seinem Leid hatte er dann auch noch erkennen müssen, dass Jade, die einzige ihm bekannte Person, die ebenso verflucht war wie er, wankelmütig wurde, ganz besonders was die Loyalität zu ihm betraf. Sie war eine Frau, die das Abenteuer suchte und die Gefahr liebte, während er eine Aufgabe brauchte und diese sehr ernst nahm. Eines Tages hatte sie unfreiwillig den Schlussstrich gezogen, indem sie sich einem Vampir hingab, den sie auf einem Ball kennen gelernt hatte.

Dies war der Moment gewesen, in dem Remierre erkannt hatte, dass er ihr entwachsen war und dass sie zu verschieden waren, nicht zueinander passten, auch wenn er es lange Zeit nicht hatte sehen wollen.

Jade beantwortete seine Frage mit einem knappen Nicken. Einen Moment schwiegen sie sich an. Jades Hände zuckten noch immer, als hoffte sie, die Leine durch Bewegung zu lockern. Das Gegenteil war der Fall. Ihre Haut schimmerte blutrot und die Hände schwollen an, als würden sie jeden Moment aufplatzen.

„Ich habe kein Gefühl mehr in meinen Händen. Binde mich los, bitte.“

„Nicht so schnell. Warum ausgerechnet Joli? Was hat dich an ihr gereizt?“

„Oh, bitte, Remierre.“

„Sag es mir!“

Sie zuckte zusammen und nickte langsam. „Als ich in einer anderen Gestalt mit den Patienten im Biergarten saß und Joli in deiner Begleitung erblickte, wurde ich neugierig und … eifersüchtig.“ Sie atmete tief durch.

„Eifersüchtig? Willst du mich veralbern?“

„Nein! Nach so vielen Jahren in denen ich dich nie vergessen konnte sah ich dich wieder und du hattest nur Augen für sie. Ich wollte wissen, wer sie ist und was es mit ihr auf sich hat. Also trennte ich mich von der Gruppe, verwandelte mich in einen Wolf und folgte euch zum Waldfriedhof.“

Deswegen war ihm der Duft der Wölfin so bekannt vorgekommen. Jetzt ergab alles einen Sinn.

„Um sie anzugreifen?“ Wütend zog er an der Leine und Jade schrie schmerzgepeinigt auf. Tränen standen ihr in den Augen. Aber Remierre kannte kein Mitleid.

„Ich wollte sie loswerden, um dich wieder für mich zu gewinnen. Ich konnte nicht zulassen, dass sie die neue Frau an deiner Seite wird.“

„Du warst es, die alles zerstörte!“, sagte Rem ungehalten.

„Ich weiß, ich weiß.“ Nun schluchzte sie. „Ich wünschte, ich könnte es rückgängig machen.“

„Dafür ist es zu spät“, sagte er bitter.

Nachdem Jade diesen Verrat begangen hatte, war eine Welt für ihn zusammengebrochen. Das Gefühl wieder allein zu sein mit dieser Last, diesem Fluch, der ihn daran hinderte, ein normales Leben zu führen, hatte ihn beinahe zerstört. Bis heute hatte er ihr nicht verziehen. Wäre er nicht irgendwann auf sein späteres Rudel getroffen, er hätte jeglichen Lebenssinn verloren.

„Was haben die Vampire mit Joli vor?“

Jade kniff die Lippen zusammen.

„Sprich!“ Er brüllte ihr ungehalten ins Gesicht. Zitternd sah sie ihn an. „Ich mache keine Scherze, Jade“, grollte er. „Ich bin nicht mehr der Gentleman, den du kennen gelernt hast.“ Seine Faust knackte.

„Dr. Freck benötigt sie für ein Ritual.“ Ihre Stimme war kalt.

„Was für ein Ritual, wovon sprichst du?“

„Deine liebe, süße Joli ist mein Geschenk an Pyr.“ Jades ängstlicher Gesichtsausdruck wandelte sich. Sie lachte hysterisch.

In seinem Zorn hätte er Jade am liebsten die Kehle zugedrückt, so lange und so fest, bis ihr Gesicht blau angelaufen wäre. Stattdessen beschwor er eine eisige innere Ruhe herauf, erhob sich von ihr, löste die Leine an den Pfosten, von ihrem linken Handgelenk, nicht jedoch vom rechten, und zerrte sie aus dem Bett. Unsanft schlug sie bäuchlings auf dem Boden auf.

„Was hast du vor?“, fragte sie zitternd.

„Ich werde Joli retten.“ Er drehte ihr beide Arme auf den Rücken und band sie mit der Wäscheleine zusammen.

„Und was wird aus mir?“ Ihre Stimme bebte.

„Für dich überlege ich mir etwas Besonderes. Vielleicht versenke ich dich im See, Miststück.“

Jade wand sich in Panik unter ihm, doch Remierre konnte sie problemlos am Boden halten.

„Bitte nicht! Ich habe alles nur für dich getan! Ich liebe dich!“, schrie sie und brach in Tränen aus. „All die Jahre habe ich nur dich geliebt, deswegen habe ich Joli erzählt, dass du nichts für sie empfindest. Ich wollte, dass sie dich hasst.“

„Du hast was?“

Seine Hand griff in ihre vollen, blonden Joli-Locken und riss ihren Kopf nach hinten. Der Schmerz verzerrte ihr Gesicht und Tränenbäche rannen in geraden Linien über ihre Wangen. „Ich liebe dich“, heulte sie auf. „Trotz all der Jahre, die vergangen sind, konnte ich dich nie vergessen. Ich habe dich unterwiesen, dich zu dem gemacht, was du bist. Wir lebten wie Mann und Frau, erinnerst du dich nicht?“

„Das nennst du Liebe? Du versuchst mir die einzige Frau zu nehmen, für die ich etwas empfinde!“

Er zog sie an den Haaren hoch, bis sie auf wackeligen Beinen stand, warf sie dann über seine Schulter und schleppte sie durch den Raum. Er spielte ernstlich mit dem Gedanken, sie tatsächlich irgendwo zu versenken.

„Ich kann dir helfen. Ich weiß, wo das Ritual stattfinden soll“, schluchzte sie.

Rem ließ sie los, sodass sie ein weiteres Mal zu Boden stürzte, allerdings aus größerer Höhe. Sie stöhnte erschöpft auf und hob den Kopf, um ihn anzublicken.

„Es wäre besser für dich, wenn du dieses Mal die Wahrheit sagst, Jade.“

Joli betrat das abgedunkelte Büro Dr. Frecks und setzte sich auf den für die Patienten vorgesehenen Stuhl vor seinem rustikalen Schreibtisch. Eine kleine Reispapierlampe beleuchtete das fahle Gesicht des Doktors, der interessiert in einer Akte blätterte, einige Notizen hineinkritzelte und sie schließlich zur Seite legte, um seine Aufmerksamkeit Joli zu widmen. Dunkle Ringe umrahmten seine Augen. Er wirkte unausgeschlafen. Das feine, dunkelblonde Haar hing strähnig in die hohe Stirn. Die Wangen waren eingefallen, als hätte er seit Tagen keine Nahrung mehr zu sich genommen. Vermutlich hatte er nicht viel Freizeit, sondern gehörte zu der Sorte Mann, die mit ihrer Arbeit verheiratet war.

„Was führt Sie zu mir, Frau Balbuk?“

„Ich verstehe nun, dass ich an einer schweren Krankheit leide. Doch ich begreife nicht ganz, was mir fehlt. Und wie es zum Ausbruch dieses … Wahns kommen konnte.“

„Zu dem Thema gibt es viele Meinungen, weil sich die Wissenschaft noch nicht einig über die Ursachen ist. Die neueste Theorie geht davon aus, dass der Ausbruch durch eine anlagebedingte Störung des Hirnstoffwechsels bedingt ist.“

„Das würde bedeuten, dass die Krankheit verstärkt in meiner Familie auftrat?“

„Ist dem denn so?“ Er blickte sie über seine Brillengläser hinweg neugierig an.

„Ich weiß es nicht. Ich kenne niemanden aus meiner Familie.“ Sie schluckte. War sie ihrem Vater tatsächlich begegnet oder war er bereits Teil ihrer Traumwelt? Sie wusste nicht zu bestimmen, ab welchem Zeitpunkt die Krankheit ausgebrochen war.

Dr. Frecks Blick wurde trüber. Sie hatte das Gefühl, er würde vor ihren Augen um einige Jahre altern. „Ist alles in Ordnung mit Ihnen? Ohne respektlos erscheinen zu wollen, aber Sie sehen krank aus.“

„Es geht schon, es geht schon. Ich habe heute nur zu wenig getrunken. Sie wissen doch, dass der menschliche Körper viel Flüssigkeit braucht, nicht wahr?“ Geräuschvoll zog er eine Schublade auf und nahm eine Plastikflasche mit einer roten Flüssigkeit heraus. Er schraubte den Deckel zitternd auf und nahm einen kräftigen Schluck. Ächzend leckte er sich über die Lippen. „Die Veranlagung ist ein Punkt“, fuhr er fort, schraubte die Flasche wieder zu und stellte sie in die Schublade zurück. „Die zweite Komponente ist eine angeborene Vulnerabilität.“

„Eine was?“

„Eine angeborene Verletzlichkeit, die in gewissen Belastungs- und Stresssituationen das Risiko zu erkranken erhöht.“ Er bekam einen mächtigen Hustenanfall, der seinen Körper regelrecht durchschüttelte.

„Was schlagen Sie als Therapie vor?“

„Ich denke ein mehrdimensionaler Ansatz wäre hier das Mittel der Wahl. Im Klartext heißt es, dass wir Sie medikamentös sowie psycho- und sozialtherapeutisch behandeln werden.“

„Medikamentös? Was ist mit der Abhängigkeitsgefahr?“

„Neuroleptika machen entgegen der landläufigen Meinung nicht abhängig. Aber ich kann verstehen, dass Sie der Gedanke an eine medikamentöse Therapie beunruhigt. Vielleicht gibt es eine Alternative.“

„Um was für eine Alternative würde es sich handeln?“

„Zu gegebener Zeit.“ Der erneut anschwellende Husten verschluckte seine Worte. „Ich muss mich … entschuldigen.“

„Nicht doch. Was raus muss, muss raus. Sagte meine Mutter immer. Meine Adoptivmutter.“

Ein Schmunzeln huschte über das hagere Gesicht des Arztes. „Eine kluge Frau.“

„Zu dumm, dass ich ihre Gene nicht geerbt habe.“ Joli erhob sich, schüttelte die kalte Hand Dr. Frecks und verließ sein Büro, um zu ihrem Zimmer zurückzukehren. Das Gespräch hatte sie etwas motiviert.

Für den Rest des Tages gelang es Joli halbwegs, sich auf die Therapien zu konzentrieren, an denen sie nun mehr oder weniger bereitwillig teilnahm. Als sie jedoch abends im Bett lag, kehrten die Erinnerungen an einen Remierre zurück, der nicht existierte, dem aber trotzdem ihr Herz gehörte.

Sie schloss gequält die Augen, weil ihr klar wurde, dass sie sich in einen Traum verliebt hatte, aus dem sie nun aufgewacht war. Sie wünschte, sie hätte noch eine Weile weiter träumen können. Vielleicht einen oder zwei Tage, denn sie vermisste Remierre schmerzlich.

Joli seufzte. Das Pech verfolgte sie, mehr noch, es klebte geradezu an ihr. Ihr Ex hatte sie kontrolliert. Er hatte bestimmt, wohin sie ging, mit wem sie sich traf und sogar welche Kleidung sie trug. Und er hatte ihr eingeredet, dass sich kein anderer Mann für sie interessierte, weil sie seiner Ansicht nach hässlich und dumm war. Sie hatte es geglaubt. Wenn sie sich im Spiegel angesehen hatte, hatte sie immer das kleine hässliche Entlein mit der übergroßen Brille gesehen. Dieses Entlein sah sie auch heute noch, wenn sie ihr Spiegelbild musterte. Sie war kein schöner, stolzer Schwan geworden. Und sie würde nie einer werden.

Remierre war ein Produkt ihrer Gedanken und Wünsche. Natürlich hatte er sich genau so verhalten, wie sie es unterbewusst wollte. Zugegeben, es hatte Komplikationen gegeben. Sie hatten sich gestritten. Er hatte geschnarcht. Er hatte sich verhalten wie die Helden aus den Liebesromanen, die sie so gerne las. Sie waren stolz, stark, unabhängig, wild und dominant. Beschützer, Eroberer, unermüdliche Sexprotze. Rem war einer dieser Helden. Er passte perfekt in das Schema. In seiner Gegenwart war Leidenschaft garantiert. Aber auch er hatte sie zurückgestoßen.

Der Umstand, dass er ein Werwolf war, hätte sie von Anfang an stutzig machen müssen. Aber ihre Sehnsucht nach Liebe und Zugehörigkeit hatte sie blind für das Offensichtliche gemacht. Viel zu sehr hatte sie sich gewünscht, dass er echt war. Er, dieser außergewöhnliche Mann. Dieser dunkle Beschützer mit den übersinnlichen Fähigkeiten. Halb Tier, halb Mensch. Welche Frau träumte nicht von so einem Kerl.

Sie lachte leise auf. *Joli, du bist die größte Närrin unter der Sonne. So viel steht fest.* Ihr Lachen wandelte sich schnell in ein Schluchzen. Sie vergrub das tränennasse Gesicht in ihr Kopfkissen und schlug mit der Faust auf die Matratze. Verflucht noch eins. Wieso hatte sie nie Glück? Sie schüttelte den schmerzenden Kopf. Sobald sie zu viel nachdachte, tat er so extrem weh, dass sie fürchtete, er könne wie ein Ballon zerplatzen, der über ein Kakteenfeld flog. Vielleicht war es eine Nachwirkung der Beruhigungsmittel, die man ihr verabreicht hatte. Morgen würde sie Dr. Freck dazu befragen. Doch zuvor musste sie diese Nacht irgendwie überstehen. Die quälenden Gedanken abschütteln und mit etwas Glück erholsamen Schlaf finden.

Aber an Schlaf war im Moment nicht zu denken. Sie war viel zu aufgewühlt. Sie kletterte aus dem Bett, stellte sich ans Fenster und zog die Jalousien hoch. Die roten Strahlen der untergehenden Sonne schienen durch die schmutzigen Scheiben, fluteten das Zimmer und blendeten sie. Joli kniff die Lider zusammen. Schützend hielt sie die Hand über ihre Augen, bis sie sich an das Licht gewöhnt hatten, bevor sie diese wieder öffnete, um den Sonnenuntergang zu beobachten. Vom Hügel aus hatte sie einen phantastischen Ausblick auf den Wald. Die Wipfel der Bäume leuchteten rot im Abendlicht. Ein Meer aus Blättern, die im leichten Sommerwind rauschten. Was für ein zauberhafter Ort. Sie konnte sich nicht erinnern warum sie wirklich hier her gekommen war, was sie nach Moorgrund geführt hatte. Ihr Blick glitt zum Schlossgarten hinab, hin zu den gestutzten Hecken und dem imposanten Springbrunnen, in dessen Mitte ein steinerner Poseidon aufragte. Er hielt einen Dreizack in der Rechten und streckte ihn gen Himmel, als wollte er die Wolken aufspießen.

Ihr Blick wanderte weiter und fiel auf einen Mann mit schwarzen, wehenden Haaren, gehüllt in eine ebenso dunkle Kutte, der unter ihrem Fenster stand und zu ihr hinaufsah. Joli torkelte erschrocken einen Schritt zurück.

Remierre.

Nein, das konnte nicht sein. Er konnte unmöglich hier sein. Sie legte die Hand auf ihre Stirn. Er existierte nur in ihren Träumen, er war eine Wahnvorstellung manifestiert aus ihren Sehnsüchten. Oder vielleicht auch nicht. Sie spürte noch immer einen Funken Hoffnung in sich, dass er kein Hirngespinst und alles nur ein schrecklicher Alptraum war, aus dem sie bald erwachen würde. Vorsichtig lugte sie noch einmal durch die Scheibe, nur für einen winzigen Moment. Der Moment genügte. Er war noch immer dort unten, als wartete er auf sie.

Genau wie Ellis Werwolffreund, der auch nicht existierte.

Joli drehte sich um und ging dann erst langsam, dann immer schnelleren Schrittes aus ihrem Zimmer in den Gang, wo sie Schwester Ivonne in die Arme lief, die ihre Abendkontrolle durchführte.

„Frau Balbuk, zurück in Ihr Zimmer! Ich möchte endlich Feierabend machen."

„Ich … muss … zu Dr. Freck!"

„Sie müssen jetzt schlafen!" Der feste Griff der Schwester an ihren Schultern versetzte Joli in Panik.

„Schlafen? Nein. Ich muss ihn sprechen", rief sie und riss sich mit aller Kraft los. Dass sie Rem gesehen hatte, dass er so real aussah und dieses Gefühlschaos in ihr auslöste, könnte bedeuten, dass sie einen Rückfall erlitt. Ein Strudel widersprüchlicher Gefühle machte es ihr unmöglich einen klaren Gedanken zu fassen, in diesem Moment schien es das klügste zu sein mit Dr. Freck darüber zu sprechen.

„Frau Balbuk, bleiben Sie hier!", schimpfte Schwester Ivonne, aber Joli hatte längst die Beine in die Hand genommen und stürmte durch den Flur.

Rasant bog sie um die Ecke und sprintete die letzten Meter zum Büro des Doktors. Dort angekommen trommelte sie gegen seine Tür.

„Doktor, sind Sie da? Ich muss mit Ihnen sprechen, es ist dringend. Bitte."

Vermutlich befand er sich längst auf dem Heimweg, wie jeder normale Mensch um diese Uhrzeit, der keine Nachtschicht hatte.

„Sind Sie von allen guten Geistern verlassen?“, schimpfte Schwester Ivonne, die Joli schließlich eingeholt hatte und erneut nach ihrer Schulter griff. Eine merkwürdige Frage an eine Patientin in einer Nervenheilanstalt. „Dr. Freck ist nicht mehr im Haus. Was ist denn überhaupt passiert?“

In diesem Moment ging zu ihrer beider Erstaunen die Tür auf und Freck blickte verwirrt von der einen zur anderen.

„Was ist denn hier draußen los? Woher kommt dieser Lärm?“

Er sah anders aus als vorhin. Sein Gesicht hatte eine gesunde Farbe angenommen und seine Statur wirkte kräftiger.

„Wenn ich das wüsste, Herr Doktor, aber die Patientin redet nicht mit mir“, sagte Ivonne verärgert.

Joli fiel ihr ins Wort. „Ich habe ihn gesehen. Sie müssen mir glauben, Doktor. Ich bin nicht verrückt, aber ich habe ihn wirklich gesehen!“

Freck wedelte wirsch mit der Hand vor dem Gesicht der Schwester herum, bevor er sich Joli zuwandte. „Wen haben Sie gesehen?“

„Den …“ Ihr Atem stockte als sich in ihrer Brust ein Schmerz ausbreitete. Sie legte ihre Hand auf die Stelle über ihrem Herzen und starrte ins Leere. Im Flüsterton fuhr sie fort. „Werwolf.“

Dr. Freck nickte verstehend, kratzte sich am Kinn und winkte die Schwester mit der gleichen Handbewegung fort. „Gehen Sie schon, gehen Sie.“

„Natürlich“, sagte Ivonne hastig, beinahe unterwürfig, und trat den Rückzug an.

„Und Sie folgen mir ins Büro, Frau Balbuk, es wird alles gut, beruhigen Sie sich“, wies er an und machte eine einladende Handbewegung.

Joli nickte, betrat das Sprechzimmer und setzte sich. Die Vorhänge verdeckten nicht länger die Fenster. Dunkle Wolken zogen über den schwarzen Nachthimmel. Es waren kaum Sterne zu sehen. Wie so oft in den letzten Tagen kam sie sich plötzlich albern vor. Hier in diesem Zimmer in der Gegenwart dieses nüchternen Nervenarztes war sie sich unsicher, ob sie sie sich die Erscheinung nicht nur eingebildet hatte.

„Es ist ein Rückfall, nicht wahr?" Sie ließ kraftlos die Schultern hängen. „Vielleicht sollte ich doch Medikamente nehmen", sagte sie halb im Spaß. „Wie schnell schlagen die an?"

Dr. Freck setzte sich hinter seinen Schreibtisch und hob die Hände. „Ich verstehe Ihre Sorgen. Dennoch möchte ich zuvor eine neuartige, völlig ungefährliche Therapiemethode bei Ihnen anwenden. Wenn sie anschlägt, könnte man gänzlich auf Medikamente verzichten. Dies käme Ihrem ursprünglichen Wunsch entgegen."

„Was ist das für eine Methode?"

„Sie hat mit Entspannung zu tun, und der Beeinflussung der chemischen Botenstoffe."

Joli war offen für eine Therapie ohne Medikamente und beruhigte sich wieder etwas. Vielleicht war sie ja wirklich in guten Händen hier.

„Kommen Sie, kommen Sie. Wir fangen gleich damit an. Wozu noch mehr Zeit verlieren? Lassen Sie mich nur schnell telefonieren, damit alles vorbereitet wird." Er griff zu seinem Telefonhörer. Joli erhob sich und ging zur Tür, während Freck etwas in den Hörer murmelte, das sie nicht verstand.

„So, alles vorbereitet, dann kommen Sie bitte mit."

Dr. Freck ging voran, hielt ihr die Tür auf und führte sie durch den langen Flur, der in einer breiten, abgesperrten Treppe mit verschnörkeltem Holzgeländer endete. Ein Zutritt war unter normalen Umständen nicht möglich, doch Freck ignorierte die Absperrung, hob die rotweiß gestreifte Flatterleine hoch und winkte Joli mit. Sie folgte ihm, schlüpfte unter dem Absperrband durch und stieg die Stufen vorsichtig hinab, bis sie vor eine große, eiserne Tür mit schwerem Schloss gelangte. Freck löste einen ringförmigen Schlüsselbund von seiner Hose, probierte zwei der Dutzend Schlüssel aus, ehe er den richtigen fand, und schloss die massive Tür auf, die sich mit einem Ächzen zur Seite schob. Dann schaltete er das Licht ein.

Das Innere des Gewölbes sah trostlos und spärlich aus. Hätte es Joli nicht besser gewusst, hätte sie geglaubt, dass er hier unten Leichen versteckte. Oder einen Goldschatz bunkerte. Spinnweben hingen von den Decken, dem Putzdienst war der Zutritt in diesen Bereich der Klinik offensichtlich ebenfalls untersagt. Alles wirkte äußerst merkwürdig. Ein ungutes Gefühl bemächtigte sich ihrer. Sie konnte sich beim besten Willen nicht vorstellen, dass hier unten eine neue Entspannungstherapie durchgeführt wurde.

„Ich habe es mir anders überlegt“, stammelte sie und blieb stehen. „Vielleicht nehme ich doch lieber Medikamente.“ Sie machte einen Rückwärtsschritt. Ehe sie sich jedoch zu einer Flucht entscheiden konnte, stand Freck bereits neben ihr und umklammerte ihren Arm mit seinen klauenartigen Händen.

„Nicht doch, nicht doch. Wir wollen doch, dass Sie bald wieder gesund werden“, sagte er und schleifte sie mit sich.

Joli geriet in Panik und versuchte sich loszureißen, doch er schlug ihr seine Faust mit voller Wucht ins Gesicht, sodass die Brille herunterfiel und Joli benommen auf die Knie sank. Freck zerrte sie auf die Beine, dann hinter sich her, durch einen weiteren Gang, in einen weiten, quadratischen Raum, der von brennenden Ölschalen erhellt wurde. Joli fühlte sich wie in Trance. Ihr war schwindelig. Sie konnte sich kaum auf den Beinen halten und sah zum Überfluss alles um sich herum verschwommen. Auf dem steinernen Boden entdeckte sie eigenartige Zeichnungen, die jemand mit weißer Lackfarbe oder etwas Ähnlichem aufgetragen haben musste. Was sie darstellten, war nicht zu erkennen. Zumindest nicht für jemandem, der seine Brille verloren hatte und dessen linkes Auge zuschwoll.

Ihr Blick schweifte umher, auf der Suche nach einer Fluchtmöglichkeit. Denn eines war klar. Das hier war mit Sicherheit kein Untersuchungsraum. Sie glaubte Fenster auszumachen, die sich jedoch in unerreichbarer Höhe knapp unterhalb der Decke befanden. Außerdem gab es ein großes, quadratisches Loch in der Decke, das vermutlich eine Verbindung zum Schlossturm darstellte. Aus dem Gang hinter ihr tauchten finstere Gestalten in schwarzen Kutten auf.

Langsam schritten sie auf Joli zu, umzingelten sie. Die Gesichter der Personen waren unter den Kapuzen verborgen. Zwölf an der Zahl. Doch Joli konnte nicht mit Sicherheit sagen, ob es Männer oder Frauen waren.

„Wer sind diese Leute?“, fragte sie und drehte sich zu Freck um, der ihr den Rücken zuwandte. Mit Entspannung hatte diese Freakshow jedenfalls nichts zu tun.

„Antworten Sie mir! Was hat das alles zu bedeuten?“ Sie griff nach seiner Schulter, woraufhin er sich fauchend umdrehte. Jolis Herz blieb vor Schreck einige Sekunden stehen. Nicht nur, dass sie seine Reaktion erschreckte, aus seinem Mund wuchsen auch noch zwei spitze Eckzähne und seine Augen glühten feuerrot, als gehörten sie einem Dämon.

Ein Vampir. Dr. Freck war ein Vampir. Wie ein eiskalter Wind rauschte die Erkenntnis über sie hinweg. Man hatte sie in eine Falle gelockt.

Dr. Freck hob beide Hände. Statt seiner Fingernägel ragten nun tödliche Klauen aus seinen Fingerspitzen. Joli stieß einen Schrei aus und wich panisch zurück. Mit dem Rücken stieß sie gegen einen Kuttenträger, der sich hinter ihr aufgebaut hatte.

„Jade hat versagt. Er ist in der Nähe. Fesselt sie, damit das Ritual beginnen kann“, befahl Dr. Freck.

Remierre.

Sie hatte ihn tatsächlich gesehen und durch ihre Zweifel an ihrem Verstand in Gefahr gebracht. Er war gekommen um sie zu retten und sie hatte ihn verraten. In ihrer Wut auf sich selbst und auf die Vampire wehrte sie sich mit allen Kräften, doch es half nichts.

Zwei kräftige Hände rissen sie gewaltsam zu Boden und drückten sie mit dem Rücken nach unten auf eine der großen, kreisförmigen Runen unterhalb der quadratischen Öffnung. Sie schrie und strampelte, sie spuckte und fluchte, doch ihre Gegenwehr beeindruckte die Männer in den Kutten nicht im Geringsten. Rasch griffen sie nach ihren Hand- und Fußgelenken, zogen ihre Arme und Beine auseinander, sodass sie wie ein großes X aussah, und wickelten feste Stricke um diese. Die Enden banden sie an vier niedere Pfosten, die aus dem Boden ragten.

Sie schrie ohne Unterlass, und weil die Gestalten offenbar fürchteten, dass man sie bis in die oberen Stockwerke hörte, stopfte ihr ein Mann ein Stück Stoff in den Mund und drückte es so tief in ihren Rachen, dass es ihr nicht gelang, es wieder auszuspucken. Sie musste wegen des ekelhaften Geschmacks und der Schluckbeschwerden würgen. Hoffentlich übergab sie sich nicht und erstickte an ihrem eigenen Erbrochenen.

Die Männer stellten sich um den Kreis und nahmen einer nach dem anderen ihre Kutten ab. Joli sah, wenn auch nur verschwommen, in die schrecklichen Fratzen, kalkweiß und entstellt, und die blanke Angst vor ihnen ließ sie zittern. Vampire. Wohin sie blickte entdeckte sie spitze Eckezähne und rot glühende Augen, die sich gierig auf ihren Körper richteten. Sie war in die Fänge eines Pyr-Zirkels gefallen.

„Heute Nacht, meine Brüder, wenn der Mond voll am Himmel steht, wird sich das Tor in das Reich der Dämonen öffnen, wie es uns vor drei Jahrhunderten vorausgesagt wurde. Unsere Königin braucht einen Körper, in den sie schlüpfen kann, um ihr heiliges Wirken zu vollenden“, sagte Dr. Freck, der zu Jolis Füßen stand. Er rollte ein Pergament aus und hielt es mit beiden Händen fest. „Pyr, nehme diesen Körper an. Den Körper einer jungen Menschenfrau.“

Sie brach in Schweiß aus, als sie begriff, dass es ihr Körper war, in den Pyr einkehren sollte. Sie fragte sich, warum man ausgerechnet sie dazu auserkoren hatte. Sie war niemand Besonderes. Sie hatte keine besonderen Fähigkeiten und war auch keine Jungfrau mehr, also ihres Wissens nach nichts, das ihrer Meinung nach von Wert für ein Wesen wie Pyr oder sonst irgendeinen Vampir sein konnte. Sie war eine Wolfsängerin, machte sie das für Pyr interessanter? Oh Gott, dieser Horror hier war genauso echt wie Rem. Sie war weder verrückt geworden noch hatte sie sich seine Existenz eingebildet. Alles, was sie mit ihm erlebt hatte, war tatsächlich geschehen. Diese Bastarde hatten sie einer Art Gehirnwäsche unterzogen, um sie zu täuschen und sie war wie eine Idiotin in ihre Falle getappt.

Aber Rem war längst hier, um seinen Auftrag zu erfüllen und um sie zu retten. Sie hatte ihn auf dem Hof gesehen. Er musste unbedingt verhindern, dass sich das Tor öffnete.

Oh Gott, hoffentlich würde er es rechtzeitig schaffen. Er war ganz allein da draußen und die Vampire wussten, dank ihrer Hilfe, dass er da war. Verzweifelt zerrte sie an ihren Fesseln. Doch sie zogen sich fester um ihre Hand- und Fußgelenke.

Tränen der Verzweiflung rannen über ihre Wangen, während mitleidlose Blicke jede noch so kleine Regung beobachteten.

Die Gestalten stimmten einen unheimlichen Gesang an, dessen Sprache sie nicht kannte. Tiefe und hohe Männerstimmen vereinten sich zu einem Chor. Einige flüsterten, andere grollten und wieder andere sangen mit engelsgleichen Stimmen.

„Wenn der Vollmond an seinem höchsten Punkt steht, öffnen wir das Tor, auf dass es Pyr den Weg aus der Welt der Finsternis in unser Reich leitet. Große Pyr, wir bitten dich, erhöre unser Flehen, kehre heim zu deinen Kindern. Oh, große Königin der Vampire, oh, Älteste, deren Blut uns alle erweckte und uns die Unsterblichkeit schenkte."

Jolis Blick glitt panisch zu einem der hohen, vergitterten Fenster, doch sie konnte den Mond von ihrer Position aus nicht sehen. Sie war bewegungsunfähig. Einer inneren Eingebung folgend, schloss sie fest die Augen und konzentrierte sich auf Remierre. In Gedanken rief sie ihn an, in der Hoffnung, dass er ihre Gegenwart irgendwie erspürte.

Doch nichts geschah. Die Schattengestalten setzten sich in Gang. Sie liefen im Kreis, nahmen je eine Kerze aus den nahestehenden Leuchtern, die andere Hand bewegte sich, als malten sie Symbole in die Luft. Dr. Freck blieb jedoch zu ihren Füßen stehen und betete für seine Königin. Joli sah, dass er etwas Metallisches, vermutlich einen Dolch zückte und sich vor ihren rechten Fuß kniete.

Ein kurzer Schnitt und sie verspürte einen grässlichen Schmerz. Ihr Blut, das nun über ihren Knöchel rann, fühlte sich warm, gerade zu heiß an. Dr. Freck erhob sich und ging zu ihrem linken Fuß über, um in ihr Fleisch zu schneiden. Fest kniff sie die Augen zusammen, als sich derselbe unerträgliche Schmerz ihrer bemächtigte.

Als sie die Augen wieder öffnete, stand Dr. Freck mit einem breiten Grinsen über ihr. Sie konnte seine Vampirzähne sehen, die hervorstanden und wie zwei spitze Dolche aussahen. Hoffentlich kam er nicht auf den Gedanken, in ihren Hals zu beißen und ihr Blut zu trinken. Doch Freck hatte andere Pläne. Er schnitt ihr erst in die linke, dann in die rechte Handfläche und wartete, bis das Blut hervorquoll, bevor er sich wieder erhob und sich an seinen Ausgangspunkt zwischen ihren Beinen zurück begab. Der Gesang schwoll an. Erneut vermischten sich die verschiedenen Stimmen zu einem gewaltigen Chor. Ihr blieb nichts anderes übrig als zu hoffen, dass irgendjemand diese Verrückten hörte, dass irgendjemand mitbekam, was hier unten vor sich ging. Doch der Schlossturm war ihres Wissens nach weder fürs Klinikpersonal noch für die Patienten zugänglich. Dieser Umstand minderte die Wahrscheinlichkeit, dass jemand aufmerksam wurde.

Sie blickte zu den blutroten Striemen auf ihren Handflächen. Das Blut floss über ihre Haut und rann in einen wenige Millimeter breiten Steinkanal im Boden. Die Runen zu ihren Händen und Füßen füllten sich mit Blut. Musste ihr Körper, um der Königin der Vampire ein Heim zu bieten, blutleer geschröpft werden? Ohne einen Tropfen Blut im Leib würde sie sterben. Himmel, sie wollte nicht sterben, sie wollte leben.

Resignierend blickte sie zur hohen Decke auf, vorbei an den verrosteten Gasrohren, zu den brennenden Ölschalen, die an einer langen, eisernen Kette in den Raum hingen.

Vampire waren mächtige Wesen. Das wusste Remierre aus langjähriger Erfahrung. Pyr hatte ihre Zöglinge nicht nur mit machtvollen Fähigkeiten ausgestattet, die sich bei jedem Vampir anders zeigten, ihr Geschenk brachte auch einige Einbußen mit sich. Im Sonnenlicht verbrannten sie innerhalb weniger Augenblicke zu Asche, wenn sie nicht genügend Blut zu sich nahmen fielen sie in eine totenähnliche Starre, pfählte man sie, so verwesten sie in Sekundenschnelle, und ihre Sinne waren im Laufe der Jahrhunderte derart verkümmert, dass sie quasi nicht mehr existierten. Sinne, auf die Remierre unter keinen Umständen verzichtet hätte, da sie seiner Ansicht nach lebensnotwendig waren. Ein vampirisches Auge sah keine Farben, von einem kräftigen Blutrot abgesehen. Ihre Welt war grau und kalt. Sie schmeckten nichts, außer der Süße frischen Blutes oder den ekelhaften Geschmack, wenn es bereits geronnen war, so stand es in den alten Aufzeichnungen. Für Gerüche waren ihre Nasen unempfindlich. So konnten sie Freund und Feind nicht am Geruch erkennen, wohl aber an der machtvollen, vampirischen

Ausstrahlung, die jedem Blutsauger inne war und die selbst Remierre nicht nachahmen konnte, wenn er unter ihnen nicht auffallen wollte.

In seiner schwarzen Kutte hingegen war er nicht bemerkt worden, er hatte sich unter ihnen bewegt, als wäre er einer von ihnen, bis zu dem Moment, in dem die Vampire ihre Kapuzen abgenommen und ihre schrecklichen Fratzen offenbart hatten, woraufhin er sich unbemerkt in den Schatten zurückgezogen und hinter einem Altar versteckt hatte.

Sehr bald würde auffallen, dass sich die Anzahl der Vampire, die an dem Ritual um Joli teilnahmen, minimiert hatte. Er wünschte, er hätte seine Armbrust mitgenommen, doch sie wäre unter der recht engen Kutte schwer zu verbergen gewesen. Nachdem Jade ihm alle Informationen gegeben hatte, die er brauchte, hatte er sie, ihre Proteste ignorierend, zusätzlich zu ihrer Fesselung geknebelt und in seinen Schrank gesperrt, und war zum Waldfriedhof aufgebrochen. Angeblich würden sich die Vampire dort auf das Ritual einstimmen, indem sie sich sammelten und obskure Gesänge anstimmten, die für ihn so andersartig waren wie diese Wesen selbst. An einem der Grabsteine hatte er ein vampirisches Zeichen entdeckt, das vermutlich Zeit und Ort angab. Nachdem die Zeremonie geendet war, machte sich einer von ihnen auf die Jagd nach Menschenblut, um sich zu stärken. Remierre war ihm gefolgt, hatte ihn erledigt und seine schwarze Kutte an sich genommen.

Remierres Blick fiel zu den hohen schmalen Fenstern, durch die niemand ein- oder ausdringen konnte. Wenn das Licht des Vollmondes durch die Öffnung in der Decke in den Keller fiel und auf seine Haut traf, würde er sich in das Monster verwandeln, das er selbst über alle Maßen hasste. Doch der gewaltige Körper, die riesigen Pranken und das beachtliche Raubtiergebiss waren in dieser Situation ein Überlebensgarant. In seiner jetzigen Gestalt konnte er die Vampire nicht besiegen. Einen einzelnen von ihnen vielleicht, aber nicht die ganze Horde. Es fiel ihm schwer seine Rage zu kontrollieren, als er von seinem Versteck aus die Angst in Jolis Gesicht sah. Sie lag wehrlos am Boden und zerrte verzweifelt an ihren Fesseln. Er wollte zu ihr, sie von diesen Stricken befreien, sie in die Arme nehmen und davon tragen. Aber ohne die Verwandlung wäre jeder Rettungsversuch Selbstmord. Und außerdem verlangte es dem Wolf in ihm danach die Vampire zu erledigen, die es gewagt hatten sich an Joli zu vergreifen. Noch einmal wanderte sein Blick nach oben, die finsteren Wolken verdeckten den Vollmond. Nach all der Zeit, in der er dem Fluch hilflos ausgeliefert war, hatte er durch Jade gelernt, die Verwandlung zu steuern. Die Schmerzen wurden dadurch nicht geringer, hielten aber nicht mehr lange genug an, um ihn gänzlich außer Gefecht zu setzen.

„Nicht mehr lange, meine lieben Freunde, und Pyr wird zu uns zurückkehren. Das Licht des Mondes wird in die Tiefen der Höllenwelt hinabstrahlen und Pyr den Weg in unser Reich leiten. Ihr alle werdet Zeugen dieses wunderbaren Moments sein, ihr alle werdet in die Geschichte eingehen, als die Retter unserer Gebieterin. Preiset sie!"

Remierre atmete tief durch. Die Wolken zogen langsam weiter, ein sanftes Schimmern drang durch ihre dicke Decke hindurch, aber das Licht war noch immer zu schwach.

„Unter ihrer Führung wird es uns gelingen, den Feind endgültig zu besiegen. Tod den Werwölfen! Tod den Lykantrophen!"

Remierres Augen verengten sich. In diesem Moment fiel ein feiner Strahl silbernen Lichts auf den Kellergrund, von wo aus es sich weiter ausbreitete und schließlich das gesamte Gewölbe in einen bläulichen Schimmer tauchte. Endlich gaben die Wolken den Vollmond frei.

Remierre zögerte keinen Augenblick, riss sich die Kutte vom Leib und stürzte aus seinem Versteck hervor. Kaum berührten ihn die silbernen Strahlen, rauschte eine Welle unvorstellbaren Schmerzes über ihn hinweg. Er spürte, wie Knochen zerbarsten, wie sich Muskeln verschoben und auf die doppelte Größe anschwollen, wie seine Beine und Arme wuchsen und sein Körper aufquoll. Die Vampire wichen erschrocken zurück und starrten ihn fassungslos an.

„Es ist der Werwolf!", rief Freck hysterisch. „Rasch! Tötet ihn!"

Rem sah die Horde zähnefletschender Blutsauger auf sich zustürmen. Wie Geier stürzten sie sich auf ihn. Ihre Klauen und

Zähne bohrten sich erbarmungslos in sein Fleisch, zerrissen Haut und Haar. Ein einzelner von ihnen hätte es nicht geschafft, dem Koloss, in den er sich verwandelte, zu trotzen, doch ihre Masse machte eine ungeheuerliche Stärke aus, die er unterschätzt hatte. Gemeinsam rissen ihn die Vampire zu Boden, gruben ihre Reißzähne wieder und wieder in seinen Körper und tranken sein Blut. Remierre setzte sich nach Kräften zu Wehr. Eine entstellte Pranke, die weder menschlich noch tierisch aussah, zerfetzte das Gesicht eines Vampirs, ein anderer wurde mit derartiger Wucht gegen die Decke geschleudert, dass er eine der brennenden Ölschalen hinabriss. Das Öl rann über den Boden und floss in einen Kanal, um sich mit Jolis Blut zu vermischen. Ein dritter Vampir schlug mit dem Rücken gegen die Wand und riss dabei ein beachtliches Loch in das Gasrohr. Trotz der enormen Schäden, welche die Vampire einsteckten, erholten sie sich schneller als Remierre von den Strapazen und standen rascher auf den Beinen, als es ihm lieb war, um sich unermüdlich auf den schwächelnden Feind zu stürzen, der sich immer wieder kraftvoll aufbäumte, gleich einem wilden Pferd, das seinen Reiter abwerfen wollte. Doch die zahlreichen Wunden zeigten ihre Wirkung. Remierre wurde schwindelig, schwarze Flecken tanzten vor seinen Augen. Die Vampire fielen gnadenlos über ihn her. Schließlich blieb er benommen am Boden liegen. Trotz der Schmerzen galt sein einziger Gedanke Joli. Er durfte jetzt nicht erliegen, er musste sie retten. Wenn er nicht wieder aufstand, wäre sie verloren.

Joli hatte Remierres Kampf mit Entsetzen verfolgt. Nun, da er am Boden lag und sich nicht mehr rührte, war die schwache Glut der Hoffnung auf Rettung endgültig erloschen. Sie würde nicht heil aus dieser Sache heraus kommen, jedoch betete sie, dass zumindest Rem aufstehen und fliehen würde. Aber nichts dergleichen geschah. Er rührte sich nicht, lag einfach nur da, dieser gewaltige Fellberg, der trotz all seiner Muskelmasse in diesem Moment entsetzlich verwundbar wirkte. War er bereits tot? Oh Himmel, bitte nicht. Die stickige Luft raubte ihr den Atem. Und diese Hitze. Sie sah wie eine Bahn aus Feuer der öligen Spur folgte und sie um sie und Dr. Freck ausbreitete.

„Der Vollmond leuchtet dir den Weg, oh, Herrin! Kehr zu uns zurück, kehr zu uns zurück!" Dr. Freck, so schien es, war der Einzige, der sich weder von einem Werwolf noch von der höher schnellenden Feuerwand aus der Ruhe bringen ließ. Beide Arme über seinem Kopf hoch herhoben stand er vor Joli und rief gegen die Decke. „Finde den Weg, oh, Herrin. Deine Diener erwarten dich."

Joli hustete durch ihren Knebel. Sie kniff die Augen zusammen, um sie vor der brennenden Hitze zu schützen, als plötzlich etwas ihren Körper berührte. Es war sanft, kaum spürbar. Sie spürte eine Präsenz, die immer stärker und machtvoller wurde, die sich ihr näherte und mit jeder Sekunde an Kraft gewann. Panisch riss sie wieder die Augen auf.

Pyr.

Die Vampirkönigin hatte die Welt der Dämonen verlassen, um nun in ihren neuen Körper zu fahren. Mit letzter Kraft zerrte Joli an ihren Fesseln, doch sie waren fest um ihre Arm- und Fußgelenke gewunden. Sie konnte sich trotz aller Anstrengung nicht befreien. Unter ihr öffnete sich der Boden. Joli glaubte zu schweben, obwohl sie gleichzeitig den heißen Steinboden unter sich spürte. Ein schwarzer, rotierender Tunnel hatte sich dort aufgetan, wo sie zuvor die Runen erblickt hatte. Feuersäulen schossen kraftvoll empor, ihre Flammenspitzen erreichten sie aber nicht. In diesem finsteren Wirbelsturm schwebte ihr eine Frau in einem schwarzen Gewand entgegen. Ihr Gesicht war blass, die Augen blut unterlaufen. Ihre dürren Hände waren nach ihr ausgestreckt und ihre übermäßig langen Finger bohrten sich in Joli, als wollten sie sie in die Tiefe ziehen.

„Du bist mein", rief die Fremde, doch Joli hatte das Gefühl, als würde die Stimme lediglich in ihrem Kopf existieren, denn niemand sonst reagierte auf den Tunnel oder die finstere Frau. Verzweifelt schüttelte sie den Kopf. Hilfesuchend blickte sie zu Remierre. Aber der war noch immer am Boden und auf seinem geschwächten Rücken hatten sich die Vampire festgebissen wie Blutegel.

„Du bist mein", flüsterte die Frau dieses Mal in einem sinnlichen Ton, und ihre Hände tauchten in Jolis Körper ein.

Es schmerzte nicht. Im Gegenteil. Es fühlte sich richtig an. Und so absurd es klang, es erinnerte sie an die Verschmelzung von Mann und Frau, die einander liebten.

„Ich werde dir nicht wehtun", hauchte Pyr beruhigend und verführerisch zugleich, während ihre körperlose Existenz tiefer in Joli eindrang, sich an ihrer Energie labte und Besitz von ihr ergriff.

Als ihre Finger jedoch in Jolis Brust vordrangen wich die Vampirkönigin mit einem wütenden Aufschrei zurück. Joli spürte eine ungeahnte Kraft in sich aufsteigen und wie sich eine Art Schutzschild um ihren Körper formte. Sie sah in die zorngeweiteten Augen Pyrs.

„Nein!", stieß diese ungläubig aus. „Nicht meine Schwester!"

Ihre Stimme verwandelte sich in ein Kreischen. Der Sog, der unter ihr entstand, zog sie in den Tunnel zurück, beide Hände noch immer nach Joli ausgestreckt, der allmählich klar wurde, dass es Lykandras Macht war, die sie vor der Vampirmutter geschützt hatte. Sie spürte wie diese Macht pulsierend aus dem Inneren ihres Brustkorbes ausstrahlte. Der Kristall. Er war nicht verschwunden. Er war in ihr.

In diesem Moment stieß Remierre einen markerschütternden Schrei aus und hob sich mit aller verbliebenen Kraft vom Boden ab, um mehrere Meter in die Höhe zu springen. Es schien, als hätte er all seine Reserven für diese letzte Attacke gesammelt. Die Vampire, die sich als Sieger in diesem ungleichen Kampf gesehen hatte, fielen wie lose Blätter von ihm ab und stürzten zu Boden, während sich Remierres Krallen in die Fugen zwischen den Steinen schlugen, um sich, einer Spinne gleich, an der Wand festzuhalten. Joli wollte ihn um Hilfe rufen, doch der Knebel verhinderte, dass mehr als ein gequältes Gurgeln aus ihrer Kehle drang.

Die meterhohen Flammen schlossen Joli und Dr. Freck nun vollends in einen Kreis aus Feuer ein. Jolis Augen flimmerten. Jeden Moment würde sie das Bewusstsein verlieren.

„Große Königin, erhöre meinen Ruf! Kehre in unsere Welt zurück, lass das alte Reich der Vampire in neuem Glanz erstrahlen! Wir, deine Anhänger, flehen dich an. Führe uns in eine glorreiche, machtvolle Zukunft, in der Vampire über Werwölfe und Menschen herrschen!", schrie Dr. Freck, der Pyrs vergeblichen Versuch von Jolis Körper Besitz zu ergreifen offensichtlich nicht mitbekommen hatte, gegen das Getöse an.

Remierre drückte sich von der Wand ab und katapultierte sich in die Mitte des Flammenkreises.

„Wage es nicht, unsere Zeremonie zu stören!", kreischte Dr. Freck in den schrillsten Tönen, als Remierre Jolis Fesseln mit gezielten Prankenhieben durchtrennte und sich ihren ohnmächtigen Körper über die Schulter warf, bereit, diese Hölle mit nur einem einzigen, kraftvollen Sprung zu verlassen.

Er musste sich beeilen, denn das Licht des Mondes wurde nicht nur von den Flammen, sondern von neuen, aufziehenden Wolken verschluckt. Seine Kräfte schwanden und sein Körper begann zu schrumpfen. Die Zeit drängte. In der Gestalt eines Menschen, die er bald wieder annehmen würde, hatte er nicht die geringste Chance gegen die Vampire, die ohnehin schon in der Überzahl waren.

„Nein! Bring sie zurück. Sie ist ein Geschenk an die Königin!"

Freck hob drohend die schmalen Fäuste in die Höhe, machte aber sicherheitshalber einen Schritt zurück, da er es nicht wagte, sich mit dem noch immer deutlich größeren Werwolf anzulegen. Mit einem Satz stand Rem vor ihm.

Fahr zur Hölle, Blutsauger!

Er stieß den hageren Vampir mit einem Prankenhieb achtlos in die Feuerwand. Ein Aufschrei hallte durch das Gewölbe, als Freck durch den Flammenwall taumelte, wie von Sinnen um sich schlug und sich schließlich am Boden wälzte, in der Hoffnung, das Feuer zu löschen, dass ihm den Kittel vom Leib fraß. Die fahle Haut schmolz von seinen Knochen, als wäre sie aus Wachs, seine Augäpfel wurden erst milchig, dann kohlschwarz. Die hysterischen Schreie gipfelten in einem unmenschlichen, schmerzerfüllten Laut, der an eine Sirene erinnerte, ehe der Doktor gänzlich verstummte.

Die Vampire sammelten sich erschüttert und schockiert um die sterbende, verkohlte Gestalt, die schließlich in sich zusammen sank und zu einem unkenntlichen Haufen organischen Abfalls verkümmerte.

Remierre riss sich von dem Anblick los, denn er roch Gas. Eines der Rohre war während des Kampfes beschädigt worden und es braute sich eine explosive Mischung zusammen, die ihn und Joli das Leben kosten würde, wenn er sie nicht schnell aus diesem Hexenkessel brachte. Ein Funke genügte, bei einer gewissen Konzentration, dann flog alles in die Luft.

„Der Werwolf flieht mit der Frau!"

„Haltet ihn auf!", kreischten die Vampire und nahmen die Verfolgung auf, als eine mächtige Detonation das Gewölbe erschütterte. Die gewaltige Druckwelle erfasste und katapultierte ihn förmlich durch die Tür in den Flur. Wände wackelten, Gesteinsstücke flogen durch die Luft und Feuerfunken schossen gefährlich nah an ihm vorbei. Er warf Joli auf den Boden und legte sich schützend über sie. Ein Blick über seine Schulter zeigte ihm, dass der Ritualraum vollends in Flammen stand. Von den Vampiren fehlte jegliche Spur, doch es war anzunehmen, dass sie sich nicht rechtzeitig außer Gefahr gebracht hatten und in dieser Hölle umkamen. Ein ganz ähnliches Schicksal erwartete Joli und Remierre, wenn er sich nicht beeilte, denn das Feuer griff nun auf den Flur über. Rasch hob er Joli wieder hoch. Ihr Gewicht zwang ihn geradezu in die Knie. Überrascht biss er die Zähne zusammen, als seine Beine unerwartet zu zittern begannen.

Verflucht.

Sein Körper verwandelte sich zurück.

Er konnte nicht länger dagegen ankämpfen. Nach all den Strapazen war er geschwächt, doch er durfte jetzt nicht aufgeben. Nicht so kurz vor dem Ziel. Er nahm all seine verbliebene Kraft zusammen und schleppte sich und Joli die Stufen in das Erdgeschoss hinauf, wo sich bereits die Bewohner des Schlosses und das Pflegepersonal versammelt hatten. Rem war es in diesem Augenblick gleich, ob diese Menschen seine furchteinflössende Gestalt sahen oder nicht, die nunmehr ein Zwischending aus seiner Monster- und Menschengestalt darstellte. Er musste Joli retten. Ihr Leben war kostbarer als jedes Geheimnis, das er hütete. Sollten die Menschen ihn doch einsperren und untersuchen, sollten sie doch erfahren, dass es mehr zwischen Himmel und Erde gab, als sie vermuteten.

Doch zu seiner Überraschung blieb die erwartete Reaktion aus. Niemand starrte ihn entsetzt an. Niemand stieß einen Schrei aus.

„Mein Gott, ist alles in Ordnung mit Ihnen?", fragte ihn stattdessen eine Schwester in einem besorgten Tonfall. „Schnell, Joli braucht einen Arzt", rief sie dann, als sie das Mädchen in seinen Armen bemerkte.

Rem legte sie auf den Boden und blickte an sich hinab. Er steckte in dem Körper eines Mannes. Eines nackten Mannes.

„Ziehen Sie sich das über", sagte die Schwester und reichte ihm einen Kittel.

Rem befolgte die Anweisung und lauschte den Feuerwehrsirenen in der Ferne. Dann warf er einen besorgten Blick zu Joli. Hoffentlich konnte man ihr helfen.

Als Joli wieder zu sich kam, lag sie in einem fremden Bett in einem fremden Zimmer. Aber das wurde allmählich zur Gewohnheit und beunruhigte sie nicht sonderlich. Ein Verband war straff um ihren Kopf gewickelt, der wiederum schmerzte, als hätte ihr jemand eine Bratpfanne über den Schädel gezogen. Sie fühlte sich schwach und erschöpft, aber glücklich am Leben zu sein.

„Wo bin ich?", fragte sie ins Leere und blinzelte, doch es gelang ihr nicht, ihre Augen offen zu halten.

„Im Krankenhaus, in Sicherheit", sagte Remierre und griff nach ihrer Hand.

Sie zuckte vor Schreck, aber entspannte sich sogleich, als sie seine Stimme erkannte. Ein Lächeln umspielte ihre Lippen. Er war hier, bei ihr.

„Was ist geschehen?" Dieses Mal gelang es ihr, die Augen offen zu halten. Sie betrachtete sein schönes Gesicht, seine schwarzen Haare, die offen über seine breiten Schultern glitten, seine faszinierenden, blauen Augen, die sie voller Sehnsucht anblickten, und das charmante Lächeln, bei dessen Anblick ihre Knie weich wurden. Sie fragte sich wie sie je hatte glauben können, dass er nur eine Ausgeburt ihrer Phantasien war. Diese Gehirnwäsche der Vampire war eine gruselige Erfahrung gewesen. Sie konnte sich kaum etwas Schlimmeres vorstellen, als am eigenen Verstand zu zweifeln und fragte sich, wie viele Menschen das gleiche Schicksal erlitten hatten und von den Vampiren auf diese Weise für eines ihrer Rituale missbraucht worden waren.

Remierre, der auf ihrer Bettkante saß, drehte sich um und zog eine Zeitung hinter seinem Rücken hervor. ‚Tageszeitung Moorgrund' stand dort in dicken Lettern auf der Titelseite, die selbst Joli ohne Brille entziffern konnte. Unterhalb der Überschrift war ein farbiges Bild der Schlossklinik Hornbach abgebildet. ‚Schwere Gasexplosion erschüttert Hornbach - Klinikchef stirbt in Flammen bei Erprobung eines neuen Therapieansatzes', las Rem vor.

„Sieh an." Joli lächelte, doch jede Bewegung, selbst die ihrer Gesichtsmuskeln, tat weh. „Was wurde aus den Vampiren?" Joli rieb mit der Hand über ihre Stirn.

„Dr. Freck und seine Schergen sind in den Flammen umgekommen. Die Königin wurde allem Anschein nach in die Dämonenwelt zurückgerissen. Das bedeutet allerdings nicht, dass wir nicht früher oder später wieder von ihr oder ihren Anhängern hören werden. Die offizielle Meldung lautet jedenfalls, dass der Doktor bei der Gasexplosion ums Leben kam. Dass sich im Gewölbe noch andere Kreaturen aufhielten, ist nicht nachweisbar. Niemand sonst wurde verletzt. Weder Pflegepersonal noch Patienten."

Joli erzählte ihm wie der Kristall in ihrer Brust sie davor bewahrt hatte von der Vampirkönigin vereinnahmt zu werden. Der Stein hatte offensichtlich mehr Aufgaben, als lediglich die Kommunikation mit Lykandra sicher zu stellen. Er beschützte die Wolfsänger auch vor Vampirattacken auf der metaphysischen Ebene. Rem war dies neu und sie beschlossen diese Erkenntnis in Tremondes Buch einzutragen, wenn sie wieder daheim wären.

„Was ist mit Jade? Ich habe sie im Gewölbe nicht gesehen."

„Jade." Rem sprach ihren Namen voller Verachtung aus. „Sie hat versucht einen Keil zwischen uns zu treiben, indem sie sich als dich ausgab und versuchte mich zu verführen."

Joli hob erstaunt eine Augenbraue. „Sie tat als sei sie ich? Wie hat sie das denn angestellt?"

Rem nickte. „Sie ist eine Gestaltwandlerin.“

Das waren neue, interessante Informationen. Bisher hatte sie nur gewusst, dass Blutsauger und Werwölfe existierten. Es gab also noch eine dritte Partei. „Und ich hielt sie für eine Vampirin.“

„Sie steckt mit den Untoten unter einer Decke, aber sie ist weder eine von ihnen noch eine Nachfahrin Lykandras.“

„Woher stammt sie dann?“

„Diese Frage stellte ich ihr oft, aber sie beantwortete sie nie zu meiner Zufriedenheit. Vielleicht wusste sie es selbst nicht. Sie sagte nur: ‚Niemand weiß, welche Kreaturen zwischen Himmel und Hölle existieren. Ich bin eine von ihnen.’ Dennoch hat sie auch eine menschliche Seite.“

„Ach ja?“"

„Ja, denn sie war offenbar eifersüchtig auf dich.“

„Mir hat sie erzählt, ich würde dir nichts bedeuten.“

„Ich weiß. Das war eine Lüge. Ich hoffe, du weißt das.“

„Ja.“ Sie lächelte.

Rem rollte die Zeitung zusammen und beugte sich über sie. Sein Blick war voller Zuneigung und Fürsorge. Sanft strich er ihr eine Strähne aus dem Gesicht.

„Man hat übrigens in Frecks Büro ein Entlassungsschreiben für dich entdeckt.“

„Tatsächlich? Warum hat er eins aufgesetzt, wenn er mir mit so viel Mühe einredete, ich sei verrückt?“

„Wenn alles nach seinem Plan verlaufen wäre, hättest nicht du, sondern die Vampirkönigin in deinem Körper gesteckt. Das Entlassungsschreiben war für sie bestimmt. Allerdings nutzen wir es nun zu deinem Vorteil.“ Er grinste und gab ihr das Schriftstück. „Du bist hiermit offiziell entlassen.“

Ein Stein fiel ihr vom Herzen. Endlich konnte dieses Kapitel abgeschlossen werden. Aber eine Frage blieb noch offen.

„Warum haben die Vampire mich ausgewählt? Ich meine, ich bin eine Wolfsängerin und durch diesen Umstand offensichtlich die denkbar schlechteste Wahl als Körperspender. Bei all der Mühe die sie sich bei dem Ritual gemacht haben, und es ist ihnen ja gelungen die Königin tatsächlich herbeizurufen. Ich wundere mich, dass sie in diesem Punkt in ihrer Recherche irgendwie schlampig waren."

„Ich fürchte, das haben wir Jade zu verdanken. Sie war eifersüchtig auf dich, wollte dich loswerden und leitete alles in die Wege, damit sie dich für das Ritual nehmen."

„Du meinst, sie hätten jeden anderen ebenfalls dafür nehmen können?"

„Um von einem Dämon oder einer toten Vampirkönigin besessen zu sein, braucht man keine besonderen Fähigkeiten. Man muss lediglich zur falschen Zeit am falschen Ort sein."

„Ich bin so froh, dass ich eine Wolfsängerin bin und das Wolfsauge trage, und dass du mich gerettet hast. Es war wirklich schrecklich, als ich glaubte, du seiest nicht echt", sagte Joli leise und zog die Bettdecke bis zu ihrem Kinn.

„Aber ich bin echt, wie du siehst."

„Ja." Sie lächelte wieder. „Und darüber bin ich auch sehr froh, denn ich …"

„Ja?" Er sah sie durchdringend an.

„Ich habe noch eine Frage", entgegnete sie rasch, doch verwünschte sich sogleich, dass sie nicht genügend Mut aufbrachte, ihm zu sagen, was sie empfand.

„Welche?"

„Warum hast du mir nicht erzählt, dass das Wolfsauge sich ganz in meinen Körper zurückzieht?" Sie klopfte mit der Hand gegen ihre Brust.

Rem schaute verlegen drein. Endlich schien ihm aufzugehen, wie wichtig es war nützliche Informationen mit seiner Wolfsängerin besser zu teilen.

„Es tut mir leid, ich hatte nicht damit gerechnet, dass dein Körper den Kristall so schnell absorbiert. Diese Verschmelzung dauert normalerweise einige Zeit."

Joli nickte langsam. „Aber ich habe nichts davon gespürt." Vielleicht war sie zu dem Zeitpunkt noch betäubt gewesen.

Rem sah sie an, als ahnte er, dass sie ihm in Wahrheit etwas ganz anderes sagen wollte, sich aber nicht traute. Sie atmete tief durch und nahm all ihren Mut zusammen. „Und da ist noch etwas …"

„Noch etwas?" Er grinste.

Sie nickte. „Ich …"

Sein Grinsen wurde breiter.

„Ich mag dich wirklich sehr … und habe mich, glaube ich … in dich verliebt."

Hoffentlich wies er sie nicht erneut zurück. Sie würde es nicht ertragen. Vielleicht war es ungeschickt, ihm in diesem Augenblick ein solch folgenschweres Geständnis zu machen. Aber, wie ihre Mutter zu sagen pflegte, was raus muss, muss raus. Auch wenn es manchmal schwer fiel.

Doch anstatt auch nur ein Wort zu sagen, legten sich Remierres Lippen auf ihre. Sanft drang seine Zunge in ihren Mund, während seine Hände zärtlich ihre Wangen streichelten.

„Ich liebe dich auch", flüsterte er. Sie musste ihn ungläubig angesehen haben. „Sieh mich nicht so an, es ist die Wahrheit. Wer sagt denn, dass ein Werwolf seine Meinung nicht ändern kann? Es tut mir aufrichtig leid, dass ich mich im Hotel wie ein Idiot aufgeführt habe."

Joli war erstaunt und gerührt, dass er sich dafür entschuldigte. Ein wenig überreagiert hatte sie sicherlich auch.

„Ich bin dir nicht böse." Sie küsste ihn auf die Lippen.

„Um es wieder gut zu machen", sagte Rem in einer kleinen Atempause, „habe ich noch eine kleine Überraschung für dich."

Sie ließ von ihm ab und blickte ihn neugierig an. „Was ist es denn?"

Mit einem Schmunzeln holte er ein Brillenetui aus seiner Hosentasche und öffnete es. Darin lag Jolis bernsteinfarbene Brille. Sie machte große Augen und lachte lauthals.

„Und ich dachte, ich hätte sie für immer verloren. Wo hast du sie aufgetrieben?" Sie nahm sie aus dem Etui und setzte sie auf. Es tat gut, das alte Gestell auf der Nase zu spüren und durch die übergroßen Gläser zu blicken.

„Sie ist ehrlich gesagt ein Replikat. Als ich in meiner Verkleidung durch den Flur zum Ritualraum ging, entdeckte ich das Original am Boden, steckte es ein, doch verlor es während des Kampfes."

Joli legte die Arme um seinen Hals und zog ihn näher an sich heran, um ihn erneut zu küssen. Aus einem zarten Kuss wurde bald ein etwas fordernder. In diesem Moment ging die Tür auf und Schwester Ivonne kam herein.

„So haben wir nicht gewettet, Herr Sagrais. Ich habe Sie nur hineingelassen, weil Sie mir versprachen, die Patientin nicht aufzuregen!“

„Er regt mich nicht auf. Ganz im Gegenteil“, sagte Joli, doch Schwester Ivonne hatte Remierre am Ärmel gepackt und zog ihn energisch vom Bett.

„Das können Sie gar nicht beurteilen, Fräulein Balbuk.“

„Was machen Sie eigentlich hier, Schwester Ivonne? Wieso sind Sie nicht in der Schlossklinik?“

„Das Betreten der Schlossklinik ist zu gefährlich. Im Moment besteht erhöhte Einsturzgefahr. Erst nach den Reparaturen kann die Klinik wieder geöffnet werden. Bis dahin vertrete ich hier eine kranke Kollegin.“ Ivonnes strenger Blick wanderte zu Rem, der beschwichtigend die Hände hob.

„Ich gehe ja schon. Nur keine Aufregung“, sagte er und zwinkerte Joli noch einmal zu.

Zwei Tage später konnte Joli das Krankenhaus verlassen und nach Berlin zurückkehren. Sie hatte viel Zeit zum Nachdenken gehabt und entschieden, dass sie nach Dahlem ziehen wollte, um bei Rem zu leben. Zuvor kehrte sie in ihre alte Wohnung zurück, um ihre wichtigsten Sachen einzupacken. Karla hatte sich bereit erklärt, ihr dabei zu helfen.

„Wer ist denn dieser Typ, zu dem du ziehen möchtest?“, fragte sie und sah zu Joli hinüber, während sie einige Bücher in einem Umzugskarton verstaute.

Joli versuchte nichtssagend zu lächeln, um Karla noch ein wenig auf die Folter zu spannen. Sie wusste, dass Karla die Neugierde in Person war und sich vom Klatsch und Tratsch ernäherte, wie Vampire von Blut. Diese Eigenschaft störte Joli aber nicht, weil Karla eine gute Freundin war, die immer zur Stelle war, wenn man sie brauchte.

„Jetzt lass dir doch nicht alles aus der Nase ziehen.“

Joli schmunzelte. Ihre schwarzweiße Katze Abby strich ihr schnurrend um die Beine und erinnerte sie daran, dass sie ihr Abendbrot noch nicht bekommen hatte. Joli faltete einen kleinen Umzugskarton zusammen, lief zur Speisekammer und holte eine halbleere Büchse hervor, um Abbys Futternapf aufzufüllen.

„Vielen Dank übrigens, dass du Pawy und Abby versorgt hast."

„Dass ist doch Ehrensache! Aber nun lenk nicht ab. Erzähl mal, ich will alles wissen."

Abby stürzte sich auf ihr Essen, während die alte Tigerdame Pawy gemächlichen Schrittes um die Ecke kam, um nun ebenfalls das ihr zustehende Abendbrot von ihrer Dosenöffnerin einzuklagen, mit einem tiefen Maunzen, das beinahe an das Heulen eines Wolfes erinnerte.

„Er ist umwerfend", schwärmte Joli.

„Wow, so habe ich dich noch nie von einem Kerl sprechen hören. Wie sieht er denn aus? Wie heißt er? Was ist er von Beruf?"

„He, he, langsam mit den jungen Pferden." Joli lachte. „Ich werde ihn dir vorstellen, okay? Aber jetzt packen wir erst mal meinen Kram zusammen. Da fällt mir ein, ich muss noch die Katzentransportboxen aus dem Keller holen."

„Das muss wirklich etwas Ernstes sein, wenn du hier alles stehen und liegen lässt."

„Ich denke, das ist es."

Einen Moment kehrte Schweigen ein, das Joli verunsicherte. „Du bist doch hoffentlich nicht eifersüchtig?"

„Quatsch! Wo denkst du hin? Ich freue mich für dich, ehrlich!"

„Eben, du hast doch Anton. Wie läuft es denn bei euch? Habt ihr euch endlich auf einen Hochzeitstermin geeinigt?"

„Nee. Du kennst ihn doch. Ich habe langsam das Gefühl, er will eigentlich gar nicht heiraten. Aber um ehrlich zu sein, fühl ich mich wohl, so wie es ist."

Joli warf die leere Futterdose in den Mülleimer und öffnete eine neue für Pawy, die ihr nun charmant und doch würdevoll um die Beine strich, dabei immer wieder zu ihr hinauf sah und leise schnurrte. Natürlich wusste Joli, dass ihr Herz in diesem Moment nicht für sie, sondern für die Futterdose in ihren Händen schlug, auch wenn die Katze sie glauben machen wollte, es wäre anders. Sie musste grinsen, bückte sich und füllte auch Pawys Napf.

„Ich finde es wirklich klasse, dass du endlich jemanden gefunden hast, Süße. Ich hoffe, er macht dich glücklich. Andernfalls bekommt er es mit mir zu tun." Karla ballte gespielt die Fäuste.

„Du bist ein Schatz." Joli lachte und schloss ihre Freundin in die Arme. „Nun lass uns aber weiter packen."

„Du kannst es offenbar nicht erwarten, so schnell wie möglich zu ihm zu kommen."

„Ja", gab Joli zu. Rem war ihr Traummann. Sie wollte keinen anderen. Und sie sehnte sich nach ihm.

Nachdem der letzte Karton gepackt war, betrachteten Joli und Karla ihr Werk. „Und das alles willst du mit einem Taxi transportieren? Der Wagen bricht unter dem Gewicht garantiert zusammen."

Karla hatte nicht unrecht. Es waren an die 25 Kartons, allesamt vollgestopft bis oben hin.

„Nein, nur die drei Kartons hier vorne und natürlich meine Katzen kommen mit. Den Rest holt die Umzugsfirma im Laufe der Woche."

„Na dann, ich wünsch dir alles Glück dieser Welt." Karla drückte Joli einen Kuss auf die Wange, ehe sie die Wohnung verließ.

Joli blickte noch eine Weile gedankenversunken zum Kartonberg im Wohnzimmer, ehe sie durch jeden einzelnen Raum ging, um sich zu verabschieden. Heute Abend würde sie in Rems Haus schlafen. Sie war aufgeregt, aber auch glücklich und gespannt, wie sich ihr gemeinsames Leben entwickeln würde

Marquis Remierre de Sagrais hatte in mühevoller Kleinarbeit das Speisezimmer hergerichtet. Persönlich. Entgegen seines Rufes als exzentrischer Marquis war er ein Mann, der sich nicht vor der Arbeit drückte und gut und gern selbst zupackte. Ganz besonders dann, wenn er Joli damit eine Freude machte oder ihren Vater entlastete, dem es leider schlechter ging und der den Haushalt nicht mehr führen konnte. Rem hatte das Zepter im Haus kurzerhand selbst in die Hand genommen, was eine völlig neue Erfahrung für ihn war, und seinen alten Freund, der sich weigerte in ein Krankenhaus zu gehen, ins Bett zurückgeschickt. Einen Großteil der Hausarbeit hatte er als lästig empfunden. Staubsaugen, Staubwischen, Wäsche waschen. Er konnte sich beileibe nicht vorstellen, diese Arbeiten jeden Tag zu machen. Umso größer war sein Respekt für Tremonde geworden, der sein Heim seit Jahrzehnten sauber hielt ohne auch nur zu murren. Doch nicht jede Arbeit war schlecht gewesen. Es hatte ihm große Freude bereitet, das Speisezimmer für Joli mit Teelichtern und Rosenblättern zu dekorieren und sich selbst in Schale zu werfen. Im Laufe des Abends hatte er sich immer wieder vor den neuen Wandspiegel gestellt, um den Sitz des Rüschenhemdes und der engen Jeans zu überprüfen, und seine schwarze Mähne herzurichten. Es war ihm passend erschienen, den alten, zersprungenen Spiegel auszurangieren, den er einst in einem Anfall von Selbsthass fast zertrümmert hätte. Für ihn hatte nun ein neues Leben begonnen, das er mit der Frau teilen würde, die ihm alles bedeutete, und so hatte er symbolisch alt gegen neu getauscht. Er vermisste Joli bereits und sehnte ihr baldiges Eintreffen herbei. Gleichzeitig fragte er sich, wie es Tremonde und er nur ohne sie in ihrer Junggesellenbehausung so lange hatten aushalten können. Sie brachte durch ihre quirlige Art sprichwörtlich Farbe in ihr Leben und er freute sich darauf, dass er diese Farbenpracht bald jeden Tag würde genießen dürfen.

Als es klingelte, stand Remierre in der Küche und nahm eine Kostprobe von der Vorsuppe, die er für diesen feierlichen Anlass gekocht hatte. Beim zweiten Klingeln ließ er die Kelle rasch in den Topf gleiten, nahm den Blumenstrauß, den er für Joli bestellt hatte, aus der Vase, stürzte in den Flur und riss die Tür schwungvoll auf, um vor Joli auf die Knie zu gehen und ihr sein Präsent darzureichen. Einen Strauß roter Rosen. Hoffentlich fand sie diese Geste nicht albern, aber er war nun einmal ein Kavalier der alten Schule. Er verspürte eine große Vorfreude darauf, sie endlich wieder in die Arme zu nehmen. Wie hatte er ihr liebliches Gesicht vermisst, diese süße Stupsnase, das abstehende Ohr und die übergroße Brille, die sie noch liebenswerter machte.

Rem war verblüfft, als er nicht in die zarten Mädchenzüge blickte, sondern in eine unrasierte Visage mit verkniffenem Blick.

„Kann ick mal durch“, murrte der Mann, als sei es ganz alltäglich, dass ein anderer mit einem Blumenstrauß vor ihm kniete, und schob sich an Remierre vorbei, um einen schweren Umzugskarton in den Flur zu tragen.

Joli folgte dem Taxifahrer lächelnd, blieb jedoch vor Rem stehen, um ihn liebevoll zu umarmen.

„Hallo, mein Liebling“, flüsterte sie und kraulte seine Ohrspitze. Oh, er liebte es, wenn sie ihn an dieser Stelle verwöhnte.

„Det macht dann 45 Euro“, sagte der Taxifahrer, nachdem er auch die zwei anderen Kisten, die Katzentransportboxen samt lebendigem Inhalt plus mehrteiliges Katzenequipment hineingebracht hatte, und hielt die Hand auf.

„Lass mich das machen.“ Rem reichte Joli den Strauß, zog dann seine Brieftasche aus der hinteren Tasche seiner Jeans und reichte dem Fahrer einen 50 Euro Schein. „Stimmt so.“

Der Taxifahrer nickte nur und schlurfte aus dem Haus, schlug die Tür hinter sich zu und überließ Rem und Joli sich selbst.

„Ein netter Zeitgenosse“, sagte Rem.

„Das ist noch gar nichts, während der Fahrt hat er die ganze Zeit über den Verkehr und die Fahrkünste der anderen Autofahrer geschimpft.“ Sie grinste. „Wie geht es meinem Vater? Kann ich zu ihm?“

Sie öffnete zunächst Pawys und dann Abbys Box. Beide Katzen erkundeten vorsichtig die neue Umgebung und hielten, das spürte Rem sogleich, einen gewissen Abstand zu ihm. Früher oder später würden sie sich aber an ihr neues Heim und dessen Bewohner gewöhnen.

„Tremonde schläft im Augenblick.“

„Gut, dann später.“

Rem musterte sie genauer. Sie sah anders aus als sonst. Lag es an dem sommerlichen Kleid mit den schwarzen Punkten auf weißem Grund, das ihre Figur betonte? Oder am roten Lippenstift? Er hatte Joli noch nie mit Makeup gesehen. Vielleicht war es aber auch das Strahlen, das von ihr ausging, und sein Haus zu erleuchten schien.

Er küsste sie zärtlich, bevor er sich wegdrehte und einen hellblauen Schal vom Kleiderhaken nahm.

„Ein Schal im Sommer?“ Sie kräuselte verwundert die Nase.

„Dreh dich bitte um“, hauchte er verführerisch.

„Was hast du denn vor?“

„Dich von hinten erdrosseln, was denn sonst?“

„Das klingt nach Spaß.“ Sie schmunzelte.

Er nahm ihr die Brille ab, band ihr die Augen zu, nahm ihr die Blumen aus der Hand und führte sie in die Küche, wo er den Strauß in die Vase zurückstellte und Joli dann durch eine weitere Tür in den Speisesaal geleitete.

„Setz dich bitte. Aber schummle nicht.“ Er half ihr dabei, sich an die Tafel zu setzen.

„Das ist doch Ehrensache.“

Er war sich nicht ganz sicher, ob die Aussage ironisch gemeint war und wedelte sicherheitshalber mit der Hand vor ihrem Gesicht. Als sie nicht zurückzuckte, wusste er, dass sie nichts sah.

„Ich bin gleich zurück“, versprach er und eilte in die Küche, wo er eine Schranktür nach der anderen auf der Suche nach den Suppenschüsseln aufriss, die er schließlich in einem Eckschränkchen am anderen Ende des Raumes fand.

Wenige Augenblicke später servierte er Joli eine Pilzsuppe mit Lauch und Chili, die sie, zunächst mit verbundenen Augen, probierte.

„Öffne deinen Mund“, wies er sie an und pustete den Dampf vom gefüllten Löffel, den er ihr anschließend vorsichtig in den Mund schob.

„Mmh … die ist …“ Joli hustete. „Köstlich“, lobte sie und schnappte nach Luft. „Hast du die Suppe selbst gekocht?“ Sie schob den Schal hoch und sah ihm in die Augen.

Er nickte. „Meine Premiere.“

„Ernsthaft? Du hast nie zuvor gekocht?“

„Ich stamme aus einem adligen Haus, ich war es gewohnt, dass andere für mich kochten.“ Er grinste verlegen.

„Für das erste Mal ist die Suppe gelungen, wenn auch …“ Sie hustete noch einmal. „Etwas scharf.“

„Es gibt nicht nur Suppe. Ich habe ein ganzes Menü gekocht. Warte einen Moment, ich hole den nächsten Gang."

Mit diesen Worten erhob er sich und machte sich erneut auf den Weg in die Küche, um Joli mit seinem romantischen Dinner zu beeindrucken.

Der Abend verging viel zu schnell. Nach dem Hauptgericht, gefüllte, leicht angebrannte Wachteln nach altem Rezept, servierte Remierre zwei Éclair als Nachtisch, die er allerdings fertig gekauft hatte. Vor Aufregung bekam er selbst kaum einen Bissen herunter, doch er vermutete bei Jolis gesundem Appetit, dass ihr sein Gericht schmeckte. Die Überraschung war geglückt und Remierre war mehr als zufrieden mit seiner Leistung.

„Werwölfe sind also nicht nur Vampirjäger und Menschenfreunde, sondern auch nicht zu verachtende Köche", sagte Joli, doch ihr Schmunzeln verriet ihm, dass sie es mit einem kleinen Augenzwinkern meinte.

„Danke für das Lob. Aber ich muss etwas richtig stellen. Nicht alle Werwölfe sehen in den Menschen Schutzbedürftige." Er wusste nicht, warum er ausgerechnet jetzt an seinen ehemaligen Rudelführer denken musste.

Joli hob eine Augenbraue und sah ihn verwundert an. „Ich dachte, das ist euer Kodex."

„Es ist mein Kodex. Und der vieler anderer. Aber eben nicht aller Werwölfe."

„Soll das heißen, dass es Werwölfe gibt, die den Menschen schaden wollen?"

Remierre zuckte die Schultern, denn er hatte keine Ahnung was er sagen sollte. Er wusste aber, dass es Werwölfe gab, die in Menschen nur Abschaum sahen. „Ich kannte einen Werwolf, dem das Leben eines Menschen nichts bedeutete. Sein Name war Killian Blackdoom. Ich habe lange Zeit nichts von ihm gehört. Ich weiß auch nicht, wo er sich jetzt aufhält oder ob er überhaupt noch lebt."

„Das klingt nicht nach einem angenehmen Zeitgenossen. Und wenn Nomen est Omen ist …"

„Er hatte seine Stärken und seine Schwächen." Remierre schwieg einen Moment. „Lass uns nicht von ihm reden. Der

Abend ist noch jung.“ Er hatte nicht vor, an diesem Abend Geister zu wecken. Dafür war ihm der Augenblick zu kostbar.

„Ich bin froh, dass zumindest du ein liebenswerter Werwolf bist.“

„Der dich vor allen Unholden beschützen wird.“

Sie lächelte ihn zärtlich an und er spürte, wie sein Verlangen nach ihr größer wurde.

„Setzen wir uns in den Salon?“, schlug er vor, wischte sich den Mund mit einer Serviette ab und reichte ihr die Hand.

„Gern.“

Sein Blick glitt über ihr Dekolleté, während sie durch den Flur zum Salon gingen. Diese kleinen, festen Brüste, deren Ansätze man nur erahnte, weil der Ausschnitt genau dort endete, wo sie begannen. Und als sie sich schließlich auf die antike Couch setzten und ihre Knie sich sanft aneinander rieben, machte sich ein ganz anderer Hunger bemerkbar. Er wunderte sich ein wenig, warum sein Körper derart reagierte, warum seine Kehle so trocken wurde, dass er Schwierigkeiten hatte zu sprechen. Nie war er in der Gegenwart einer Frau nervös geworden. Dabei war Joli keine Fremde. Er hatte sie ohne Kleidung gesehen, er hatte ihren Körper berührt und mit ihr geschlafen. Aber heute war alles anders. Vielleicht lag es daran, dass er sich über seine Gefühle im Klaren geworden war. Er begehrte sie nicht nur, er liebte sie.

Vorsichtig griff er nach ihrer Hand und hauchte einen Kuss auf ihren Handrücken. „Du siehst heute wunderschön aus.“

Ihre Wangen erröteten. Er liebte diesen sanften, roten Schatten, der ihrem Gesicht Leben einhauchte. Noch schöner war allerdings ihr Lächeln, bei dessen Anblick es ihn immer wie ein Blitz traf. Er beugte sich vorsichtig über sie, denn er verspürte den unwiderstehlichen Drang sie zu küssen. Joli sank auf die Couch zurück und schloss die Augen, als seine Lippen ihre berührten. „Oh Rem …“ Sie seufzte. „Ich will dich.“

Diese Worte aus ihrem Mund zu hören machte ihn sehr glücklich. Auch er wollte sie. Ihre Seele, ihren Körper. Zärtlich schob er ihr Kleid hoch und streichelte über den weißen Spitzenslip, der sich ihm nun offenbarte. Er meinte, das wilde Pulsieren ihrer Scham durch den Stoff hindurch zu spüren. Er ließ einen Finger unter den Slip gleiten. Joli biss sich auf die Unterlippe und öffnete die Beine.

Rem verstand die Aufforderung. Auch er konnte nicht länger warten. Obwohl er sich fest vorgenommen hatte, ihr ein schönes, langes Vorspiel zu bescheren. Er zog ihren Slip so energisch hinunter, dass sie leicht zusammenzuckte. Dann streichelte er beruhigend ihren Bauch, die Innenseite ihrer Schenkel und schließlich ihren Schoß.

Sie öffnete die Augen und blickte ihn an. Pures Verlangen.

„Geduld, meine Schöne", flüsterte er heiser und begann sie langsam mit seinen Fingern auf ihn vorzubereiten. Erst als er zufrieden war mit dem Ergebnis, entledigte er sich seiner Hose. Ihre Augen weiteten sich, als sie seine harte Männlichkeit erblickte.

„Den habe ich kleiner in Erinnerung", hauchte sie.

Remierre schmunzelte. „Ich mag vielleicht ein Gestaltwandler sein, doch diese Dinge liegen außerhalb meines Einflussbereichs." Er hob ihr Becken an, platzierte ihre Beine auf seinen Schultern und drang sanft in sie ein.

Er wollte sie glücklich machen. Sehr glücklich.

Kraftvoll bewegte er sein Becken vor und zurück, bis er das Zusammenkrampfen der Muskeln in ihrem Inneren spürte. Joli drückte den Rücken durch, warf den Kopf in den Nacken und hielt einen Moment inne. Dann sank sie entspannt auf die Couch zurück und sah ihn glückselig an. „Das war wundervoll."

Er lächelte zufrieden und zog sich aus ihr zurück.

Joli drehte sich um und lehnte sich glücklich an seine Brust. Mit einer Hand strich sie durch sein volles Haar, wodurch sie ein Wolfsohr freilegte, während er den Kopf leicht in den Nacken warf und ein leises Stöhnen seiner Kehle entfleuchte, weil sich ihr Gesäß verführerisch an seinen Schenkeln rieb.

Sie blickte ihn an und erkannte ein warmes Lächeln auf seinen Lippen und das liebevolle Leuchten seiner Augen verriet ihr, dass er dasselbe empfand wie sie. Der Moment, in dem sich ihre Lippen berührten, löste nochmals ein wahres Feuerwerk in ihrem Inneren aus. Sie spürte, wie sich ein intensives Prickeln in ihrem Unterleib ausbreitete, das sie kaum unter Kontrolle bekam. Andererseits wollte sie das auch gar nicht. Sie wollte sich ihm hingeben. Mit beiden Händen hielt sie sich an seinen Oberschenkeln fest. Erregt schmiegte sie ihren Rücken an seine Brust, sodass seine Fingerspitzen ihren flachen Bauch und ihre Brüste berühren konnten. Die zärtlichen Liebkosungen seiner sonst so kraftvollen Hände jagten einen wohligen Schauer durch ihren ganzen Körper bis in ihre Zehenspitzen. Heiß und rauschend sammelte sich das Blut zwischen ihren Beinen, als sie seine Härte unter ihrem Po spürte. Himmel, es machte sie extrem nervös ihn an dieser Stelle zu spüren.

Es dauerte nicht lange, da übermannten sie die Gefühle und sie wollte ihn nicht nur von außen, sondern auch tief in sich spüren. Jetzt.

Sie drehte den Kopf seitlich, um ihm zu signalisieren, dass er nicht länger warten sollte und um seine Lippen ein weiteres Mal zu kosten, die sich ihr bereitwillig, wenn nicht sogar gierig, darboten. Sein Atem verschwand in ihrem Mund, während sich eine Hand gleichzeitig auf ihre rechte Brust legte. Mit der anderen dirigierte er sich selbst in sie.

Sein Stöhnen klang animalisch und wild, aber genau das war es, was Joli erregte und was sie so sehr an Remierre faszinierte. In seinem Inneren hauste ein gefährliches Raubtier, das nun Besitz von ihm ergriff.

Unter seinen kraftvollen Stößen spürte sie schließlich ihren Höhepunkt nahen. Sie krallte ihre Hände fest um seine, schmiegte sich enger an ihn, denn sie wollte ihm noch näher sein, als sie das Pulsieren spürte, das verriet, dass auch er jeden Moment so weit sein würde.

Ein unglaublich intensives Hochgefühl stieg in ihr auf, das ihr fast die Sinne raubte, ehe sie in wohlige Entspannung versank. Gleich darauf spürte sie wie Rems Muskeln sich anspannten, hörte seinen Atem stocken und wusste, dass er sich diesmal nicht zurückhalten würde.

Rem zog sie enger an sich heran und hielt sie so fest, als wollte er sie nie mehr loslassen.

Endlich entspannte auch er sich, drehte sie zu sich um und nahm sie mit einem glückseligen Gesichtsausdruck in die Arme. Er legte eine Hand auf ihren Hinterkopf und fuhr liebevoll durch ihr Haar. Sie streichelte über seine behaarten Unterarme und musste daran denken wie sehr ihr sein Pelz aufgefallen war, als sie ihn das erste Mal unbekleidet gesehen hatte. Er war kitzelig, seine Nervenenden schienen durch den grandiosen Sex empfindlich geworden zu sein. Sie dachte an die schönen Rosen in der Küche und hatte eine Idee.

„Ich glaube ich werde mich revanchieren“, sagte Joli und ließ zu seinem Bedauern von seinem Arm ab.

„Das würde mich sehr freuen.“

Joli erhob sich, und ging zur Tür.

„Wohin gehst du?“, fragte er.

„Geduld, mein Schöner.“ Sie zwinkerte ihm zu.

Rem musste lachen. Aus ihrem Mund klangen seine Worte schnulzig. Dabei war es gar nicht seine Absicht gewesen, es so klingen zu lassen.

„Mir ist da was Nettes eingefallen, keine Sorge, ich bin sofort wieder da.“

„Das will ich hoffen.“

Diesmal lachte sie. Es war dieses wundervolle, glockenhelle Lachen, das er über alles liebte. Remierre legte sich auf die Couch, die Arme hinter dem Kopf verschränkt und wartete auf ihre Rückkehr. Himmel. Er musste diese Frau sehr lieben, denn er vermisste sie schon jetzt so schmerzlich, als hätten sie sich seit Wochen nicht mehr gesehen, obwohl gerade erst einige Sekunden vergangen waren, seit sie den Raum verlassen hatte. Sein Körper verzehrte sich nach einer Berührung von ihr. Oder nach einem Kuss. Als die Tür wieder aufging und sie hereinkam, empfand er ein wahres Hochgefühl. Rasch streckte er ihr die Arme entgegen, aber sie schüttelte nur amüsiert den Kopf. Ihre Hände verbarg sie hinter ihrem Rücken.

„Was versteckst du vor mir?“, fragte er, noch immer die Arme nach ihr ausgestreckt.

„Eine kleine Überraschung für meinen Lieblingswerwolf“, sagte sie und grinste von einem Ohr bis zum anderen. „Möchtest du sie haben?“

„Oh ja.“

„Dann musst du deine Augen schließen.“

Rem schmunzelte. „Verstehe. Das ist also deine Revanche für meine Schal-Attacke. Meinetwegen.“ Er schloss die Augen bis auf einen winzigen Spalt, damit sie nicht mitbekam, dass er schummelte, denn er war viel zu neugierig.

Jolis Hände schossen in die Höhe, weit über ihren Kopf. Dann sausten sie kraftvoll auf seine Brust nieder. Rem fuhr zusammen, als er einen Dolch in ihrer Rechten erkannte.

Nicht irgendeinen Dolch. Diese Klinge war aus Silber geschmiedet. Er spürte ein schmerzhaftes Prickeln auf seiner Haut, obwohl sie ihn noch nicht einmal berührt hatte.

Der Schock lähmte seine Glieder. Es gelang ihm nicht zu reagieren.

Was spielte sich hier ab?

Hinter Joli tauchte eine zweite Joli auf, die einen wütenden Schrei ausstieß und seiner Angreiferin die Blumenvase aus der Küche mit brachialer Gewalt auf dem Kopf zerschlug.

Die Frau mit dem Dolch verdrehte die Augen. Blut rann aus ihrer Nase. Dann fiel sie zu Boden.

Rem starrte sie fassungslos an.

„Ist alles in Ordnung?“, fragte Joli und stürzte zu ihm. Sie nahm sein Gesicht in ihre Hände und streichelte seine Wangen. „Rem? Sag etwas, bitte!“

Allmählich kam er wieder zu sich. Die blutende Gestalt am Boden verwandelte sich vor seinen Augen. Lange, schwarze Haare schwammen in der Lache aus Blut.

Jade. Nachdem er sie in Moorgrund freigelassen hatte, hatte sie ihm ihr Versprechen gegeben, niemals zurückzukehren. Offenbar war er naiv gewesen, dieser Frau zu vertrauen.

„Sie muss mir nach Berlin gefolgt sein“, sagte Joli. Der Schrecken war ihrer Stimme anzuhören.

„Und über die Terrasse eingedrungen sein“, fügte Remierre hinzu.

„Die Terrasse? Die gehört doch zum Zimmer meines Vaters!“

Remierre beschlich dieselbe schreckliche Ahnung wie Joli.

„Komm!“, sagte er und erhob sich.

So schnell sie konnten stürmten sie in den Flur und von dort in Tremondes Schlafzimmer.

Die Terrassentür stand weit offen. Erleichtert stellte Remierre fest, dass Tremonde in seinem Bett lag und friedlich schlief. Augenscheinlich hatte er von Jades Eindringen nichts mitbekommen.

Joli atmete hörbar aus, ging zum Bett ihres Vaters und zupfte fürsorglich seine Decke zurecht. „Lassen wir ihn weiterschlafen", flüsterte sie.

Remierre stimmte ihr zu, denn er wollte seinem alten Freund keine unnötige Aufregung zumuten, verriegelte die Terrassentür und hielt Joli die Zimmertür auf. Gemeinsam gingen sie in den Salon zurück, wo die nächste Überraschung auf sie wartete.

Jade war verschwunden.

Remierres Muskeln spannten sich augenblicklich an. Suchend blickte er sich um. Außer der Blutspur am Boden konnte er Jade nirgends entdecken, was aber nicht heißen musste, dass sie das Haus verlassen hatte.

Weil er Joli auf keinen Fall allein zurück lassen wollte, nahm er ihre Hand, zog sie mit und durchsuchte jedes Zimmer, um sicherzugehen, dass sich die Gestaltwandlerin nirgends versteckte und einen zweiten Angriff plante.

„Ich dachte, sie wäre tot", sagte Joli, als sie schließlich in den Salon zurückkehrten.

Rem schüttelte den Kopf. „Offensichtlich nicht. Aber hier im Haus ist sie auch nicht mehr."

„Und wenn sie noch einmal versucht, dich anzugreifen oder mich zu entführen?"

„Sie soll nur kommen, ich bin vorbereitet."

Joli nickte. Hoffentlich hatte er recht. Sie machte einen großen Bogen um die Blutlache, setzte sich zwischen Rems Beine auf die Couch und schauderte.

„Läuft bei dir jeder Tag so ab?"

„Nur die langweiligen."

Joli schloss die Augen und kuschelte sich an seine Brust. Sie fühlte sich in seiner Umarmung geborgen und beschützt. Zuhause.

Die Autorin

Kerstin Dirks, 1977 in Berlin geboren, hat eine Ausbildung zur Bürokauffrau absolviert und veröffentlichte Heftromane in den Verlagen Bastei, Martin Kelter und Mohlberg. Ihr erster Roman war die historische Liebesgeschichte „Die Sturmjahre der Lilie“. Es folgten zahlreiche Kurzgeschichten in Anthologien und die Kurzgeschichtensammlung „Verfluchtes Malträtinum“. Als Teil eines Autorenteams schrieb sie die erotischen Vampirromane „Begierde des Blutes“, „Zähmung des Blutes“ und „Rebellion des Blutes“ sowie den erotischen Piraten-Roman „Der Pirat und die Dirne“ unter dem Pseudonym ‚Kerri van Arden’ für den Plaisir d'Amour Verlag. Im Jahr 2007 erschien ihr erotischer Liebesroman „Die Wildkirsche“ im Mira Taschenbuch Verlag. Im März 2009 wird ihr erster Highlander Roman „Leidenschaft in den Highlands“ im Ullstein Verlag erscheinen. Ihre Geschichten handeln von mutigen Frauen, die ihr Schicksal selbst in die Hand nehmen und ihre Leidenschaft ausleben, und von Männern, die am stärksten sind, wenn sie Gefühle zeigen.

Homepage der Autorin: www.kerstin-dirks.de

Weiterhin erschienen ...

Tochter der Dunkelheit v*on Tanya Carpenter*
Teil 1 der Serie *Ruf des Blutes*

Broschiertes Buch, ISBN: 978-3-940235-12-1

Als Melissa Ravenwood dem Geheimbund der Ashera beitritt, hofft sie, mit ihrem bisherigen Leben auch all die Lügen und Intrigen hinter sich zu lassen, die ihre Welt in einem Sekundenbruchteil zum Einsturz gebracht haben. Doch stattdessen wird sie zum Spielball ebenso sinnlicher wie gefährlicher Dämonen: Vampire – wie ihr rätselhafter Geliebter Armand, der Schuld an ihrem Schicksal trägt. Und auch Franklin Smithers, der Leiter des Ashera-Ordens, scheint von düsteren Geheimnissen umgeben, deren Ursprung in Melissas Vergangenheit liegt. Faszinierender Auftakt zu einer neuen Serie aus der Welt der Untoten.

Weiterhin erschienen ...

Engelstränen *von Tanya Carpenter*
Teil 2 der Serie *Ruf des Blutes*

Broschiertes Buch, ISBN: 978-3-940235-19-0

Melissa Ravenwood ist nun ein Vampir. Doch ihre Seele leidet und selbst Armand ist machtlos gegen ihren Schmerz. Darum begibt sie sich in die Obhut des Lords Lucien von Memphis, um mit seiner Hilfe ihre menschliche Seite zu verlieren und ihre neue Natur als Vampir zu akzeptieren. Nicht ahnend, dass sie damit den bedrohlichen Visionen, die sie seit ihrer Wandlung quälen, den Weg bereitet. In Miami heftet er sich an ihre Fersen – ein Dämon mit einem Herz so schwarz wie die Finsternis. Kurz darauf verwandeln sich Flüsse und Meere in Blut. Melissa muss die Ursache herausfinden und das Vorhaben ihres Widersachers vereiteln, sonst droht der Welt die ewige Nacht.

Weiterhin erschienen ...

Die Totenwächterin *von Helene Henke*
Teil 1 der Serie *Das Rote Palais*

Broschiertes Buch, ISBN: 978-3-940235-22-0

Wenn Menschen in Konflikte mit Vampiren geraten, wenden sie sich an die Detektivin Leyla Barth. Deutschland plant den Vampirismus zu legalisieren, doch es gibt Widerstände auf beiden Seiten. Die Polizei bittet Leyla um Mithilfe bei der Aufklärung mysteriöser Morde an Vampiren. Das Multiplexkino Aurodom gerät ins Fadenkreuz der Ermittlungen. Es ist in fester Hand des Meistervampirs der Stadt. Er setzt den Charme eines vollendeten, fünfhundert Jahre alten Gentlemans ein, um Leyla für sich zu gewinnen. Hat er mit den Morden zu tun? Die Ermittlungen führen Leyla zu Thetania e.V., einer als Verein getarnten Sekte, die sich den Schönheits- und Jugendwahn der Menschen zunutze macht.